MORITURI TE SALUTANT

MORITURI TE SALUTANT

DANILA COMASTRI MONTANARI

Tradução de
JOANA ANGÉLICA D'AVILA MELO

EDITORA RECORD
RIO DE JANEIRO • SÃO PAULO
2011

CIP-BRASIL. CATALOGAÇÃO NA FONTE
SINDICATO NACIONAL DOS EDITORES DE LIVROS, RJ.

Comastri Montanari, Danila, 1948-
C722cm Morituri te salutant / Danila Comastri Montanari; tradução de Joana Angélica D'Ávila Melo. - Rio de Janeiro: Record, 2011.

Tradução de: Morituri te salutant
ISBN 978-85-01-07959-6

1. Roma (Itália) - História - Império, 30 a.C.-476 d.C. - Ficção. 2. Romance italiano. I. Melo, Joana Angélica d'Ávila. II. Título.

10-6244. CDD: 853
CDU: 821.131.3-3

Título original:
Morituri te Salutant

Editoração eletrônica: Abreu's System

Texto revisado segundo o novo Acordo Ortográfico da Língua Portuguesa.

Impresso no Brasil

ISBN 978-85-01-07959-6

Uma e só uma é a arte
de bem viver e bem morrer

Epicuro

A GÁLIA CISALPINA NO TEMPO DO IMPÉRIO ROMANO

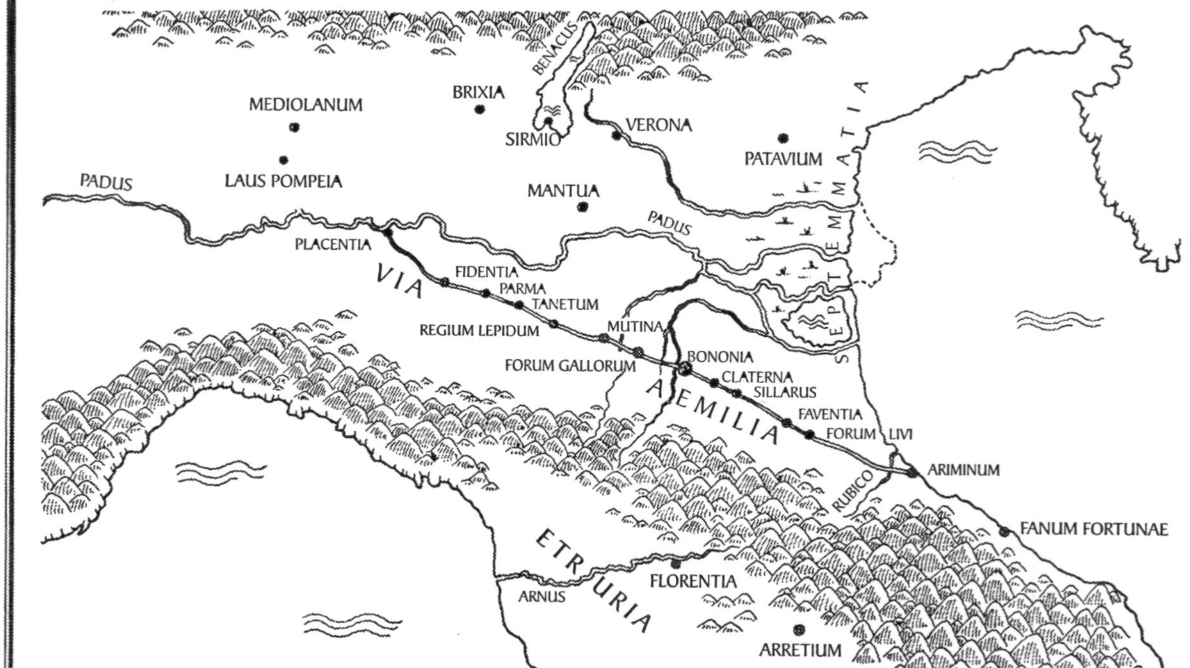

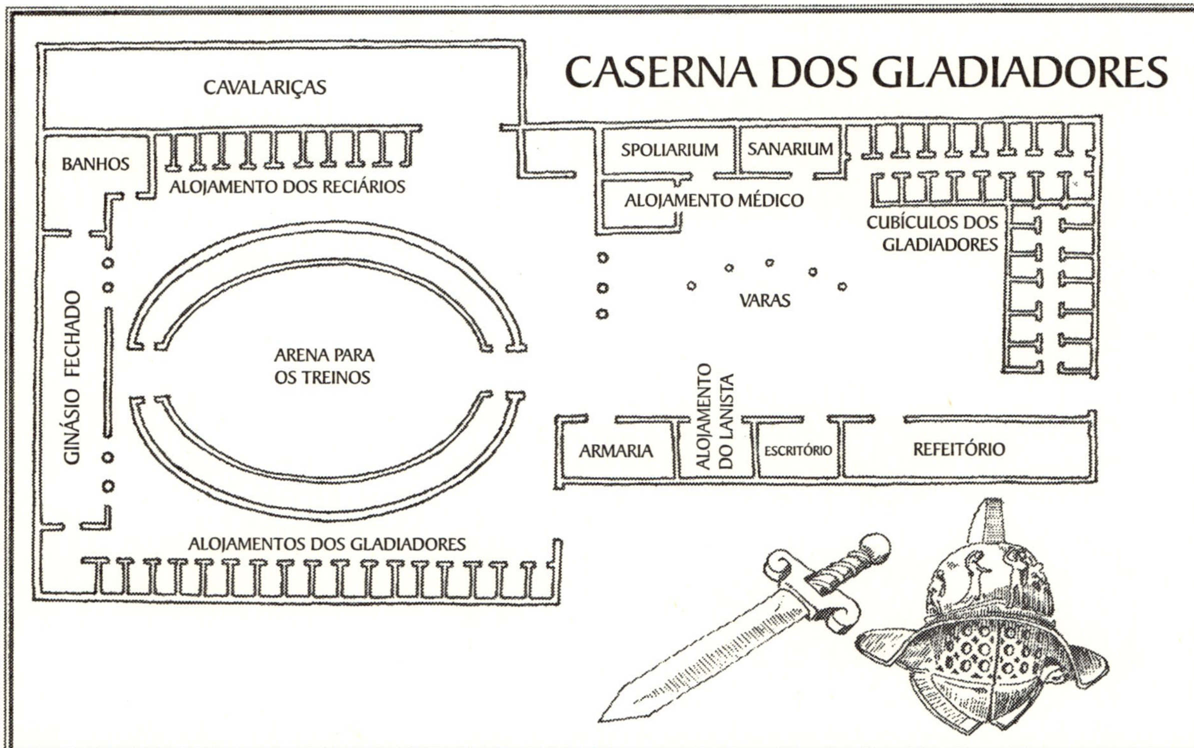
CASERNA DOS GLADIADORES
CAVALARIÇAS
BANHOS
ALOJAMENTO DOS RECIÁRIOS
GINÁSIO FECHADO
ARENA PARA
OS TREINOS
ALOJAMENTOS DOS GLADIADORES
SPOLIARIUM
SANARIUM
ALOJAMENTO MÉDICO
CUBÍCULOS DOS
GLADIADORES
VARAS
ARMARIA
ALOJAMENTO
DO LANISTA
ESCRITÓRIO
REFEITÓRIO

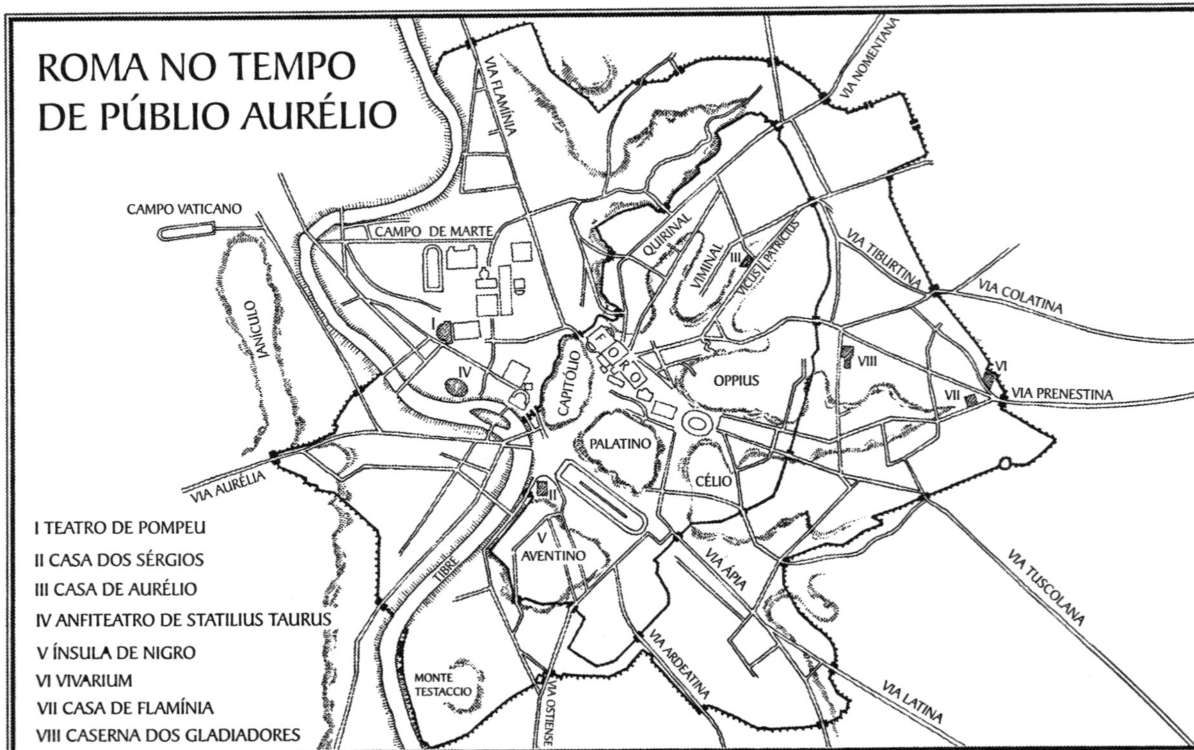
ROMA NO TEMPO
DE PÚBLIO AURÉLIO
CAMPO VATICANO
JANÍCULO
CAMPO DE MARTE
VIA FLAMÍNIA
VIA NOMENTANA
QUIRINAL
VIMINAL
VICUS PATRICIUS
VIA TIBURTINA
VIA COLATINA
OPPIUS
VIA PRENESTINA
CAPITÓLIO
FORO
PALATINO
CÉLIO
AVENTINO
TIBRE
VIA ÁPIA
VIA TUSCOLANA
VIA AURÉLIA
VIA ARDEATINA
VIA LATINA
VIA OSTIENSE
MONTE TESTACCIO
I
II
III
IV
V
VI
VII
VIII
I TEATRO DE POMPEU
II CASA DOS SÉRGIOS
III CASA DE AURÉLIO
IV ANFITEATRO DE STATILIUS TAURUS
V ÍNSULA DE NIGRO
VI VIVARIUM
VII CASA DE FLAMÍNIA
VIII CASERNA DOS GLADIADORES

PERSONAGENS

PÚBLIO AURÉLIO ESTÁCIO	*senador romano*
CASTOR E PÁRIS	*libertos de Públio Aurélio*
POMPÔNIA E SERVÍLIO	*amigos de Públio Aurélio*
SÉRGIO MÁURICO	*advogado*
SÉRGIA	*irmã de Máurico*
NISSA	*atriz de pantomima*
FLAMÍNIA	*matrona incógnita*
CELIDÔNIO	*campeão da arena*
TÚRIO	*amigo de Celidônio*
HELIODORO	*gladiador sículo*
GÁLICO	*gladiador celta*
HÉRCULES	*gladiador sármata*
ARDUÍNA	*gladiadora britana*
QUADRADO	*adversário de Celidônio*
AUFÍDIO	*lanista*
CRISIPO	*médico*

CAPÍTULO I

Roma, ano 798 *ab urbe condita* (ano 45 depois de Cristo, verão)

Véspera das calendas de junho

Rígido e um pouco tenso, o senador Públio Aurélio Estácio se mantinha sentado junto ao cavaleiro Tito Servílio, na tribuna coberta atrás do camarote imperial.

O anfiteatro de Statilius Taurus, no Campo de Marte, já estava lotado a ponto de explodir, mas muita gente, aos trancos e empurrões, continuava a transbordar dos *vomitoria*, os largos corredores de acesso reservados à plebe. Os jogos daquele dia seriam memoráveis: Cláudio César, grande apaixonado pelos *ludi*, não havia poupado despesas para oferecer ao povo romano o que havia de melhor até aquele momento em matéria de combates de gladiadores.

No centro da arena, guarnecida de amplos toldos que protegiam o público do abrasador sol de junho, um monte artificial reconstituía fielmente o trecho de floresta tropical de onde os campeões deveriam desentocar as feras. Ao redor, um largo anel de areia esperava a passagem triunfante dos vencedores e o sangue dos vencidos.

Tito Servílio, excitadíssimo, apontava ao amigo Aurélio os vários truques de cena, ansioso pelo tão esperado espetáculo. Do seu canto, o senador contemplava a arena com um misto de curiosidade e repulsa: não gostava de massacres, por mais coreográficos que fossem, e só mesmo a impossibilidade de fugir aos seus deveres sociais o induzira a ocupar o lugar, habitualmente vazio, que lhe era reservado na tribuna atrás do imperador.

O olhar de Aurélio, vagando entre a multidão na tentativa de se furtar ao fascínio macabro do cenário de morte preparado no anfiteatro, acabou se detendo no pódio imperial, onde o maduro Cláudio, envolto numa riquíssima veste púrpura, ocupava-se em apostar altas somas com os cortesãos mais aduladores. Ao seu lado, sob um baldaquino de brocado, ombros altivos e regiamente perfeitos, sentava-se a belíssima e tão falada imperatriz, Valéria Messalina. Dela, Aurélio só conseguia entrever, em meio às nucas bem raspadas dos funcionários da corte, a cascata dos cabelos de ébano e uma pontinha do puríssimo perfil de boneca oriental.

— Eles vêm aí, eles vêm aí! — De repente, Tito Servílio o puxou pela manga, indicando o portão por onde os gladiadores iam entrando, em meio ao estrépito e à ovação da multidão.

Um primeiro grupo de combatentes, vestidos de pele de leopardo, passava naquele momento diante do camarote de honra, seguido de perto pelos trácios armados com a *parma*, o pequeno escudo redondo destinado a se interpor, como única defesa, entre eles e a morte. Num fulgor cintilante de couraças, apareceram os mirmilões de músculos luzidios e abundantemente untados de óleo.

Diante daquela despudorada abundância de robustos braços viris, as matronas soltavam suspiros contidos, lânguidos de promessas para quem, tendo escapado às Parcas, trouxesse a palma da vitória.

— Lá está Celidônio, o ás da arena! — exclamou Servílio. — Ali, no meio dos reciários: vê como domina todos eles com sua estatura!

Públio Aurélio deu uma olhada distraída para a massa de carne que torreava abaixo da tribuna: *Celidônio, do grego* quélidon, *"andorinha"*, pensou. *Não consigo imaginar um nome mais ridículo para atribuir àquela máquina de matar...* Um grito da multidão o fez estremecer. Tinham entrado três lutadores louros e imponentes, com os cabelos soltos sobre os poderosos ombros. O senador, instigado a contragosto por um detalhe bizarro, aguçou o olhar e os observou melhor: os corpos atléticos, sumariamente cobertos por uma túnica bem curta, revelavam algo de estranho, um inchaço incomum nos feixes musculares do tórax, como uma vaga e desgraciosa sugestão de seio feminino. Não, não estava enganado... os vigorosos gladiadores britanos eram indubitavelmente mulheres!

Nesse momento a mais alta das atletas ergueu a cabeça diante do divino César, e da juba estopenta emergiu um rosto corado no qual se destacavam dois olhinhos redondos e cruéis. *Belos exemplares de harmonia feminina!*, disse Aurélio a si mesmo, vagamente repugnado.

Finalmente a ovação abrandou e a multidão silenciou. O alinhamento estava agora completo e os gladiadores já erguiam suas armas em direção à tribuna imperial.

Das gargantas sedentas brotou um só grito, que abalou a arena com a força de um vento prenunciador de tempestade:

— *Ave, Caesar, morituri te salutant!*

— Espera pelo menos o combate de Celidônio! — disse Servílio ao seu velho amigo, em tom súplice.

— Escuta, Tito, estou me entediando — retrucou Aurélio. — Faz horas que sou obrigado a assistir a um único espetáculo, repetido ao infinito: a morte. E também este cheiro de sangue me nauseia! — prosseguiu em tom irritado, fazendo menção de se levantar e ir embora.

Servílio não sabia o que responder. De fato, havia algum tempo o fedor já alcançara até as arquibancadas mais altas, e nem os cones de incenso, nem os bastõezinhos de âmbar que as senhoras passavam providencialmente sob o nariz, conseguiam a essa altura depurar o ar.

— Ainda temos as britanas, e depois vem o campeão. Seria um insulto a Cláudio César se deixasses a arena justamente agora; sabes muito bem quanto ele gastou para preparar estes jogos! — insistiu Tito, na tentativa de convencê-lo.

Resignado, Aurélio retomou de má vontade o seu assento e decidiu olhar.

Morituri te salutant! Mas quem obrigava semelhantes malucos a se submeter àquilo? Muitos nem eram escravos, mas profissionais que renovavam várias vezes o contrato com a arena, para terem o privilégio de arriscar diariamente a pele em troca de uma boa bolsa de dinheiro. Um ofício como outro qualquer, certo, mas o senador não podia se impedir de experimentar uma forte simpatia pelas feras... E nem se havia chegado ainda à metade dos *ludi*, avaliou exasperado, acolhendo com alívio o breve intervalo da *gustatio*. Enquanto os escravos passavam com merendas e refrescos, Aurélio tentou se consolar observando as matronas enfeitadas em vestes agradavelmente sucintas, as quais, sem dúvida, ofereciam um espetáculo mais condizente com seu gosto.

— Aurélio, querido! — saudou-o uma famosa cortesã. — Por que não vens mais me encontrar?

— Vou aparecer, Cíntia — mentiu o patrício, que não considerava os serviços da hetera à altura dos preços exorbitantes que ela cobrava.

— Senador Estácio, eu tinha ouvido dizer que não entendias de jogos — afrontou-o um colega da Cúria. — Mas realmente me espanta que um homem da tua qualidade seja tão desprovido de espírito esportivo. Sempre com o polegar levantado... — continuou, balançando a cabeça em sinal de desaprovação. — Se dependesse de ti, todos eles deveriam ser poupados!

Isso é demais, resmungou Aurélio para si mesmo. Não bastava ser obrigado a sacrificar o próprio tempo no altar dos deveres sociais e institucionais; não bastava ter de ficar ali quieto, a sentir o mau cheiro infecto do sangue; também devia se mostrar exultante!

— Vai recomeçar: já estão tocando as trompas — chamou-o Servílio. — Agora é que vem o bom!

As conversas foram rapidamente interrompidas por saudações apressadas. Por um instante, em meio ao esvoaçar das togas, Aurélio captou o olhar soberbo e misterioso da bela Messalina. O patrício se inclinou com um breve sorriso de entendimento... *Fica tranquila, divina Augusta, não serei eu a trair os teus segredos!*, pensou com sarcasmo.

— Ah, com que então estamos fazendo conquistas em alto nível. Quando Pompônia souber... — comentou Tito Servílio.

Aurélio se sobressaltou: Pompônia, a mulher do bom cavaleiro, era a mais informada mexeriqueira da Urbe, e por nenhuma razão devia suspeitar que algo havia acontecido, ainda que de relance, entre ele e a desenvolta Vênus imperial, objeto preferido da maledicência das matronas. Portanto, tratou de desviar às pressas a atenção do amigo, atraindo-a para os *ludi*:

— Olha, confrontaram as amazonas da Britânia com os etíopes! — disse, apontando os corpos negros dos africanos, que contrastavam violentamente com a brancura das nórdicas.

— Pois é, muito cenográfico! — apreciou o cavaleiro, enquanto o combate se iniciava.

Uma das viragos caiu de repente, com a garganta fendida por um corte seco. E a segunda também desabou na poeira, atingida por um golpe de espada. Restava somente a terceira, com dois adversários ainda de pé, porque um africano já caíra vítima de sua lâmina. Sem hesitar, a amazona se jogou sobre o gladiador menos forte, travando uma luta encarniçada, enquanto o outro acorria para ajudar o companheiro.

Foi questão de um pestanejar: afundada a espada no tórax do opositor, a giganta puxou-a com rapidez fulminante e virou-se como uma fúria para o etíope sobrevivente. O pobre africano, já lançado na corrida, ao ver aquela Erínia vir para cima dele, não resistiu nem mais um instante: jogou o gládio no solo e começou a fugir por toda a arena, perseguido pela mulher aos berros.

— Arduína, Arduína! — aplaudia o público, e, com o polegar voltado para baixo, pedia a justa punição para o covarde.

— *Iugula!* — urrava a multidão. — Degola-o!

A vencedora não esperou que pedissem duas vezes.

Os escravos *libitinarii*, em trajes de Caronte, apressavam-se a remover os cadáveres e a revolver a areia para eliminar os rastros dos caídos, quando um grito unânime assinalou a entrada de Celidônio.

O reciário surgiu em triunfo, brandindo o tridente, enquanto o infeliz destinado a enfrentá-lo esperava de cabeça baixa que se cumprisse um destino já selado: o grande campeão estava invicto; nenhum dos seus adversários jamais deixara vivo o recinto da arena.

A luta começou desigual: com seu mísero gládio, o desconhecido não tinha muito o que opor ao ás dos jogos. Em segundos, o coitado foi envolvido na rede e o tremendo reciário se lançou sobre ele.

O derrotado, com o rosto envolto em pó, viu avançarem os calçados enlameados de sangue e areia, enquanto as pontas ameaçadoras do tridente escureciam por um instante o último sol de sua mísera vida. Então fechou os olhos, resignado. Um alarido ensurdecedor assinalou seu fim.

Esperou, por momentos que lhe pareceram intermináveis... Nada aconteceu... e ele, quase a contragosto, foi obrigado a concluir que ainda estava vivo... Não, evidentemente as coisas não estavam ocorrendo como havia esperado.

Reabriu os olhos e ergueu a cabeça, cautelosamente.

A poucas polegadas do seu nariz, os calçados do gladiador jaziam imóveis na poeira, eretos sobre os calcanhares. Atrás dos calçados, as pernas e o resto de Celidônio, caído na areia com o tridente na mão. Morto.

CAPÍTULO II

Calendas de junho

— Que cena, Castor, devias ter visto! Bem, da arquibancada não terias percebido...

— Pude observar de perto o episódio todo, *domine.* — O fiel secretário de Públio Aurélio pigarreou. — Da tribuna dos embaixadores também se vê perfeitamente.

— Tribuna dos embaixadores? — repetiu, desconcertado, o senador.

— Isso mesmo, patrão — confirmou o alexandrino. — Asseguro-te que lá de cima se tem uma vista excelente.

— Queres me dizer que estavas lá? — exclamou Aurélio, censurando-se intimamente por ainda ser capaz de se espantar com os expedientes do seu astuto liberto.

— Não muito distante do teu assento senatorial, *domine* — especificou o secretário com ar seráfico. — Notei inclusive a cortesã que conversava contigo.

— Mas desde quando foste nomeado plenipotenciário de um rei oriental, Castor? Ao que sei, aqueles lugares são reservados exclusivamente a personagens ilustres!

— Eu conheço algumas pessoas, *domine*...

— Então, o que me dizes quanto a Celidônio? — perguntou Aurélio, voltando ao assunto.

— Combateu uma vez além da conta — comentou o grego, dando de ombros. — Pela vaidade com que entrou na arena, eu diria que seu coração explodiu de entusiasmo pelo triunfo considerado certo... Mas falemos da cortesã Cíntia, antes: não devias ignorá-la em demasia, ela se gaba de amizades importantes, de altíssimo nível. No Palácio murmura-se que...

— O que sabes da corte imperial, Castor? — interrompeu Aurélio bruscamente. — Agora também és íntimo dos ministros?

— Tenho amigos em altos postos — replicou o secretário, em tom vago.

— Entendo — disse o senador, desistindo de indagar. Os recursos de seu liberto alexandrino eram tais que ele não se espantaria por encontrá-lo, mais dia menos dia, refestelado na liteira imperial ao lado do próprio Cláudio.

— Devias cuidar melhor da tua imagem, *domine* — criticou-o Castor. — Não disfarças tua repulsa ante os jogos de gladiadores, recusas os convites dos cortesãos mais destacados, circulas com gente pouco recomendável...

— Como um certo tratante levantino das minhas relações, que já enganou e fraudou metade de Roma — rebateu o patrício, divertido.

— Falo sério, patrão. No Palatino...

— Lá em cima eles nem sabem que eu existo.

— Sabem, sim — desmentiu o grego. — E, se não me acreditas, posso te demonstrar agora — continuou, estendendo a

Aurélio um despacho. — Aqui está, *domine*. Esta é uma convocação imperial que não promete nada de bom.

Aurélio manuseou o documento. O sinete era indubitavelmente o de Tibério Cláudio Druso Nero, o divino César. Abriu-o e se apressou a ler, fora do alcance do indiscreto secretário.

— Mandei que as ancilas preparassem teu banho, assim poderás chegar a tempo — comunicou o liberto.

De fato, a convocação era para aquela mesma tarde, mas o sinete parecia intacto; portanto, como aquele servo astuto podia saber disso?

— Devo somente ver Narciso — mentiu Aurélio. Um encontro com o poderoso liberto de Cláudio, ministro em exercício, era mais do que crível. De resto, Castor não tinha nenhum direito a ser informado de que a missiva provinha do imperador em pessoa.

— Temo que encontres o bom Cláudio César um tanto envelhecido — prosseguiu imperturbável o outro, como se não tivesse escutado. — Ele já tem quase 60 anos.

— Castor, tu leste a mensagem! — indignou-se o patrão. — Mas como conseguiste? O lacre imperial está intacto!

— Ainda bem jovem, aprendi algumas noções úteis em Alexandria — justificou-se o liberto, nada contrito. — Já naquela época, *domine*, eu estava convencido de que uma boa instrução de base me seria indispensável para enfrentar serenamente o futuro.

Aurélio preferiu não se aprofundar no assunto. Bem sabia que tipo de habilidade seu fiel secretário havia adquirido nos anos de sua aprendizagem egípcia: uma destreza inacreditável para enganar, embrulhar, tapear quem quer que fosse, amparada pela vocação de se apropriar de tudo o que incautamente lhe ficasse ao alcance. Por outro lado, o ardiloso levantino já colocara demasiadas vezes suas qualidades a serviço do patrão, para que este pudesse agora discorrer sobre sua honestidade...

— Se também souberes o que César pretende me dizer, posso me poupar a viagem! — explodiu Aurélio.

— Não, é melhor que vás, e sem demora: do contrário, te arriscarias a ofender o imperador — aconselhou o grego, sem se alterar. — Vou mandar preparar tua toga de gala, para o caso de encontrares Messalina. Ela tem um fraco por ti; vi como te olhava, no circo.

Sentindo-se sob liberdade vigiada, o senador se dirigiu aos banhos da *domus* para dar início às abluções. Aquele Castor, refletiu, estava se tornando decididamente um intrometido...

Algumas horas mais tarde, após uma acurada revista executada pela guarda imperial, o senador tinha sido conduzido sob escolta ao longo de uma série de corredores, e agora esperava em frente à porta.

César o reconheceria? Diante dos seus olhos passava a lembrança das intermináveis sessões na biblioteca de Asínio Polião, muitos anos antes. A conversa amável, as aulas de língua etrusca, os comentários mordazes: ele, Públio Aurélio Estácio, um jovem aristocrata de belas esperanças; Cláudio, um homem já maduro, mas negligenciado e subestimado por todos. Desde a infância, a gagueira e a malformação na perna o tinham transformado em objeto de escárnio dos parentes: belos, arrogantes, seguros, estes o consideravam deslocado na família... um experimento falhado, uma zombaria da natureza.

Cláudio, o idiota, esse era o apelido que lhe davam com desprezo, demasiadamente cheios de si para valorizar a sutil inteligência dele, a sede de saber que viria a transformá-lo num profundo estudioso de linguística e de história. Paradoxalmente, os mesmos defeitos que o excluíam como concorrente perigoso na escalada para o poder tinham salvado sua vida em mais de uma ocasião: enquanto seus ilustres próximos caíam implacavelmente, um a um, sob os ataques do veneno e do punhal, o pobre Cláudio, "o idiota" que ninguém levava em consideração, conseguia sobreviver na sombra. E, por fim, tornar-se o supremo regedor de um império que se estendia pelos quatro cantos do mundo.

Não, pensou Aurélio, não convinha se iludir; o homem que ele estava prestes a encontrar não era o seu velho companheiro de leituras, mas o divino imperador, senhor da terra e dos mares.

O secretário fez um aceno ao senador, e a porta se abriu. Debruçado sobre a ampla escrivaninha de mármore, Cláudio estava concentrado no exame de uma pilha de documentos. *Sim, de fato envelheceu*, constatou Aurélio em silêncio, perscrutando-o com afeto, mas logo se empertigou com o braço erguido na saudação de praxe:

— Ave, César!

O imperador ergueu os olhos. Os cabelos tinham embranquecido e os braços musculosos, único ponto de força naquele corpo infeliz, mostravam-se sulcados por um emaranhado de veias saltadas. Lentamente, o príncipe se levantou.

— Ave, senador Estácio — respondeu, em tom rigidamente formal. Depois aproximou-se dele com seu passo incerto de coxo. Aurélio esperou imóvel, austero, com a expressão séria, como a circunstância impunha. — Senador Estácio! — apostrofou-o com dureza o ancião. — Em tantos anos de festas, de amores e aventuras, talvez tenhas esquecido o tempo que passaste discutindo filosofia com um pobre inválido ridicularizado por todos, lá na biblioteca de Polião. Tu, jovem, belo, saudável, provavelmente nem recordas aqueles dias longínquos, quando eu tentava te ensinar etrusco. Conversávamos durante horas, e eu me perguntava como um jovem tão promissor, rápido de mão e veloz na luta, nunca faltava ao encontro com Cláudio, o idiota, com o mentecapto que todos arremedavam, o infeliz que tropeçava nas rasteiras dos gaiatos e balbuciava, deplorável, em meio às caretas de desprezo. Tu talvez tenhas esquecido. Eu, não.

Aurélio se esforçou por reprimir a onda de comoção que ameaçava submergi-lo.

— Agora, já ninguém ri de mim — prosseguiu Cláudio — e, quando tropeço, acorrem cem para me segurar; ao passo que tu, justamente tu, me saúdas com frieza. E me chamas César!

A mão de Aurélio, parada em pleno ar, desceu e seus ombros relaxaram. Ele deu um passo à frente; o velho o alcançou claudicando e lhe abriu os braços.

— Aurélio, meu amigo! Aqui estás, finalmente! Eu te convidei tantas vezes, e tu nunca vieste...

O senador foi apanhado de surpresa, embora, no fundo, esperasse aquilo.

— És César... — começou a se justificar.

— Ah, o teu maldito orgulho! — interrompeu o príncipe. — Eu sou teu professor de etrusco, antes de tudo! — riu, apoiando-se nele. — Vem, senta-te, e me conta. Acompanhei tuas proezas, sabes? Mulheres, aventuras, viagens, filosofia... que vida interessante! A mim, no entanto, confiaram um ofício difícil, que não me deixa tempo para diversões.

— Cláudio, o deus... — constatou Aurélio, com hesitante afeto.

— Deus coisa nenhuma! A perna mais curta continua a me causar uma dor tremenda: achas que, se eu fosse um deus, não a faria passar? — brincou o velho.

— Com que então, descartaste todos eles, e agora és o imperador! — comentou o patrício, satisfeito.

— Não — corrigiu Cláudio —, não precisei fazer nada. Graças aos Numes, meus caros parentes se mataram entre si. Diz a verdade: o Império poderia ser administrado de pior maneira... mas achas que alguém me agradece? Não, os historiadores do Palácio só esperam que eu morra para me cobrir de lama, na tentativa de obterem as graças do meu sucessor. Até hoje, se soubesses que coisas tenho de ouvir... Todos se lamentam, do primeiro ao último, como um coro de viúvas que se fingem inconsoláveis: os nobres, porque os privei de um pouco de poder; o Senado, porque não o levo suficientemente em consideração; os cavaleiros, porque os obrigo a pagar os impostos; e até mesmo a plebe, desde quando decidi conceder a cidadania aos provincianos. Como se Roma fosse somente a Urbe! É no mundo inteiro que eu devo pensar, e não só nestes quatro gatos-pingados de quirites: o que importam a eles a Mauritânia, a Britânia, a Judeia? Permaneceram nos tempos de Cincinato! — continuou a desabafar o príncipe, gesticulando. — Verás o que dirão de mim: que eu era um pobre tolo, alçado ao trono por engano; que me deixava dominar pelas mulheres; que me afogava no vinho... Quem algum dia recordará as benfeitorias, os aquedutos, os portos, as leis que eu fiz baixar?

— A História — respondeu Aurélio, sem hesitar.

— A História! — retrucou Cláudio, com uma careta amarga. — És o sonhador de sempre! Achas por acaso que dentro de dois milênios os estudantes ainda saberão que existiam o direito romano e os discursos de Cícero?

— Por que não? Tudo é possível — objetou Aurélio.

— Imagina! — replicou o velho imperador. — De Roma, do seu idioma e da sua civilização, serão perdidos até os rastros. Vê o que sucede com o etrusco: hoje somos pouquíssimos os que ainda o conhecemos... Mas agora falemos do presente: o futuro, como se costuma dizer, está sobre os joelhos dos deuses.

O velho se serviu de um abundante cálice de vinho. Todos sabiam que o imperador bebia muito, até demais.

— Eu tinha organizado jogos espetaculares — recomeçou Cláudio —, dos quais esperava grande sucesso. É de capital importância, para mim, conservar o apoio da plebe... Em vez disso, o imbecil do Celidônio se deixou matar, e agora o mundo está vindo abaixo!

— Bem, afinal ele era só um gladiador... — minimizou Aurélio.

— Só um gladiador, dizes? Não sabes que hoje os campeões da arena importam mais do que os tribunos e os senadores? — observou o príncipe, dando uma olhada significativa para a lúnula nos calçados de Aurélio, a qual, junto com o laticlavo, denotava seu nível curial.

— Pois é — suspirou Aurélio. — *Panem et circenses...*

— Isso mesmo! — assentiu Cláudio. — E agora todos esperam que eu castigue de maneira exemplar o culpado pela morte do seu ídolo. Porque, claramente, Celidônio foi assassinado, embora ninguém entenda como! Por trás dos jogos, como podes imaginar, há um vastíssimo círculo de apostas...

— No entanto, os reciários não são muito cotados — comentou Aurélio.

— Não é o caso de Celidônio — respondeu o imperador. — Aquele gladiador valia dez por um! Tenho certeza de que não te escaparão as implicações, Aurélio. Com a sua morte, patrimônios inteiros mudaram de mão; eu mesmo ganhei uma bela soma!

Jogo, vinho e mulheres: esses eram os vícios que os moralistas reprovavam em Cláudio César, esquecidos da sede de sangue dos predecessores dele.

— Percebes a que fiquei reduzido, Aurélio? Devo solicitar o favor das massas, como um demagogo sem escrúpulos! Antigamente, eu nutria ideais bem diferentes. Recordas? Queria restaurar a República...

— Quando se exerce um ofício como o teu, César, os ideais são um luxo que muito raramente alguém pode se permitir — rebateu o patrício.

— Eu te invejo, meu amigo: não precisas de ninguém, nem mesmo de César. Sou eu, ao contrário, que preciso de ti. — O tom de Cláudio era sincero. — Não há vergonha em pedir ajuda, mesmo quando se é um deus vivente. Por acaso Júpiter não invocou o socorro dos outros Numes para derrotar os Titãs? — citou o imperador, com argúcia. — Assim, vamos ao que interessa: fiquei sabendo que resolveste brilhantemente alguns crimes misteriosos...

— Eu achava que fossem coisas totalmente privadas — espantou-se o patrício.

— Meu amigo, estás brincando, não? Em Roma, até as paredes têm ouvidos. E, também, eu sou ou não sou o imperador? Afinal, devo ter alguns espiões por aí...

Aurélio conteve com dificuldade um sorriso. Não duvidava de que o divino César tivesse tomado conhecimento de muitos segredos, talvez até por parte da sua amiga Pompônia, a matrona mais bisbilhoteira e informada da Capital.

— Chegou o momento de me pagares aquelas aulas de etrusco, senador Estácio! Descobre quem acabou com Celidônio, entrega-o ao deleite da plebe, e terás contribuído para salvar o Império!

— Vou tentar, Cláudio. Mas sob uma condição.

— Como?! — aborreceu-se benevolamente o velho. — Quem és tu para estabelecer condições a Cláudio, o deus?

— O senador Públio Aurélio Estácio, nascido livre, cidadão romano — respondeu o amigo, sorrindo.

— Vejamos, qual é a tua condição?

— Conduzir a investigação à minha maneira, com total autonomia e o mais amplo poder discricionário. Não quero interferências por parte de ninguém.

— Senador Estácio — tentou objetar Cláudio —, não te parece uma condição um pouco exager...

— Eu me permito insistir, divino César — interrompeu Aurélio, sem atentar para a etiqueta. — Se quiseres o culpado, consente-me investigar com liberdade.

— Pois que seja — rendeu-se Cláudio. — A partir deste momento, és o meu procurador, e tua palavra é a minha. *Vale*, Aurélio!

— *Vale*, César! — despediu-se o senador, já prestes a sair da sala.

— E repassa os verbos etruscos! — gritou Cláudio às suas costas. — Sempre foste um tapado em gramática!

CAPÍTULO III

Sexto dia antes das nonas de junho

— Que notícia terrível, que desastre atroz, que sinistro infortúnio, que funesta desgraça! — lamentava-se Pompônia sem parar.

— Calma, minha cara, nem sequer o conhecias! — protestou Públio Aurélio, surpreso pelo desespero da matrona ante a morte de Celidônio, o campeão da arena.

— Eu tinha assistido a todos os seus combates, *todos*! E ele... — A voz de Pompônia aumentou um tom. — Ele se deixou matar na única vez que eu não estava lá! Tive de ficar sabendo por Domitila, imagina!

— Ah, não me comoves — retrucou Aurélio com uma pontinha de ceticismo. — Tenho certeza de que, sobre Celidônio, sabes muito mais do que uma Domitila qualquer — lisonjeou-a, certo como estava de que a gordalhona se dispunha a lhe fornecer alguma notícia de que tivesse conhecimento, para se compensar da imperdoável ausência.

— Justamente naquele dia, precisei ir para fora de Roma! Se isso não for falta de sorte... O que dizias? Se sei alguma coisa de Celidônio? Claro! Aquela pobre Nissa...

— Nissa? — repetiu o senador. Tinha certeza de já haver ouvido aquele nome: uma hetera, talvez, ou uma dançarina...

Tito Servílio, até esse momento dominado pela tagarelice de sua esposa Pompônia, teve um sobressalto repentino:

— A atriz, a estrela da pantomima! Havia um caso entre ela e Celidônio... a Urbe inteira sabia. Aurélio, mas onde vives afinal, fora do mundo? — perguntou, espantado.

O patrício, que não sabia de informações de tal importância, apressou-se a solicitar mais detalhes.

— Nissa é a mímica mais famosa do teatro de Pompeu; a cada apresentação dela, há uma verdadeira apoteose. Sua lascívia é tal que... — começou Servílio, manifestando com um gesto furtivo o desejo de aprofundar o assunto longe de ouvidos indiscretos.

— E tu, o que sabes disso? — interveio em tom inquisidor a esposa, suspeitosa como sempre. — Não terás ido vê-la sem mim, espero!

Servílio se esquivou indignado, piscando o olho para Aurélio.

— Sim, Nissa é mesmo despudorada — explicava, enquanto isso, a informadíssima Pompônia. — Interpreta cenas eróticas que não deixam nada à imaginação, e nunca termina um quadro vestida. Ah, não te agradaria — prosseguiu, virando-se para o marido. — Ela é tão vulgar que se torna aborrecida. Sem contar o fato de que tem as pernas tortas.

— Como soubeste? — interveio Servílio, um pouco ressentido.

— Vi a apresentação em companhia de Domitila, quando tu estavas resolvendo aquele assunto em Preneste. Realmente ordinária, a tal Nissa; acredita, nada mais que isso. Claro, não posso negar que ela exerce uma forte atração sobre o público: éramos uns 20 mil, naquela noite. Precisavas ouvir os assobios!

— Uma diva da pantomima erótica e um campeão da arena — murmurou Aurélio com ar pensativo. — Realmente, um belo par.

— Amor é amor — defendeu-os Pompônia.

— Feitos um para o outro — observou filosoficamente Servílio.

Nesse momento uma serva entrou timidamente para avisar à patroa que as costureiras estavam esperando para a prova da nova roupa. Pompônia desapareceu de imediato atrás da escrava, enquanto Servílio suspirava de alívio.

— Numes do céu, quase deixei escapar! — exclamou ele, enxugando a testa ensopada de suor. — Na verdade, não fui a Preneste naquela noite. Inventei uma desculpa para não indispor Pompônia... em suma — confessou —, entre aqueles 20 mil espectadores também estava eu. Por sorte, não nos encontramos...

Aurélio riu com gosto ao imaginar a situação do amigo que, incógnito e com mil cautelas, ia assistir ao espetáculo proibido, enquanto a esposa se divertia tranquilamente na primeira fila.

— Que pernas tortas, que nada, deverias ver como se move! Aliás, queria te perguntar — e neste momento Servílio baixou a voz, com ar de cumplicidade — se, numa dessas noites, tu e eu... Poderias inventar um pretexto, não sei, uma causa legal para estudar a fundo. Assim iríamos ver a mímica juntos!

— Podes contar comigo, Tito Servílio — assentiu o senador. — Mas que Pompônia não venha a saber, ou me esfolará vivo!

— Nissa vai se apresentar justamente daqui a dois dias.

— Ótimo! — comentou Aurélio. — Não precisas reservar, tenho lugares marcados — acrescentou, exibindo a placa de bronze.

— Vós, senadores, gozais de todos os privilégios! — protestou Tito em tom chistoso.

— Que privilégios? — disse Aurélio, balançando a cabeça. — Hoje em dia, convém agradecer ao Olimpo quando se encontra um banco atrás do assento dos libertos imperiais! — brincou, ao se despedir.

Quando ele atravessava o átrio em direção à saída, a mão gorducha de Pompônia lhe acenou de trás de um reposteiro.

— Ei, Públio! — chamou ela, com um ar circunspecto. — Quero te recomendar que vás ver aquela mímica — cochichou. — É um espetáculo excepcional, vais gostar! Fiz questão de te dizer isso longe de Servílio: sabes como é, eu não gostaria que ele se enchesse de ideias, já está em idade avançada... — Suspirou. — Faço isso pelo bem dele, compreendes?

— Pompônia, tua preocupação com Servílio é digna dos mais altos louvores — tranquilizou-a o senador, com um sorriso. — Fica sossegada, da minha boca não sairá uma só palavra.

CAPÍTULO IV

Quinto dia antes das nonas de junho

A cadeirinha do senador se deteve ao pé do Oppius, uma das elevações do Esquilino, diante do comprido muro de tijolos do *Ludus Magnus*.

Por fora, a caserna dos gladiadores não diferia muito de um campo de exercícios militares, exceto pelo fato de que, lá dentro, a disciplina em vigor era ainda mais rígida do que a imposta aos legionários na frente de batalha. Quem se vendia à arena, com prévia subscrição de um verdadeiro contrato jurídico, a partir desse instante pertencia de corpo e alma ao seu lanista, como um escravo ao dono: aceitava ser punido, torturado, até morto. Mesmo assim, muitos assinavam voluntariamente.

O servo *ab admissione* escancarou a porta assim que o anunciador gritou com voz estentórea:

— Deveis abrir para o nobre Públio Aurélio Estácio, senador de Roma!

Aurélio entrou em pompa magna, seguido por Castor, Servílio e uma longa fileira de servos. Os *doctores* já estavam enfileirados, ao lado do pequeno anfiteatro de madeira usado para os treinos gerais do massacre. Eram ex-atletas escapados à morte, que haviam permanecido trabalhando na equipe com a tarefa de adestrar os novos recrutas: de fato, antes de poder se apresentar diante do público, um aspirante a campeão devia se submeter a duríssimas provas durante meses, às vezes anos, sob a direção desses inflexíveis treinadores, decididos a fazer o novato sofrer os mesmos tormentos que, muito tempo antes, outros *doctores* lhes haviam infligido.

O lanista Aufídio acolheu Públio Aurélio com pegajosa cortesia. Era um homem gordo e untuoso, com o corpo já flácido, que cedia à idade, e os olhos duros, dos quais transparecia uma arrogante segurança:

— Nobre Estácio, que infinito prazer este de te ver entre nós! Ordena e serás obedecido, ilustríssimo senador. César recomendou que nos colocássemos à tua inteira disposição e atendêssemos a todos os teus desejos. Mandei preparar para ti uma pequena refeição no meu alojamento...

— Obrigado — cortou Aurélio, decidido a manter uma certa distância. — Antes, porém, eu gostaria de percorrer a caserna. Para começar, o que são aqueles edifícios ali adiante? — perguntou, apontando um pavilhão baixo, de aspecto lúgubre, que delimitava a esplanada da arena.

— É o refeitório da caserna — respondeu o lanista. — O lugar onde os meus rapazes consomem a refeição em comum.

— Na noite anterior a um combate, muitos admiradores vêm fazer companhia a eles — especificou Servílio. — Eu mesmo participei da última *libera cena* dos atletas.

O senador assentiu com um aceno de cabeça. Sabia que, um dia antes dos *ludi*, costumava-se fartar os gladiadores, habitualmente submetidos a uma dieta rigorosa: um verdadeiro banquete, que para muitos era também o último.

— Recordo que, naquela noite, os etíopes não tocaram na comida... pareciam estar pressentindo o que viria, coitados! — lembrou o cavaleiro, com um suspiro solidário.

— Ah, *aqueles*! — comentou Aufídio, com rudeza. — Naturalmente, desde o início eu sabia que não conseguiriam; como lutadores, de fato davam pena. Por outro lado, atracados com as britanas, figuravam bem; um espetáculo de encher os olhos, como se veem poucos. E não sei se me explico...

— Perfeitamente — cortou o patrício.

— É uma verdadeira desdita que não tenhas podido assistir — condoeu-se o lanista em tom afetuoso. — O número obteve grande sucesso!

— Pena que os atores não possam repeti-lo — comentou Aurélio, de forma azeda. — Recordas se Celidônio estava presente ao banquete?

— Claro, e comia com gosto. O mesmo já não se pode dizer do seu adversário, Quadrado: um inútil, que seguramente não terá vida longa. Certas sortes não acontecem duas vezes. Quando penso que aquele inepto do Quadrado ainda está vivo, ao passo que Celidônio, de longe o meu melhor atleta, jaz sem vida na mesa do necrotério... Descobre quem o matou, senador, e eu mesmo o estrangulo, com as minhas mãos! — Ergueu as palmas para o céu, num gesto teatral. — Se soubesses quanto perdi em apostas!

— Lamentável — liquidou-o o patrício, gélido. Aufídio, habituado a tratar com os poderosos, parou imediatamente de deplorar suas desgraças e introduziu os visitantes na esplanada arenosa onde estavam montados os equipamentos para exercitar os gladiadores.

— Estas são as varas, servem para aperfeiçoar os reflexos — explicou o lanista. — Na base, como podes ver, estão fixados bastões giratórios: o lutador deve tentar atingir a altura desejada saltando ao mesmo tempo esses obstáculos. Quando o aprendiz é suficientemente hábil, os bastões de madeira são substituídos por espadas afiadas... — Ele deu uma risadinha divertida, como se estivesse evocando o movimento vencedor de uma partida de *latrunculi*. — Um erro, e perdem uma perna! Como vês, na minha equipe os homens não são carne de matadouro, que só serve para ser esquartejada; eu ponho em campo atletas bem preparados, capazes de oferecer um espetáculo autêntico, de alto nível; a vida, além de um bom pecúlio, claro, é o prêmio dos melhores, e a morte, um risco calculado... Sem dúvida — apressou-se a esclarecer —, eu também devo enfrentar muitas perdas: bravateiros, fanfarrões, incapazes, gente de quem é melhor se livrar logo, até porque a oferta é grande. Mesmo sem contar os condenados e os prisioneiros de guerra, há uma enorme fila de aspirantes a entrar na minha equipe. Mas a seleção é dura, e os mais fracos não sobrevivem nem mesmo aos treinos. Celidônio, porém... — murmurou, com voz ausente. — Ele, sim, era um campeão nato. Embora não lutasse com a sica, como fazem habitualmente os trácios, para mim logo ficou claro que tinha a garra de um vencedor!

— Pois é — observou Públio Aurélio. — Muitas vezes esquecemos que os *ludi* nasceram para celebrar o triunfo da Urbe sobre os exércitos inimigos. Os povos vencidos tinham de lutar com as armas tradicionais de suas regiões, como o escudo côncavo para os samnitas...

— Ou o carro de guerra para os essedários, que entrou em voga após a conquista da Gália — interveio Servílio.

— Agora, porém, está na moda a batalha naval. Dizem que Cláudio César pretende organizar uma gigantesca, nas águas do lago Fucino, antes de drená-lo! Fará empalidecer a naumaquia de Augusto... — comunicou o lanista com orgulho.

Aurélio, longe de compartilhar desse entusiasmo, olhou ao redor com perplexidade:

— Há uma coisa que não compreendo, Aufídio. Por que vejo tão poucas armas aqui, justamente onde são adestrados os melhores combatentes do mundo, pelo menos ao que dizes?

O lanista o fitou com estupor: como alguém podia ignorar certas coisas?

— Os homens não têm livre acesso às espadas, nobre Estácio. Violentos e excitáveis como são, a mínima desavença os levaria a se matarem entre si...

— Em vez de esperarem pacientemente morrer diante do público — ironizou o senador.

— Justamente! — confirmou Aufídio, sério, ignorando o sarcasmo do patrício. — Somente eu e o escravo encarregado de afiar as lâminas temos as chaves da armaria. Mas vem, quero te mostrar o *sanarium*, onde tratamos dos feridos. Aqui, recolhemos a "sujeira raspada", isto é, a areia com que os gladiadores secam o suor do corpo e o óleo que serve para torná-los luzidios e escorregadios para quem tentar agarrá-los. Ela tem fama de ser uma panaceia contra todos os males, portanto sua venda também nos rende algum lucro...

O senador assentiu com uma careta, arrepiando-se à simples ideia de que o nojento emplastro de cera, suor e poeira da arena fosse considerado por muitos não somente um talismã como também um poderoso medicamento, e fosse usado como tal.

— Ali atrás, ao contrário, fica o *spoliarium*... — continuou o lanista.

— Em outras palavras, o necrotério?

— Isso mesmo, ilustre senador.

— O corpo de Celidônio ainda se encontra lá? — perguntou Aurélio, curioso.

— Sim, nobre Estácio — respondeu Aufídio.

— Ótimo — aprovou o patrício. — Quero vê-lo. E manda também que me procure o médico que o examinou.

O cadáver de Celidônio, já limpo pelos serventes, jazia sobre uma mesa de madeira. Ao redor, amontoados no chão, aguardavam sua anônima sepultura dezenas de outros corpos marcados com ferro em brasa: era esse o sistema usado na caserna para assegurar-se de que algum covarde não tentasse escapar fingindo-se de morto. Nauseado, Públio Aurélio desviou o olhar.

Nesse momento, um pigarro discreto anunciou a presença do cirurgião Crisipo. Sob o bigodinho ralo, os lábios finos do médico se curvavam numa careta de pretensiosa autossuficiência.

— Qual foi a causa da morte? — perguntou o senador ao arrogante cirurgião, entrando logo no assunto na tentativa de se impor com um tom autoritário. Mas a atitude altiva do médico, que emanava por todos os poros a típica presunção dos helênicos, não lhe facilitava a tarefa.

— Como *todos* sabem, nobre Estácio, no corpo existem quatro humores básicos, os quais devem se manter em equilíbrio recíproco — pontificou o presunçoso cirurgião. — O sangue, a bile amarela, a bile negra...

— E a fleuma — completou o senador, bruscamente. — Talvez te pareça um pedido singular, mas eu desejo uma resposta precisa, e não uma lição de anatomia.

Crisipo fez um gesto de desapontamento, que tentou desajeitadamente disfarçar. Aquele aristocrata de toga e laticlavo acreditava saber alguma coisa de medicina, evidentemente. Seria ótimo poder responder à altura, desmascarar o ignorante que Aurélio certamente era, mas tratava-se do procurador de César, e era ele quem pagava as contas.

— Examinei o cadáver — disse então Crisipo, descendo a uma postura mais tolerante. — E lamento comunicar que não encontrei nada de estranho, exceto algumas escoriações minúsculas no pescoço e nos braços, que podem ter ocorrido quando Celidônio caiu. Talvez um humor estranho tenha penetrado no seu corpo, rompendo o equilíbrio...

— Fala claramente! — impacientou-se Aurélio. — Estás te referindo a um veneno?

— É apenas uma ilação... — resmungou o médico, na defensiva. — À falta de outros indícios...

— Em suma: não sabes! — explodiu o patrício.

— Não — respondeu Crisipo, gélido, sem mais esclarecimentos.

O senador refletiu: as equipes imperiais dispunham dos melhores médicos, mas nem sempre se podia confiar. Ou melhor...

— Crisipo, quantos anos eu tenho, em tua opinião? — perguntou, à queima-roupa.

O grego franziu o lábio e se aproximou de Aurélio para lhe perscrutar o interior das pálpebras.

— Vida desregrada, muito vinho, alimentos gordurosos, mulheres em abundância, numerosos vícios — diagnosticou, com olho experiente. — Tudo isso, porém, compensado por uma saúde de ferro e pelo constante exercício físico... Em torno de 40, eu diria, embora tentes aparentar menos — sentenciou por fim. — E de fato podes conseguir, se tomares cuidado com o fígado.

O patrício engoliu em seco, melindrado pelo fato de sua idade ser tão evidente. Crisipo entendia da coisa, não era possível duvidar. Portanto, uma vez que o vaidoso grego não estivesse mentindo, a causa tinha sido um veneno... No entanto, Celidônio aparecera em excelente forma até o início do confronto com Quadrado: de que modo uma substância tóxica qualquer poderia ter provocado um efeito tão fulminante, no espaço de horas e, justamente, no momento oportuno?

Ainda pensativo, Públio Aurélio voltou ao encontro do seu séquito no pátio.

— Comecemos logo os interrogatórios — decidiu de uma vez. — Ainda há tempo, antes do almoço.

— Aufídio certamente mandou preparar para nós alguns pratos especiais — anunciou o guloso Servílio.

— Inútil, eu pretendo compartilhar a mesa dos gladiadores — desiludiu-o Aurélio. — Para conhecer o caráter dos homens, não há nada melhor do que vê-los comer — observou.

— Numes, o rancho! — gemeu o bom cavaleiro, levando as mãos ao estômago. — Que os deuses me poupem! — Não era mistério para ninguém que a dieta dos gladiadores, embora rica em nutrientes, concedia bem pouco aos prazeres do paladar.

— O lanista ficará decepcionado, *domine*, se não honrares sua refeição — interveio Castor. — Eu me permito sugerir que pelo menos o cavaleiro aproveite o convite, enquanto tu, no refeitório, terás condições de estudar a fundo e com calma a psicologia dos mirmilões.

Servílio contemplou o secretário alexandrino do seu amigo com um longo e comovido olhar de gratidão: Castor ganharia uma túnica nova naquela tarde, pensou Aurélio, instalando-se no quartinho que Aufídio colocara prontamente à sua disposição para a conversa com os reciários.

De todos os atletas, estes últimos eram seguramente os que melhor conheciam a vítima; e tampouco se devia excluir que, jamais tendo lutado contra ele, pudessem até haver mantido com o campeão uma relação de amizade, proibida aos gladiadores destinados a combater um contra o outro.

— Que entre o primeiro! — ordenou o senador, e viu avançar em sua direção um homem rígido e circunspecto, que mantinha os olhos ostentosamente baixos. Para deixá-lo à vontade, o patrício lhe ofereceu uma taça do vinho que estava bebericando.

— Obrigado, não — disse o gladiador, balançando a cabeça. — Eu só bebo *posca*. O vinho obstrui a mente e reduz os reflexos.

Aurélio admirou tão férrea determinação a se manter em forma: a *posca*, uma bebida de água acidulada, era sem dúvida refrescante, mas nem um pouco saborosa.

— Qual é o teu nome, reciário?

— Heliodoro, senador.

O homem respondia quase por monossílabos, notou Aurélio, expondo-se o mínimo possível, como se estivesse lutando na arena...

— Concordo, Heliodoro, certamente não serei eu a atentar contra tua forma física. Agora, diz: como entraste na gladiatura?

— Venho de uma família sícula de Herbita, nos montes próximos ao Etna — começou a contar o gladiador. — Meus pais eram muito pobres e eu, desde menino, era muito hábil na luta; então decidi correr o risco e me alistei. Agora tenho um bom contrato: se não deixar o couro aqui, voltarei rico à minha ilha.

— Vejo que falas claro — comemorou o senador. — Diz, quantos vêm da província, como tu, movidos pela esperança de ganhar dinheiro com os *ludi*?

— Muitos — reconheceu Heliodoro. — Da minha aldeia éramos seis, agora só resto eu: os outros se deixavam entusiasmar facilmente; mas, neste ofício, é preciso ter frieza para não encontrar a morte.

— O que pensavas de Celidônio?

— Nos confrontos, era excepcional, praticamente insuperável. Ninguém sabia manejar a rede e o tridente como ele. Mas não sobreviveria aos anos de serviço: a habilidade na arena não basta, como eu te disse. Ele era muito seguro de si e, mais cedo ou mais tarde, alguém o derrubaria. Seja como for, agora tenho um concorrente a menos...

— Tu o viste cair morto?

— Não, eu tinha acabado de duelar e, sempre que volto ao subterrâneo, prefiro ficar sozinho, para recuperar o autocontrole. E também os assuntos alheios não me interessam; tentar me manter vivo já me dá muito trabalho. Não é fácil, sabes?

— Eu te agradeço pela colaboração, Heliodoro. Por enquanto, é o suficiente.

Aurélio suspirou: se os atletas fossem todos loquazes como o sículo, não havia muito o que esperar.

— O próximo! — chamou o patrício, e viu à sua frente um homem baixo e atarracado, mais largo do que alto, com os lábios carnudos por baixo de um grande bigode.

— Nome?

— Hércules! — trovejou o interpelado, com forte sotaque bárbaro.

— Falas latim? — perguntou o patrício, em dúvida.

— Não preciso latim: eu forte, eu sármata, eu gladiador!

— Conhecias Celidônio?

— Celidônio forte, fortíssimo. Agora ele morto e eu mais forte de todos!

— Onde estavas quando ele tombou?

— Uh? — fez Hércules, franzindo a testa.

— Sabes alguma coisa que... — começou o senador.

— Uh? — repetiu o sármata, em evidente dificuldade linguística com o idioma dos quirites.

Públio Aurélio o liberou com um gesto: semelhante conversa certamente não o levaria muito longe.

Quando Hércules saiu, entrou Castor, seguido por um belo jovem de aspecto vivaz, com os louros cachos bem cuidados e com um aspecto sadio.

— Ave, senador Estácio! — saudou o recém-chegado, enrijecendo perfeitamente o braço. — Meu nome é Gálico, ao teu serviço!

— Vejo que te expressas muito bem — maravilhou-se Aurélio.

— Sou de Augustodunum. Talvez te surpreendas, mas também temos civilização por lá — respondeu o rapaz em tom sarcástico.

— Eu sei — assentiu Aurélio, com um sorriso. — Dos vossos campos é que me vem o fornecimento de *cervesia* e daquela gordura amarela que produzis com leite de vaca. Aqui em Roma nem querem ouvir falar disso, mas eu obtive grande sucesso ordenando ao meu cozinheiro que a usasse em substituição ao azeite, para refogar o guisado!

— O refinado senador Públio Aurélio Estácio bebe *cervesia* e aprecia os condimentos celtas! Quem diria? Só te falta vestir nossas bragas compridas...

— Que os deuses me protejam, são muito desconfortáveis! É de enlouquecer, isso de sentir as pernas aprisionadas no tecido — gracejou Aurélio. — Seja como for, nem mesmo eu esperava que um gladiador da Gália Transalpina falasse o latim ciceroniano. Fiquei curioso, Gálico: onde o aprendeste?

— Na escola. Fui escravo de um provinciano muito rico, que me deu instrução. Em sua casa eu gozava de muitos privilégios: tinha permissão para usar suas roupas, para me sentar à sua mesa, e até para dormir em sua cama — riu Gálico, piscando o olho.

— Entendo... E como o favorito de um ricaço acabou lutando na arena?

— A filha do patrão era muito bonita e, inadvertidamente, eu confundi o leito dela com o do patrão. E também, já que meu generoso senhor me prometera uma boa soma em dinheiro quando morresse, antecipei um pouco esse momento.

— Queres dizer que o mataste? — assombrou-se Aurélio.

— Bem, senador, não exageremos. Eu me limitei a lançar mão da quantia sem esperar que ele partisse. Agora estou aqui, para restituí-lo... ao que parece, a paixão que o patrão nutria por mim era menos ardente do que a reservada aos seus sestércios!

— No entanto, não me parece que te saias mal...

— Bem, eu sou um pouco magro em comparação com aquelas montanhas de carne, mas te asseguro que a agilidade, nos *ludi*, conta mais do que a força. Sei me esquivar como um furão das investidas do adversário, e até agora a sorte me sorriu. Mais dois meses e saio daqui, livre, já sem dívidas e com um bom patrimônio.

— Agora eu gostaria de falar de Celidônio, se não te incomodares.

— Nem um pouco.

— Tu o conhecias?

— E como! Nós nos víamos com frequência, inclusive fora da caserna. Jogávamos dados, íamos ao lupanar...

— Também tendes saída livre? — perguntou Aurélio, espantado.

— Claro — confirmou Gálico. — Afinal, o vencedor deve comemorar! Aqui, quando há um exercício importante, a nata da Urbe vem nos ver, e precisavas ouvir os gritinhos das senhoras! Recebemos visitas, até mesmo alguns convites de famílias importantes; sem contar que os pimpolhos da Roma ilustre competem para nos servir de escolta, quando circulamos por aí.

— Aonde costumais ir para farrear?

— Depende; à taberna de Níobe, ou então a alguma festa. Às vezes pedem exibições nossas em lutas diante dos comensais, nos banquetes de gala: eu aceito com muito gosto, porque assim consigo conhecer pessoas importantes, e isso pode ser útil para mim um dia. Não pretendo ficar neste trabalho nojento por toda a vida! Celidônio, naturalmente, era o mais requisitado: havia verdadeiras disputas para tê-lo nessas ocasiões.

— Agora, Gálico, reflete atentamente antes de responder à minha pergunta: na caserna existe alguém que tivesse interesse em acabar com ele?

— Alguém? *Todos*, deverias dizer! Os *secutores*, os trácios, os mirmilões, os samnitas... a cada sorteio, corriam o risco de ter de enfrentá-lo!

— Menos vós, os reciários... — objetou Aurélio. De fato, a típica luta dos *ludi* consistia no confronto do reciário com um trácio munido de gládio e escudo, ou então com um especialista em algum outro tipo de arma. Nunca, porém, eram contrapostos dois reciários, isto é, dois atletas igualmente armados de rede e tridente.

— Estás brincando, senador — recomeçou Gálico. — É verdade que, justamente por essa razão, os reciários vivem em celas separadas e não se misturam com os outros; mas não deves acreditar que entre nós haja grande harmonia. Celidônio era o campeão e, agora que morreu, as possibilidades de assumir seu lugar aumentam para todos!

— Para ti, isso seria importante?

— Não. Ser o número um não me interessa. O que eu procuro é conservar uma posição decente e certos privilégios: nesse sentido, Celidônio me era muito mais útil quando vivo.

— És um tanto desencantado — observou Aurélio. — Não creio que na caserna existam muitos que pensem como tu...

— Ah, eles são um bando de grandes imbecis. Uma corja de idiotas musculosos, que só servem para retalhar adversários — retrucou Gálico em tom depreciativo. — Interroga-os e verás! — Dito isso, despediu-se com um olhar de cumplicidade que não agradou nem um pouco ao senador.

— Rapaz esperto — comentou Castor. — Pretendo conhecê-lo melhor. Permites que eu me ausente um instante?

Castor está prestes a encontrar um amigo, entre espertalhões o entendimento é fácil, pensou Aurélio com uma vaga sensação de alarme. *Numes, quem sabe o que poderão aprontar aqueles dois, mancomunados!*

— Que entre mais um! — ordenou em seguida, com resignação estoica.

*

— Com que então, Túrio, afirmas ter sido amigo de Celidônio?... És o primeiro a admitir isso! — surpreendeu-se Aurélio um instante mais tarde.

— Justamente — confirmou a nova testemunha. Moreno, rosto sem nenhum pelo, Túrio parecia pouco à vontade diante do senador: respondia aos trancos, torcendo as mãos como se acabasse de esfregá-las numa urtiga, e, ao mesmo tempo, oscilava de uma perna para outra, num balé exasperante, que faria uma pessoa bem mais paciente do que Aurélio perder as estribeiras.

— Os outros o queriam morto, senador Estácio, mas era inveja, só inveja. Até Gálico, aquele donzelinho encaracolado que corria atrás dele como uma sombra, seria capaz de vendê-lo por quatro trocados... — declarou, sem parar nem um minuto com seu balanceio nervoso.

— Mas Celidônio lhe dava corda — objetou o patrício.

— Nos primeiros tempos, não — corrigiu o gladiador. — Se soubesses quantas vezes zombou daqueles cachinhos tingidos com sabão de Mogúncia! Divertia-se, e com frequência, ridicularizando-o diante de todos, perguntando-lhe por que não combatia com o *calamistrum* para ondular os cabelos, em vez do tridente. Arremedava sua fala, imitando aquele afetado latim de mulherzinha; e um dia, para lhe pregar uma peça, até colocou no seu cubículo um ferro de cabeleireiro! Mas depois, à força de adulações e lisonjas, Gálico conseguiu se grudar a ele, e se tornou sua ruína. — Túrio balançou a cabeça ao lembrar. — Eu dizia: "Celidônio, não saias à noite, descansa; deves te manter em forma, um golpe de gládio e estás acabado, pensa na tua família." E ele, nada ouvia: frequentava cassinos o tempo todo, junto com aquele tratante afeminado!

— Família? — espantou-se Aurélio. — Celidônio não tinha parentes; que eu saiba, foram todos exterminados na Trácia, durante um ataque...

— Era o que *ele* dizia — esclareceu Túrio. — Mas, quando estava bêbado, dava com a língua nos dentes... nessas horas, falava de Forum Gallorum, e não da Trácia.

Forum Gallorum: um burgo da Gália Cisalpina, perto de Mutina... o que o grande gladiador trácio tinha a ver com aquele município perdido na Via Emilia?

— Conta tudo o que sabes dele, Túrio, até mesmo as coisas que não te pareçam importantes!

O atleta pareceu hesitar:

— Não sei mais nada, senador, a não ser que as pessoas se aproximavam dele só para explorá-lo. É um mundo terrível, este da arena. No anfiteatro de Statilius Taurus não há lugar para os bons sentimentos — concluiu, e suspirou desanimado.

— Francamente, Túrio, estou surpreso por encontrar na gladiatura um homem com a tua sensibilidade. Como vieste parar nesse ofício?

— Eu tinha sido condenado à morte: então me deram a alternativa entre o patíbulo e os *munera*; e aqui estou.

Aurélio assentiu, compreensivo: um pobre coitado, lançado às feras por ter roubado talvez um pedaço de pão... Sentiu-se comovido por aquele homem manso, educado, obrigado a exercer um trabalho horrendo para satisfazer a sede dos quirites por emoções fortes.

— Qual era a acusação contra ti? — informou-se, com tato.

— Parricídio — confessou o reciário, tranquilo. — Matei meu pai e meu irmão com um machado, depois cortei-os em pedaços e os sepultei num bosque vizinho à minha casa. Infelizmente, na pressa do momento, me esqueci de enterrar a cabeça do velho.

— Mas por quê? O que eles te fizeram? — perguntou o patrício, perplexo.

— Nada, mas eu já não aguentava vê-los ao meu redor — declarou Túrio com um sorriso, e dirigiu-se para a porta, deixando o senador, estupefato, a se interrogar sobre sua suposta capacidade de avaliar a alma humana.

Pouco depois reapareceu Castor, de cara fechada:

— Que trapaceiro, aquele Gálico! — trovejou, furioso. — Jogamos uma partida de astrágalos e... adivinha: os dados dele eram falsificados! Mas eu percebi logo, *domine*, e apresentei outro par!

— Situação lamentável, concordo — retrucou irônico o senador, que já se habituara a conviver com o personalíssimo senso de honestidade de seu secretário. Anos antes, em Alexandria, salvara-o no último instante de uma condenação ao patíbulo por apropriação indébita; apesar disso, a ética de Castor, desde aquela época, não parecia ter feito progressos significativos no caminho da virtude. — Bem, e a essa altura? Como evoluiu a coisa?

— De nada adiantou! — rosnou o alexandrino. — Aquele descarado percebeu que os meus também eram falsificados!

No refeitório, a confusão estava no auge.

Na realidade, o rancho se revelara passável, e Públio Aurélio pudera observar de perto a fauna humana que o circundava.

Os campeões da arena não pareciam manifestar nenhum embaraço pela sua augusta presença: sentado diante dele, um gladiador se empanturrava sem levantar a cabeça da escudela, enquanto seu vizinho samnita espetava com a faca os pedaços de carneiro como se estivesse afundando um estoque diretamente no ventre de um adversário.

Aurélio se levantou e foi se sentar ao lado de um homem que comia em silêncio, com concentração quase religiosa, degustando lentamente cada bocado, como se aquilo fosse uma ambrosia divina.

— Está bom? — perguntou o senador.

— Uma delícia. Desde ontem, o pior grude me parece um néctar excelente.

— As coisas ficaram feias para ti, não é mesmo, Quadrado?

O gladiador fez um gesto que dispensava comentários.

— Ainda não consigo acreditar; sempre tive tão pouca sorte... Quando vi Celidônio estirado ali... — Baixou o olhar para a escudela, incrédulo e ao mesmo tempo querendo esconder seu estado de espírito. — Mas não vai durar — continuou, no tom de um condenado à morte na véspera da execução. — Eles vão me devolver à arena, e na próxima vez nem mesmo Quirino, se descesse do céu com sua carruagem, conseguiria me livrar. Seja como for, por enquanto estou vivo. E comendo.

— O que crês que aconteceu?

— Não sei muito bem, a Parca havia perdido a foice, ou então Júpiter quis me pregar uma peça.

— Creio que a terrível brincadeira ele fez com Celidônio, e não contigo.

— Pois é! — concordou Quadrado. — Desde a noite anterior ao combate em que o enfrentaria, eu já pensava: seria duro até para os melhores, quanto mais para mim!

— Por quê? Não és um campeão? — perguntou o patrício, espantado com tanta modéstia.

Quase a contragosto, Quadrado deu uma risadinha:

— Campeão, eu? Olha os calos das minhas mãos: parecem os de um guerreiro? Eu nasci para lavrar a terra, algo bem diferente de arena e jogos de gladiadores. Apesar disso, sairei daqui com os pés na frente...

— Mas então, pelos Numes, podes me explicar o que fazes na gladiatura?

— Achas que fui eu que pedi para entrar? — respondeu secamente o coitado. — Fui mandado para cá! Foi aquela puta da minha esposa, junto com seu amante. Ele era casado com uma mulher bastante rica. Os dois a mataram e combinaram atribuir a culpa a mim.

— Mas o tribunal, a lei...

— Ora, o tribunal! — Quadrado sorriu com amargura. — Quando alguém pode comprar as testemunhas... quatro delas declararam ter me visto em companhia da vítima pouco antes de ela ser assassinada; e assim, de uma hora para outra, eu me vi na cadeia. Por sorte, a condenação foi *ad ludum*, e não *ad bestias*, ou eu teria tombado na arena sem sequer me adestrar!

— Lamentável — comentou o senador, refletindo.

— É uma grande falta de sorte. Desde criança fui trabalhador braçal, e sempre recebia do patrão as surras pelas culpas dos outros. Já então ninguém queria ficar perto de mim, porque eu trazia azar. Depois minha mulher engravidou, e só mais tarde compreendi que eu lhe servia unicamente para sustentar o filho daquele cachorro que me mandou para cá... Agora os dois gozam a vida, enquanto eu me preparo para morrer. — Por um instante, Quadrado apertou os punhos, sem perceber. — E sabes o que dizem os meus companheiros, senador? Que eu deveria estar morto, que já tenho cheiro de cadáver!

— Sem dúvida, o fim de Celidônio foi vantajoso para ti! — concluiu Aurélio, um tanto constrangido. — A propósito, onde estavas antes do combate? Ninguém te viu...

O gladiador permaneceu em silêncio.

— Escuta, Quadrado. Não me entendas mal, mas tenta pensar: para ti, é melhor responderes à minha pergunta. No fundo, quem mais ganhou com essa morte foste tu... — tentou persuadi-lo o senador.

— Estava na latrina! — respondeu o outro, de um só fôlego. — Estava me borrando de medo! Tenta controlar isso, se fores capaz! — exclamou, levantando-se.

Depois, com os ombros curvados, dirigiu-se a sua cela, balançando a cabeça.

CAPÍTULO V

Quarto dia antes das Nonas de junho

No final da manhã seguinte, o senador Públio Aurélio Estácio estava refestelado na mesa de massagem, no ginásio de sua *domus*, abandonando-se aos experientes cuidados da belíssima Nefer, a escrava egípcia que lhe havia custado um verdadeiro patrimônio.

Concedera-se um bom banho de vapor e depois um mergulho na tina gelada: agora, o toque mágico das mãos bronzeadas de Nefer o relaxava completamente... Enquanto toda a tensão desaparecia dos seus músculos contraídos, a mente férvida se dedicava a raciocinar.

Tudo havia começado na caserna, e era ali que convinha continuar com as investigações, sobretudo entre os reciários. Contudo, até mesmo dos adversários de Celidônio, embora o conhecessem menos, seria possível saber alguma coisa, e inclusive de uma pessoa que, por suas próprias peculiaridades, estivesse numa posição inteiramente especial no *Ludus Magnus*...

— Castor — disse ele ao secretário, que esperava paciente ao lado da mesa, devorando com os olhos as graças da massagista —, tenho um encargo a te confiar.

— Seria para mim um enorme júbilo, *domine* — respondeu o liberto, levando as mãos à fronte, enquanto Nefer, concluída a tarefa, despedia-se com uma inclinação respeitosa —, mas infelizmente uma persistente cefaleia me atormenta desde hoje cedo...

— Que pena! — retrucou Aurélio. — Bom, então recorrerei a outro. Quem, entre os servos, tem o aspecto mais viril e sedutor? Tullo, talvez...

— Tullo? — sorriu zombeteiramente o alexandrino. — Estás brincando, não? Com aquela cara de peixe morto... De que se trata, *domine*? — indagou o liberto, pegando a esponja embebida em óleo perfumado que Nefer havia colocado de volta sobre uma mísula. — Aquela poção que o médico Hiparco me administrou é de fato portentosa; já me sinto melhor! O que dizias, patrão? — continuou, esfregando energicamente as costas do patrício.

— Preciso de informações sobre o tipo de gente que convivia com Celidônio — explicou Aurélio. — Há uma moça que...

— Nissa! — interrompeu-o Castor, animadíssimo.

— Não exatamente — decepcionou-o o senador. — Eu mesmo irei ao teatro para conhecê-la. Tu, porém, indagarás na caserna.

— Mas lá não há mulheres! — exclamou o liberto, desconfiado, para depois fitar o patrão com incrédulo estupor: — Não estás te referindo a Arduína, *domine*... Não me aproximarei daquela bruxa nem por todo o ouro do mundo!

— E por duas moedas? — regateou Aurélio.

— Terei de arriscar o pescoço com aquela amazona sanguinária, em troca de 2 míseros sestércios? Fazes pouco da minha pessoa, patrão: eu também tenho sensibilidade! — retrucou Castor, exibindo uma expressão ofendida.

— Tua sensibilidade se sentiria adequadamente protegida com meio áureo? — ofereceu Aurélio.

— Façamos por um áureo e dois côngios de Falerno, afora as despesas — propôs o levantino. — Por acaso eu posso, de mãos vazias, cortejar uma mulher? O que diriam, se o secretário do poderoso Públio Aurélio Estácio fosse visitar uma jovem como um pedinte?

— De acordo — aceitou o senador. — Mas limita-te a alguma guirlanda; ela é uma gladiadora, e não uma hetera.

— Será um milagre se eu sair vivo! — explodiu o grego, embolsando rapidamente a gorjeta. — E, seja como for, terás sempre esse peso na consciência!

No teatro de Pompeu, o espetáculo havia sido um sucesso.

Terminada a pantomima, o numeroso público enxameava no pórtico, cantarolando os motivos executados pelos tocadores de *aulos* e de cítara. Muitos se detinham entre as estátuas das grandes atrizes que Ático em pessoa havia escolhido para Pompeu Magno, quando este resolvera dar aos romanos o primeiro teatro estável. Diante das formas marmóreas das célebres divas do passado, não havia quem renunciasse a compará-las com as da fascinante Nissa, para total vantagem desta última.

Estavam longe os tempos em que a presença das mulheres em cena suscitava escândalo por toda a Urbe. Embora as atrizes muito bem pagas que pisavam o palco ainda fossem consideradas pela lei como "pessoas abjetas", comparáveis às prostitutas, o público aficionado as elevava aos altares, e mais de um patrício de antiga estirpe já se arruinara para transferir o patrimônio herdado às delicadas mãos de uma *mimula*.

— Tens certeza de que ela aceitará nos encontrar? — preocupava-se o emocionadíssimo Servílio, arrastando Aurélio para o vestíbulo.

— Sem dúvida — tranquilizou-o o senador. — Eu lhe mandei uma mensagem.

— Quem sabe quantos não terá recebido! — suspirou o cavaleiro, duvidoso. — No fundo, para ela até poderia não fazer diferença que tu sejas um membro da Cúria.

— Não excluo essa possibilidade, Tito. Mas, Cúria à parte, minha mensagem foi acompanhada de um bracelete de ouro maciço. Confia, meu amigo — insistiu Aurélio. — Em Roma, o dinheiro abre até as portas do palácio de César; imagina se não vai conseguir escancarar o camarim de uma atriz qualquer!

Tito Servílio o seguiu agitado, sem parar nem um segundo de ajeitar com dedos nervosos a franja dos ralos cabelos grisalhos, na inútil tentativa de cobrir a calvície incipiente.

Na realidade, o cavaleiro tinha todas as razões para se sentir um pouco tenso, porque naquela noite Nissa havia de fato se superado: num espetáculo em que toda a capacidade expressiva era confiada à linguagem do corpo, ninguém a igualava em sua capacidade de inflamar o público com gestos despudorados, movimentos voluptuosos e piscadelas ardentes. Várias vezes, temera-se até que a plateia excitada invadisse o proscênio ou que a intervenção moralista de algum magistrado zeloso encerrasse uma apresentação considerada muito lasciva.

— Ah, o episódio de Ares e Afrodite: só ela podia interpretá-lo assim! Que classe, que elegância, que temperamento! Achas que, se eu a convidasse... — ousou o bom cavaleiro.

— Devias te aconselhar com Pompônia — redarguiu Aurélio, fingindo uma indiferença excessiva pelas artes de sedução da provocante *mimula*.

Enquanto isso, a multidão que se acotovelava em torno dos camarins dos artistas ia diminuindo aos poucos. Decepcionados por não terem sido recebidos por Nissa, os admiradores mais fiéis iam embora a contragosto, não sem lançar algum beijo em direção à porta cruelmente fechada.

Quando o tumulto se dispersou, o escravo-porteiro, exibindo um ar de pegajosa cumplicidade, aproximou-se de Aurélio e Servílio:

— Nissa vos espera. Por aqui, ilustres senhores.

— Ó Eros, Potos, Hímero! — invocou Servílio, que já não cabia em si de agitação.

O camarim era pequeno, e a mímica, vestida numa túnica até casta, sentava-se ao espelho, rodeada pelas criadas, ocupadas em lhe remover a pintura. Com as pálpebras abaixadas e a expressão estática, a mulher se enlanguescia com a massagem das cabeleireiras, acariciando lentamente uma trouxinha de pelo macio aninhada em seus joelhos.

— Ave, nobre senador Estácio! — saudou, com um leve aceno de cabeça, semicerrando os olhos vivazes, iluminados por um verde vagamente serpentino.

Nesse instante, a peliça que Nissa tinha no colo se animou de repente, revelando um focinho curioso e atento.

— Agradeço-te pelo colar: Fofinho gostou muito — disse a atriz com displicência, apontando a preciosa joia dada por Aurélio e agora exibida no pescoço do furão.

Servílio, aflito por fazer a sua parte, deu uma cotovelada enérgica no amigo, para que este se decidisse a apresentá-lo.

— O cavaleiro Tito Servílio — introduziu de fato o patrício, mas a moça sequer dirigiu um olhar ao outro: habituada a tratar com homens de todo tipo, percebera de imediato qual dos dois era o interlocutor verdadeiramente importante.

— Te incomodas se eu continuar a toalete? — perguntou ela a Aurélio, e, ao se acomodar melhor sobre o escabelo, deu um jeito para que, quase por acaso, a túnica se abrisse e exibisse suas pernas.

— Por favor, por favor, continua — assentiu Servílio, roubando a resposta ao amigo e engolindo em seco.

— Celidônio... — começou Aurélio.

— A morte dele foi um golpe duríssimo para mim; a simples menção a isso me faz sofrer as penas do Tártaro! — interrompeu a atriz em tom dramático, levando as mãos à fronte. — Como poderei esquecê-lo?

— Não parecias tão destruída pela dor durante o teu número — insinuou o senador, que suportava mal as simulações dos comediantes fora da cena.

— Não te equivoques, nobre Estácio! Eu sou uma profissional, e aquilo é trabalho; não tem nada a ver com a minha vida privada! — retrucou a jovem, ressentida. — Imagina, ter de fingir diante de milhares de espectadores, todos ali me admirando com a baba escorrendo pela boca, para não falar de outros órgãos, enquanto meu coração sangrava pela perda do meu amado, maravilhoso, insubstituível Celidônio!

— Pobrezinha... — suspirou Servílio, em tom de adoração.

Aurélio começava a se irritar; na presença de Tito Servílio, jamais conseguiria falar seriamente com aquela mulher!

— Tito! — ordenou, peremptório. — Nissa está com sede. Vai buscar vinho para ela.

— Há uma taberna aqui na esquina, num instante eu vou e volto!

— Não vais querer oferecer suco de Baco de quatro trocados a esta refinada jovem! Pega a liteira e corre a comprá-lo no *thermopolium* da Via Nomentana.

— Até lá? Mas eu vou demorar um século! — protestou o bom cavaleiro, que não pretendia ser excluído do colóquio.

— Justamente. Quanto mais depressa fores, mais depressa voltarás — cortou Aurélio, empurrando-o para a saída. — E vós também, fora! — acrescentou, dirigindo-se às criadas.

A atriz não teve nada a objetar. Enovelada sobre as almofadas, abraçou o bichinho de estimação com um gesto infantil e dirigiu ao patrício um olhar titubeante.

— E agora que estamos finalmente sós, doce Nissa, podes parar de recitar o texto da mulher de coração despedaçado — recomeçou Aurélio, sem grandes cerimônias. — Antes de mais nada, conta-me quantos e quais outros homens frequentavas, além do reciário!

— Eu jamais poderia... — começou a replicar a diva, circunspecta.

— Escuta, minha cara — interrompeu o senador, impaciente —, eu também sou um magistrado. O que significa que posso mandar interromper teu gracioso espetáculo a qualquer momento, e até mesmo encontrar uma acusação válida para mandar te açoitar em cena, sem truques, diante do teu aficionadíssimo público!

— Tu não... — tentou objetar Nissa, já menos segura. Em Roma, a posição de uma atriz sofria de certa precariedade, e ela sabia muito bem que Públio Aurélio podia passar da ameaça à ação.

— E por qual motivo eu não deveria fazer isso? És muito convincente na cena da fustigação: o látego é falso, ou te agrada realmente? — emendou o patrício, agarrando-lhe o pulso sem muita delicadeza.

— O que queres saber? — perguntou a atriz, livrando-se do aperto com um gesto brusco.

Agora, seu tom havia mudado: não havia mais denguices ou afetações, mas a voz firme de uma mulher de negócios que discute um contrato.

— Falaram-me de certas festas às quais comparecias em companhia de Celidônio. Quero o nome dos anfitriões, e não os dos atores ordinários e dos histriões...

— Trata-se de gente conhecida, Estácio, espero que sejas discreto... Estive muitas vezes presente aos banquetes de Sérgio Máurico.

— O advogado? — perguntou Aurélio torcendo a boca. Ao aceno de assentimento da mulher, continuou: — Quanto ele te pagava para te exibires diante dos convidados?

— Senador, eu não preciso de esmolas! — protestou Nissa, despeitada. — Sabes quanto ganho por esses espetáculos? Duzentos mil sestércios, bem mais do que muitos dos teus pares obtêm de suas rendas num ano inteiro!

— Pouco menos do que Mnestro! — Aurélio assobiou, admirado: não era mistério para ninguém que o histrião mais famoso de Roma recebia remunerações fabulosas, e muito menos que era para Messalina algo mais do que um protegido... mas quem ousaria falar em voz alta a respeito da Imperatriz? — Com que então, aceitavas dançar na casa dos Sérgios? — prosseguiu o patrício em tom inquisitório.

— Conheço Máurico há muito tempo; uma vez ele me defendeu no tribunal.

Aurélio refletiu: Sérgio Máurico era célebre não só como astutíssimo príncipe do Foro, mas também por estar mancomunado com uma gentalha rica e sem escrúpulos, que ele invariavelmente conseguia fazer absolver no tribunal. Na verdade, segundo o direito, os advogados romanos não poderiam receber dinheiro de nenhum acusado, pois o costume exigia que as causas dos amigos e dos protegidos fossem patrocinadas a título gratuito. Fazia tempo, contudo, que prevalecia a prática de o cliente recompensar de maneira tangível o seu salvador, pagando-lhe regiamente.

No caso de Sérgio, então, de fato parecia valer a pena contratá-lo, a despeito das somas astronômicas: raramente um assistido seu havia sido condenado, quer fosse culpado ou inocente. O célebre orador podia assim contar com a gratidão de amigos poderosos e generosos; além disso, eram demasiados os segredos que um bom advogado vinha a saber sobre seu protegido, para que este pudesse um dia lhe negar favores.

Portanto, se Nissa se envolvera no passado em episódios pouco claros, certamente Sérgio havia conservado alguma prova para tê-la em suas mãos: pedir-lhe que se apresentasse para os seus convidados, no fundo, era o mínimo que ele podia fazer... tanto mais quanto o abastado causídico gozava também da fama de excêntrico anfitrião. De fato, ele e a irmã gostavam de se rodear de estranhas companhias: dançarinos, atores de segunda categoria, gladiadores, prestidigitadores, poetas ruins e outros personagens entre os menos recomendáveis da Urbe.

— Cheguei! — gritou Servílio nesse momento, surgindo ofegante à soleira, com dois cântaros nas mãos. — Fui o mais depressa possível! Consegui comprar os vinhos Albano e Erbulo, mas só têm sete anos de envelhecimento!

— Nada de comparável ao que os Sérgios oferecem em sua mesa; mas, pelo menos desta vez, nossa Nissa se contentará — declarou o patrício, fazendo menção de se despedir.

Mas Servílio hesitava, relutante em sair, como se estivesse prestes a perder a grande oportunidade de sua vida, uma daquelas que só aparecem uma vez. Nissa percebeu e se aproximou dele, com jeito lânguido e expressão sorridente:

— Ah, Tito... — sussurrou, com voz rouca.

O cavaleiro preparou os lábios para um beijo e, arrebatado, fechou os olhos, para saborear melhor aquele instante mágico. Sentiu a carícia morna, o toque leve da língua áspera, a umidade do nariz frio... e, espantado, viu-se fitando as pupilas buliçosas do furão que Nissa lhe encostava ao rosto.

O bom Servílio, que na verdade se contentava com pouco, ficou extasiado.

— Que mulher deliciosa! — murmurava ainda, no trajeto de retorno. — Graciosa, cortês, fascinante...

— Verifica se não tens cabelos louros grudados à túnica, antes de entrares! — redarguiu Aurélio, e deixou em frente à porta o amigo, ocupado em fazer desaparecerem do manto, um a um, os comprometedores pelos do furão.

CAPÍTULO VI

Véspera das nonas de junho

— Páris — disse Aurélio, poucos dias mais tarde —, preciso saber se temos uma agência em Mutina.

— Não, *domine* — respondeu o valoroso intendente, espantado com que o patrão se interessasse repentinamente pelos negócios: em geral, ele precisava correr atrás do senador durante horas, não raro durante dias e semanas, até que este se decidisse a examinar as contas.

De fato, embora o patrício tivesse acrescentado ao conspícuo patrimônio dos nobilíssimos antepassados até mesmo as atividades, muito mais rendosas, de armador e banqueiro, contar dinheiro não era certamente seu interesse máximo: preferia, em vez disso, gastá-lo fartamente, com aristocrática despreocupação; atitude que Páris, do fundo de sua frugal prudência, considerava um tanto inconveniente.

— Há um escritório nosso em Bononia; é a cidade mais próxima de Mutina — acrescentou Páris.

— Quanto tempo leva um mensageiro para ir até lá e voltar? — perguntou o senador.

— Mais de uma semana, patrão — respondeu o intendente. — Mas, se tiveres pressa, podemos recorrer aos pombos-correio. Lembro-te que dispomos de uma densa rede de pombais em toda a península; a resposta nos virá em dois ou três dias.

— Certo, Páris — aprovou Aurélio. — Quero descobrir o que Celidônio tinha a ver com Mutina e Forum Gallorum. Será fácil, para os empregados de Bononia, informar-se na cidade vizinha: estou disposto a oferecer a transferência para a Capital àquele que conseguir me trazer as informações mais interessantes!

— Não vai adiantar, *domine* — alertou o intendente, balançando a cabeça.

— Por quê? — objetou o senador, erguendo uma sobrancelha. — Bem sabes que a ambição máxima de todo provinciano é se estabelecer na Urbe. Portanto, não vejo por qual motivo...

— Esse sistema não funciona em Bononia, *domine* — interrompeu Páris. — Os habitantes daquela cidade, em parte celtas e em parte etruscos, estão convencidos de que moram no melhor lugar do mundo: "Bononia *caput mundi*", afirmam, menosprezando os esplendores da Capital. Não pediriam transferência para Roma por motivo algum; se por acaso forem obrigados a viver em qualquer outro lugar, logo batalham para retornar o mais cedo possível ao seu amado burgo. Acredita em mim, é melhor prometer um prêmio em dinheiro — aconselhou o sensato administrador.

— Concordo, farei o que me sugeres — consentiu o patrício, deixando de lado suas reservas quanto ao fato de alguém preferir uma cidadezinha de província à capital de um Império.

Por outro lado, os habitantes das províncias céltico-etruscas tinham fama de ser um tanto bizarros, e assim, na realidade, ele não se espantou muito. — Já escreveste? Então, envia logo!

O sinete mal fora pressionado sobre a cera quando um grito inumano ecoou no peristilo.

— Hécate Imortal, Sacra Afrodite, Grande Astarteia! — berrou Castor, entrando às pressas, como se tivesse atrás de si uma coorte de pretorianos sedentos de sangue.

Ao ver o levantino todo desmazelado, Páris torceu a boca: realmente não compreendia como um aristocrata do nível de Públio Aurélio Estácio, homem refinadíssimo, embora um pouco extravagante, podia tolerar com tanta indulgência as intemperanças de Castor, sobretudo desde que este havia trazido da Campânia aquela pobre Xênia, uma jovem inocente, pura, que o infame grego se empenhava em corromper sem descanso, com torpes propostas...

— Arduína quase me triturou! É uma fera, uma Erínia, patrão! Pior do que Tisífone, Megera e Aleto juntas! Nunca mais me peças para me aproximar dela; afinal, eu tenho dignidade!

— É mesmo, Castor? Então, és hábil em escondê-la.

— Seja como for, tenho uma pele a salvar!

— E o que descobriste? — cortou Aurélio, certo de que o alexandrino exagerava as dificuldades enfrentadas com o objetivo de reivindicar uma compensação maior.

— Primeiro as contas, *domine* — adiantou de fato Castor. — São 45 sestércios.

— Quarenta e cinco sestércios?! — alarmou-se o senador. — Mas, afinal, enlouqueceste?

— Uma boa adaga de ferro temperado é muito cara, mas me pareceu o presente mais adequado para uma gladiadora. E valeu a pena, escuta! Celidônio tinha sucesso com as mulheres da alta sociedade: não só era convidado habitual dos Sérgios como também, ao que parece, frequentava com muita discrição uma matrona de nobre linhagem, que retornou a Roma há pouco tempo, incógnita, após uma longa temporada no Oriente...

Aurélio sentiu o coração dar um salto, mas não o deixou perceber.

Liquidado Castor com a gorjeta e o encargo de se informar no tribunal sobre a data da próxima causa de Sérgio Máurico, fechou-se no pequeno escritório junto à biblioteca e sentou-se pensativo à escrivaninha, contemplando sua *cervesia* sem se animar a bebê-la.

Fitou perplexo os olhos pintados do busto de Epicuro, como que para encontrar ali uma resposta: uma aristocrata em Roma sob nome falso... tratava-se dela, talvez?

CAPÍTULO VII

Nonas de junho

A liteira do senador se deteve bem diante da Basílica Júlia, em pleno Foro, e Públio Aurélio saltou, seguido pelo inseparável Servílio. Se Castor não se enganara, a audiência começaria dali a pouco.

O patrício não tinha pressa de entrar e se demorava, preguiçoso, nos degraus do tribunal; para essa ocasião, tinha envergado a toga de gala, ornada pelo laticlavo. Sem grande modéstia, acreditava saber usá-la com a elegância necessária: por ali se viam demasiadas togas esvoaçantes, que caíam dos ombros como trapos de faxina... quem, afinal, ainda cuidava de alisar as dobras e recolhê-las harmoniosamente ao redor do braço? Na vida frenética da Urbe, a atenção a tais detalhes estava se transformando irrefreavelmente num resquício do passado, que só servia para algum velho aristocrata inclinado a ilusões patéticas.

Duas ou três matronas ricamente vestidas o saudaram com interesse promissor. Para todas, Aurélio teve um sorriso, uma frase galante, um cumprimento original.

— E então, Narciso redivivo, não te parece que agora devemos entrar? — alertou-o Servílio. — Vieste aqui para assistir a uma audiência ou para cortejar as senhoras?

A sala estava lotada, como sempre ocorria quando o orador era Sérgio Máurico.

O público se acotovelava para vê-lo, como se ele fosse um deus do teatro; e, na realidade, não havia muita diferença entre o modo como o grande orador defendia suas causas e a exibição de um histrião: gritos, frêmitos, gestos impetuosos, pausas teatrais, nada era poupado para comover os juízes.

— ... Desde o dia em que o intrépido Mário submeteu Jugurta... — declamava naquele momento o príncipe do Foro.

À diferença de muitos colegas, Sérgio não lia suas arengas, mas sim as pronunciava de memória, como se estivesse recitando.

— Catão sustenta, a propósito de Cartago... já o pérfido Catilina... Segundo as sábias palavras do deus Augusto... a *Lex Remnia*, a *Lex Publicia* e a *Lex Iulia*...

— Bem, não sei do que ele está falando, mas de fato parece competente — avaliou Aurélio. — Deve ter estudado durante anos.

— Estás brincando? — replicou Servílio. — Sérgio Máurico não sabe nada de direito: tem uma corte inteira de jurisconsultos sob suas ordens, para preparar as causas. Ele recita o que lhe passam, e só. É um especialista em efeitos surpreendentes... Atenção, vai começar um dos seus melhores números: a consternação pela injustiça humana!

— A deusa Têmis, do sacro Olimpo... — declamava o retórico, loquaz.

— Mas em que consiste exatamente a acusação? — inquiriu Aurélio, que não se situava naquela tumultuosa cascata de referências históricas e mitológicas.

— Adultério — revelou Servílio, encolhendo os ombros. — Um sujeito denunciou a esposa, que o traía com um empregado dele.

— E este aí recorre a Cincinato, Cipião, Catilina, às guerras púnicas, às reformas de Augusto, para não falar de todo o Panteão dos quirites e do Olimpo dos gregos, por um assunto de chifres? — pasmou-se o senador.

— É assim que se ganham as causas, meu caro! — replicou Servílio, com uma risada. — Imagina que os gregos chegavam até a inventar leis inexistentes, contando com a ignorância dos juízes... Mas vê, parece que ele está concluindo — anunciou, tentando vislumbrar alguma coisa entre as cabeças do público.

— *Dixerunt!* — exclamou nesse momento um membro do colégio dos magistrados, assinalando o fim das arengas das partes. Com infinita paciência, Aurélio ainda teve de assistir às fases ulteriores dos interrogatórios e da *probatio.*

Finalmente, entre os gritos festivos dos assistentes, foi decretada a inapelável sentença.

Pouco depois o postulante, com expressão sombria, saiu sem uma palavra, seguido pelos seus advogados. Sérgio, mais uma vez, tinha vencido.

— Lá está ele, no meio dos seus acólitos — avisou Servílio, apontando um magote de togados que se acotovelava em torno do rábula. — E aquela deve ser a imputada...

A mulher estava nesse momento contemplando seu salvador com olhar adorativo, e claramente não via a hora de lhe manifestar sua gratidão em circunstâncias mais reservadas.

— A velha raposa é muito sensível às adulações. Vem! — arrastou-o Servílio.

— Ave, Máurico: excelente discurso, realmente!

— Senador Estácio! — exclamou o advogado. — Ah, e também Tito Servílio... estais aqui por alguma causa jurídica?

— Não, não, queríamos somente assistir a uma declamação tua: hoje em dia, são tão poucos os bons oradores... — explicou Aurélio, com deplorável lisonja.

— Devíeis ter me avisado; eu poderia vos obter um lugar mais confortável. Bem, se é só isso... *valete!* — saudou o príncipe do Foro, visivelmente desejoso de retornar à sua bela cliente.

— Na verdade, haveria mais uma coisa... — interrompeu-o Aurélio, com um sorriso abjetamente cortês. — O assassinato de Celidônio.

— Nada a fazer, eu não defendo gladiadores. De todo modo, o culpado será trucidado pela multidão enfurecida, antes mesmo de chegar ao tribunal.

— Mas conheces bem Nissa, a amante da vítima...

— E quem não a conhece? Roma inteira já teve oportunidade de contemplá-la sem véus! — riu Máurico.

— Mas não na casa do espectador — esclareceu o patrício, com inocente candura.

Máurico, despeitado, fez um movimento de raiva e deixou cair das mãos os rolos de anotações, que Aurélio logo correu a recolher com solicitude, tentando espiar o texto.

O que estaria querendo aquele intrometido?, perguntou-se o advogado, perplexo. Públio Aurélio Estácio, o senador. Claro que o conhecia: um aristocrata rico, com o aborrecido hábito de se imiscuir nos assuntos alheios, um desocupado que não tinha feito outra coisa na vida além de ler livros, viajar por deleite e correr atrás das mulheres... e agora, por alguma razão desconhecida, passara a meter o nariz em situações das quais melhor seria que ficasse afastado.

— A que título Nissa te confidenciou nossa amizade, posso saber? Por acaso fazes parte do círculo dos seus íntimos? — perguntou em tom seco, enquanto refletia intensamente: o senador Estácio tinha fama de se ocupar somente de recepções e de círculos literários, mas talvez, em altas esferas, influísse mais do que parecia...

— Não, quem dera! Fui procurá-la a título oficial, como procurador encarregado por Cláudio de investigar a morte de Celidônio — informou o senador, com estudada indiferença.

Ao ouvir o nome do divino César, o orador deixou de lado a atitude hostil e fitou Aurélio com estupor: *procurador de Cláudio*, aquele janota vagabundo...

— Imagino que também vais querer falar comigo — apressou-se então a se oferecer.

— Não há pressa, Sérgio, fica à vontade... E, por favor, deixemos de lado as formalidades. Por que nos encontrarmos num tablino frio, quando seria bem mais simples trocarmos umas palavrinhas reclinados diante de um bom jantar? Hortênsio, o meu cozinheiro, é um verdadeiro mago dos fogões!

— Eu te agradeço, mas prefiro que vás à minha casa, junto com Tito Servílio. Não me negareis o prazer de serdes meus convidados!

— Já que insistes... — aceitou o senador. — Nesse caso, seria gentil nos proporcionar também a presença da deliciosa Nissa.

Servílio sentiu o coração saltar na garganta: então, iria revê-la...

— Sem dúvida. Espero-vos na véspera dos Idos — concluiu Máurico, apressado, e se afastou.

— Sacra Afrodite, preciso começar a me preparar! — gemeu Servílio, angustiado. — O que me aconselhas, devo iniciar uma dieta?

— Poucos dias de jejum não bastariam... — hesitou Aurélio, contemplando com olho crítico o volume imponente do amigo.

— Com algumas massagens, quem sabe... — considerou o cavaleiro. — Podes me emprestar o teu Sansão? Preciso de um homem enérgico.

— Se achas oportuno... — replicou Aurélio, duvidoso.

De fato, tempos antes, Sansão, um escravo gigantesco de modos um tanto bruscos, tinha sido adquirido na qualidade de massagista; agora, porém, depois de ter massacrado vários ligamentos com suas manipulações selvagens, exercia na *domus* de Aurélio a função mais prudente de carregador, na qual, ainda assim, não deixava de causar muitos danos.

— Então, vou agora mesmo à tua casa — concluiu Servílio. — E escuta — acrescentou, apressando-se a baixar a voz —, seria melhor que Pompônia não soubesse de nada; ela poderia interpretar a coisa à sua maneira, se é que me entendes...

— Até demais — resmungou Aurélio, que não esperava nada de bom daquela paixão do amigo pela bela mímica. — Aí estão os portadores com a liteira, vamos.

— Não, vai tu — decidiu o amigo. — Eu vou ao teu encontro a pé: um pouco de exercício me fará bem — declarou, com másculo heroísmo. E os núbios partiram a trote curto, seguidos pelo gordo cavaleiro a saltitar atrás do transporte.

— Ouço berros dilacerantes que vêm do ginásio. Por acaso puseste alguém sob tortura? — perguntou Castor, perplexo, entrando na sala de banhos.

— Não, trata-se apenas de Servílio — explicou Aurélio, emergindo do *frigidarium* com um arrepio. — Está convencido de que um tratamento de choque o fará perder peso...

— Bom, em dois meses, se ele tiver a persistência de continuar, talvez se vejam os primeiros resultados — considerou o secretário, estendendo ao seu *dominus* uma toalha fervente.

— Pois é, mas Tito só pode contar com alguns dias! — esclareceu o patrício, narrando a Castor o encontro com Sérgio Máurico.

— Jantar com a diva! — assoviou o alexandrino. — Magnífico! Achas que ficarei bem com tua clâmide dourada? Ela exalta com o devido refinamento os meus traços helênicos...

Aurélio silenciou: o secretário, recalcitrante em obedecer desde os tempos em que era escravo, ficara muito pior depois da manumissão e da consequente aquisição do status de liberto. E, desde quando fora autorizado a manter na casa, em retribuição aos seus preciosos serviços, aquela ladra patenteada que era Xênia, com quem fazia par, os dois dignos comparsas agiam como patrões na *domus* sem a menor cerimônia, como se fossem os proprietários legítimos. Aquele servo indócil precisava de uma lição. Claro que não o levaria ao jantar!

— O que te faz supor que foste convidado? — perguntou severamente.

— Um impecável secretário grego sempre dá um certo tom, *domine*... — argumentou o liberto. — Especialmente quando é hábil, sutil, cortês, encantador, culto, irônico, desenvolto...

— Encurta isso, Castor.

— De grande têmpera moral, excelente apresentação física, brilhante discurso e...

— Por todos os Numes, eu nunca ouvi tantas bobagens juntas em toda a minha vida!

— E...

— E...?

— E, *sobretudo*, capaz de manter os ouvidos bem atentos.

— Mas estás fora de forma, Castor — rebateu o senador, balançando a cabeça. — Faz séculos que não me trazes uma informação interessante.

— As apostas que Máurico embolsou com a morte de Celidônio poderiam satisfazer a tua... hum... sede de conhecimento? — sussurrou o servo, com ar finório.

Aurélio saltou de pé: decididamente, Castor tinha sempre alguma flecha no seu arco.

— Diz!

— Tenho uns amigos entre os apontadores... — revelou o secretário, passando a examinar com ar indiferente as próprias unhas cuidadíssimas. — Nosso leguleio tinha jogado mil sestércios em Quadrado, o adversário de Celidônio...

— Mil sestércios naquele pobre coitado... — murmurou o senador, pensativo. — Muito suspeito.

— Apurarei facilmente amanhã à noite, indagando entre os servos de Máurico — prometeu o virtuoso liberto, assegurando assim o convite.

Nesse momento apareceu à soleira uma figura espectral, embrulhada até os pés em um pano branco. O pobre Servílio, com a fronte porejada de suor como um areal coberto de conchinhas, deixou-se cair na borda marmórea da banheira, como se fosse um saco de cevada jogado de mau jeito numa carroça de mantimentos.

— Uff... — bufou, respirando fundo. O lençol escorregou para trás e das dobras emergiu um braço cheio de manchas roxas.

— Aquele Sansão tem a mão pesada — lamentou-se o cavaleiro.

— Faz tempo que te preparas, Servílio... — constatou Aurélio, preocupado. — Já decidiste o que vestir?

— Pensei numa rica túnica de linho lavrado, e, por cima, uma veste de ceia muito vivaz, guarnecida por uma profusão de bordados de ouro e prata — adiantou o cavaleiro.

Castor pigarreou:

— *Domine*, teu gosto é excelente, mas, se me permites, eu gostaria de sugerir alguns detalhes ocasionais, no mais absoluto respeito às tuas escolhas, naturalmente...

— Sim, sim, Castor, aconselha-me! — pediu Servílio.

— Ficarias bem numa dalmática sóbria, de esfumatura cinza, excelente para adelgaçar as formas e esconder as equimoses...

— Ótima ideia! — aprovou o cavaleiro. — E o que me dizes de um manto vermelho para alegrar o conjunto?

— Uma frívola *laena*? — discordou o incontentável grego, balançando a cabeça. — Não, não, ouve-me: é bem melhor uma capa escura, muito discreta, ou quem sabe uma *lacerna*.

— Mas... não parecerei velho demais? — observou Servílio, com um toque de ansiedade na voz.

— As jovens cedem facilmente ao fascínio de um homem maduro — filosofou Castor, do alto de sua experiência em assuntos galantes. — Deves, isso sim, corrigir o corte dos cabelos. Acredita em mim: decididamente, está demasiadamente liso e puxado para trás.

O bravo cavaleiro, sem hesitar, correu em busca de Azel, o barbeiro de Aurélio, um efeminado sírio-fenício de meia-idade que iria dedicar a tarde inteira à operação de ajuste.

— Arrisco cinco a um como, em menos de duas semanas, Servílio terá conquistado a diva — propôs o liberto, estendendo a mão ao senador.

Os quirites eram apostadores incuráveis: na Urbe tudo e todos serviam de motivo para esse jogo, das corridas de bigas aos amantes da Imperatriz, e nem mesmo Aurélio se subtraía a esse hábito inveterado.

— Queres te arruinar, Castor? — espantou-se o patrício. Não existia a mínima possibilidade de que Tito Servílio, por mais motivado que estivesse, conseguisse abrir alguma brecha nas graças de Nissa...

— Dois *denarii* de prata! — insistiu o alexandrino.

— Admitamos que Tito cante vitória. Como posso saber se ele estará falando a verdade? — rebateu o senador.

— Uma prova nos tirará a dúvida — respondeu Castor, piscando o olho. — Algo de muito pessoal que pertença à atriz; uma peça de roupa íntima, não sei, talvez uma faixa mamilar ou inguinal... Só pagarás se Servílio a trouxer!

Aurélio assentiu, embora se perguntando, como sempre fazia quando lidava com o astuto liberto, onde se escondia a trapaça.

Então estendeu a mão, mas logo se arrependeu: com aquela soma no páreo, Castor faria tudo para favorecer o trabalho de sedução, e se Pompônia percebesse... De modo algum! A obsessão do bom cavaleiro devia ser cortada pela base, sem a menor piedade, a começar justamente pelo banquete!

CAPÍTULO VIII

Sexto dia antes dos idos de junho

— Patrão, se me permites... — Páris, o administrador da *domus* dos Aurélios, esperava educadamente na soleira. — Chegaram as respostas de Bononia, onde posso colocá-las?

— Põe as missivas no meu escritório, Páris — respondeu o senador. — A propósito: por que não me referiste a visita do arquiteto da minha *villa* de Pithecusa?

Páris ficou todo vermelho e baixou os olhos, cheio de embaraço:

— Devo ter esquecido, *domine...* — confessou, confuso.

Aurélio o encarou, estupefato. A memória do intendente era proverbial, até lendária: em anos e anos de serviço, o meticuloso administrador jamais lhe havia omitido o mínimo detalhe.

— Não achas que Páris anda um pouco estranho, nos últimos tempos? — perguntou pouco depois a Castor. — Parece até que tem outros pensamentos na cabeça; esperemos que não esteja doente, não sei o que faria sem ele!

O grego engoliu em seco, fingindo não registrar a lisonjeira alusão ao intendente. Opostos por temperamento e inclinação, Castor e Páris, embora a serviço do mesmo *dominus*, de fato se consideravam eternos rivais.

— Posso te ajudar a examinar aquelas duas ou três missivas? — perguntou o secretário, a fim de recuperar o terreno perdido. É sempre aconselhável se oferecer para os trabalhinhos curtos e leves, para depois evitar os longos e pesados: essa era a regra adotada por Castor. Uma rápida vista de olhos em um par de cartas junto com o patrão, e poderia gozar o dia inteiro de folga.

— Se realmente quiseres... — aceitou o patrício, agradecido.

O pequeno escritório onde Públio Aurélio gostava de se recolher em solidão, para meditar sobre as obras dos seus filósofos epicuristas prediletos, dava para o peristilo, na parte mais sossegada da *domus*.

— Numes do Hades! — exclamou o patrício, escancarando a porta. Castor arregalou os olhos, lívido: centenas e centenas de rolos lacrados cobriam a escrivaninha, as estantes, o busto de Epicuro, e até uma boa parte do pavimento. — Por Hefesto! Ainda bem que te ofereceste para me ajudar, Castor... e pensar que eu pretendia te dar o dia livre! — disse o senador, com uma risadinha.

Reprimindo um soluço, o secretário se deixou cair no chão, no último cantinho livre de rolos.

— Bem, comecemos — ordenou o patrão, instalando-se ao lado dele. — Olha, olha, aqui temos um que nasceu em Forum Gallorum, e conta haver conhecido Celidônio na juventude...

— A cortesã Quintila se vangloria de tê-lo frequentado intimamente... Uma lavadeira de Mutina afirma que Celidônio lhe devia dinheiro pela barrela...

— Não é só isso, Castor, escuta esta:

Septício Rústico a Públio Aurélio Estácio.

Ilustre senador,

vós aí em Roma não sois tão espertos assim, pois acreditais em tudo. Esse Celidônio, eu vos digo que se chama Plácido e trabalhava em Mutina, para o cordoeiro Espúrio, a quem causou uma série de problemas, inclusive lhe engravidando a serva.

Sei bem disso porque o dito Espúrio é meu cunhado, ou seja, vale dizer que desposou minha irmã Décia, e agora está aqui em Bononia. Penso que a recompensa lhe seria muito útil, porque o casal tem as bocas de quatro filhos para alimentar, que com eles fazem seis, e de cordas se vendem bem poucas.

— Heroico prisioneiro de guerra, único sobrevivente do extermínio da sua aldeia, coisa nenhuma... ele de fato havia construído uma bela história! — assobiou Aurélio.

— E escuta esta, *domine* — emendou Castor. — Temos inclusive a carta de uma certa Plácida, uma popular de Forum Gallorum, que pergunta quando Sérgio Máurico se decidirá a lhe remeter as propriedades do meio-irmão Celidônio, de quem é a única herdeira.

— Estamos bem, estamos bem... — murmurou o patrício, com satisfação.

Duas horas depois, garimpada escrupulosamente toda a correspondência, Aurélio e Castor dispunham de uma biografia detalhada do grande campeão da arena: nascido em Forum Gallorum com o nome de Plácido, logo se transferira para Mutina. Livre e cidadão romano, desde pequeno havia sido o desespero da mãe: depois de mudar várias vezes de emprego, de cordoeiro a carroceiro, de quitandeiro a carregador, Plácido tentara o caminho da arena, com pleno sucesso. Desde então, nunca mais pusera os pés em Mutina, mas sempre se empenhara em remeter uma certa quantia mensal para a irmã, que vivia em preocupantes dificuldades financeiras.

E de tudo isso Sérgio Máurico devia saber muito bem, pois era ele quem enviava o dinheiro à família...

— Terás bastante assunto para esclarecer amanhã à noite — comentou Castor.

— Sim, mas antes... aposto que mais alguém estava a par dessa história. Recordas aquele Túrio, da caserna? Creio que vou lhe fazer uma visita!

Nesse instante Páris apareceu à soleira, em atitude de grande deferência.

— *Domine*, uma visita para ti — anunciou o intendente, sem o habitual tom de desaprovação com que manifestava sua censura pela gente extravagante, não muito condizente com a dignidade senatorial que o patrão possuía. — É um senhor distinto, muito cordato — prosseguiu, com admiração. — Um comerciante, talvez, ou o agente de alguma companhia. Eu me permiti acomodá-lo no tablino.

Por Hermes imortal, só me faltava um encontro de negócios, pensou Aurélio, sem coragem para repreender pela segunda vez numa manhã o zeloso administrador.

Mas Páris, desta vez, havia cometido um grande equívoco ao avaliar a importância do visitante: no tablino encontrava-se o gladiador Gálico, instalado no assento de honra e ocupado em degustar um cálice de excelente vinho.

— Senador, peço desculpas pelo incômodo, mas aconteceu uma desgraça e achei conveniente vir eu mesmo te avisar: qualquer outro que proviesse da caserna não conseguiria passar do vestíbulo da tua casa, com aquele verdadeiro cérbero que tens como intendente...

— Que desgraça? — cortou Aurélio, irritado pelo tom cerimonioso do gladiador celta.

— Um infeliz incidente ocorrido a um atleta.

— Isso não me surpreende — comentou o senador, dando de ombros. — Muitos de vós deixam a pele nos treinamentos.

— Neste caso, as circunstâncias são um pouco diferentes — replicou Gálico com voz pacata. — Encontramos Túrio morto, em uma cela trancada por dentro com um pesado ferrolho...

— Túrio! — exclamou o patrício, lívido. — Por Júpiter Ótimo e Máximo, isso não devia acontecer; vamos ver imediatamente! — ordenou, sufocando um gesto de raiva.

Poucos minutos mais tarde, os liteireiros se dirigiam ao *Ludus Magnus* em passo acelerado.

— Senador, estou arruinado! — acolheu-o o lanista Aufídio, desalentado. — Alguém lançou uma maldição sobre os meus melhores atletas; olha, olha o que eu encontrei na cela de Túrio! — gritou, apontando com terror um pedaço de madeira escura, de forma vagamente oval. Aurélio o recolheu e o observou com atenção: na madeira pintada havia sido rusticamente entalhado o perfil de um olho, no meio do qual dois círculos negros, idênticos, pareciam fitá-lo com maldade. — Vê, as duas pupilas! — gemeu o lanista. — A *baskina*, o feitiço, o mau-olhado, em suma! Meus gladiadores morrem sem razão aparente... isso é magia, te digo! Cuidado, senador, não o toques! — advertiu o lanista com um berro de pavor, enquanto Aurélio, que não acreditava em encantamentos mais do que nos deuses, fazia desaparecer com a máxima indiferença o terrível malefício sob as dobras da túnica. — Isto foi encomendado a um bruxo! Por trás disso deve haver a pata de um fanático, ou talvez de um apostador em busca de vingança, ou quem sabe um filósofo vagabundo, um daqueles estoicos que contestam os *ludi* em nome de alguma estúpida teoria humanitária: provocadores, covardes, derrotistas, velhacos, pacifistas a serviço do inimigo para atentar contra as romaníssimas virtudes do Império! — vociferou Aufídio.

Sem lhe prestar a mínima atenção, o patrício dirigiu-se acelerado ao *spoliarium*, onde o médico Crisipo o esperava, debruçado sobre o cadáver.

— Também desta vez, nenhum ferimento, exceto este arranhãozinho de nada no pescoço... — declarou o cirurgião, entrando logo no assunto.

— O mesmo sinal que Celidônio tinha! — observou Aurélio. — Que mau-olhado, que nada! — exclamou. — Rápido, Crisipo, faz uma incisão nesse ferimento: talvez possamos compreender como eles foram mortos!

O médico pegou um bisturi delgado e começou a trabalhar na escoriação. De repente se deteve, cauteloso.

— E então? Encontraste alguma coisa? — perguntou o senador, esperançoso.

— Sim — confirmou Crisipo. — Um corpo estranho, um pequeno fragmento enfiado em profundidade. Preciso ir lentamente, isto pode se quebrar — murmurou com indiferença profissional, aproximando-se do corte com duas pinças de precisão. — Aqui está, olha: uma ponta finíssima, como uma agulha de metal.

— Envenenado... Vamos exumar o cadáver de Celidônio, talvez encontremos algo semelhante — sugeriu Aurélio de repente.

— Já ardeu na pira fúnebre, e as cinzas foram dispersadas — decepcionou-o Crisipo.

— Pelas barbas de Zeus, não podias prestar mais atenção, na primeira vez? — explodiu o patrício, irritado.

— Tu também estavas aqui, senador, se não me engano; e não me pediste nada disso — justificou-se o médico, ressentido.

— Mostra-me essa agulha: é curta demais para ter sido lançada com um arco, e no entanto penetrou tão fundo que estava invisível, de fora... como pode ter acontecido?

— Não perguntes a mim, nobre Estácio — replicou o cirurgião, abrindo os braços. — Especialistas em armas, tens todos os que quiseres, lá fora. Eu sou um médico, e não um açougueiro — afirmou, compungido, lavando cuidadosamente as mãos com vinagre.

No entanto, apesar dos auspícios de Crisipo, ninguém na caserna pôde ajudar o senador.

— Aqui usamos o gládio e a sica, e também a lança ou o tridente, mas não o veneno! Meus rapazes são lutadores profissionais; matam sem truques, como homens honestos — escandalizou-se Aufídio. — Jamais desceriam tão baixo; esses sistemas traiçoeiros não servem para eles!

— Querer ver flecha! — rosnou Hércules, estendendo uma manzorra peluda.

— Nem pensar — excluiu Aurélio. Com aquela garra pesadona e desajeitada, o gladiador sármata não saberia nem segurar um objeto tão delgado, e muito menos manuseá-lo com cautela.

— Senador, eu tinha esquecido... — balbuciou o lanista, embaraçado. — Túrio, ontem, havia pedido para te ver.

— Por Diana, e não me avisaste? — exclamou Aurélio, no auge da exasperação.

O rosto de Aufídio enrubesceu.

— Não julguei necessário incomodar uma pessoa da tua importância por solicitação de um simples reciário — gaguejou, com ar contrito. — Eu disse que ele poderia falar contigo quando voltasses à caserna para continuar a investigação.

— Imbecil! — trovejou o patrício. — Esperaste que lhe calassem a boca!

O lanista apertou os punhos e baixou os olhos, reprimindo um impulso de ira. Agora, aquele magistrado jactancioso iria falar com Cláudio César, e adeus encargo...

— Mostra-me a cela onde foi encontrado o corpo! — exigiu Aurélio, empurrando-o de mau jeito.

Poucos instantes depois, viu-se num quartinho miserável, mobiliado de modo algo espartano, com um arquibanco para as roupas e as couraças. A claraboia no alto da parede, única abertura do compartimento, estava fechada por uma densa rede de metal.

— Ele foi encontrado no leito? — perguntou.

— No chão, caído ali, abaixo da claraboia — respondeu Aufídio.

Aurélio avaliou rapidamente a distância desse ponto em relação à abertura: longe demais para que um braço, mesmo comprido, pudesse de fora alcançar Túrio. Aproximando-se, experimentou a malha de ferro, que se apresentou bem sólida e robusta; além disso, a julgar pelo emaranhado de teias de aranha que pendia ao redor, parecia não ter sido retirada em muito tempo.

De repente, desencadeou-se do outro lado da porta uma algazarra infernal.

— Deixai-me passar! — insistia uma voz aguda e estridulante. *Deixai-me passar*, por todas as deusas das selvas escuras!

Públio Aurélio correu para abrir: era só o que faltava, se guardas obtusos começassem a servir de filtro entre ele e as confidências dos gladiadores!

— Até que enfim, senador! — exultou Arduína, com um grunhido de satisfação, assim que o senador a fez entrar.

— Senta-te, por favor — convidou-a cortesmente Aurélio, livrando-a da lança leve e do elmo. Gladiadora ou não, era sempre uma senhora, e como tal devia ser tratada. Contudo, apesar de sua boa disposição, a coisa não lhe parecia nada fácil, nem a mulher, com seus modos rústicos e masculinos, contribuía para facilitá-la.

— Estou ouvindo — disse o senador, atento, convencido de estar prestes a saber de alguma revelação importante.

— Onde anda o teu servo? Ele se apresentou aqui um dia, com um belo presente para mim. Prometeu que voltaria... — Os olhinhos redondos da gladiadora se acenderam com uma luz concupiscente.

Numes! Dois cadáveres no necrotério, e aquela virago vinha suspirar por Castor! Aurélio já ia responder com maus modos, mas se conteve: não convinha indispor a britana; havia visto na arena o que ela era capaz de fazer...

Tranquilizou-a com promessas vagas, e depois foi ao encontro do lanista.

— Aufídio! — ordenou. — Cancela todos os combates e exercícios dos reciários: não quero encontrá-los destripados antes de concluir a investigação! E o mesmo vale para Quadrado!

— Mas como? — protestou o lanista. — Quadrado deveria comparecer à arena amanhã! Eu o tinha destinado ao confronto com as feras, esperando me livrar dele de uma vez por todas: não vale o que gasto para mantê-lo!

— Repouso absoluto também para Arduína, eu a quero em forma... — acrescentou Aurélio, dirigindo um pensamento malicioso ao seu secretário.

— Vais me levar à falência! — choramingava o lanista.

— Preferes que César se convença de que não sabes cuidar devidamente dos atletas? Estes homens pertencem a Cláudio, não te esqueças, e és o responsável por eles — lembrou o patrício, saindo para a esplanada.

Os exercícios ainda estavam em curso. Um servo se aproximou do grupo de lutadores que estavam arriscando as pernas sobre as varas infernais e deu o sinal de parar.

Quadrado, com um suspiro de alívio, foi se sentar exausto no banco: um sorriso beatífico e atônito lhe atravessava o rosto, de uma orelha a outra.

— Incrível! — exclamou. — Amanhã, nada de competições! Eu iria enfrentar um animal selvagem... Parece que lá em cima, no divino Olimpo, alguém decidiu me proteger.

— Ou no divino Olimpo ou aqui na terra mesmo — riu o patrício, dando-lhe uma palmada no largo ombro camponês.

— É a segunda vez que a deusa Fortuna me beija. Não quero me iludir, mas às vezes me vem a ideia de que eu até poderia conseguir salvar a pele... — sussurrou Quadrado, balançando levemente a cabeça.

— Tudo é possível — tentou encorajá-lo Aurélio. — Inclusive, que te tornes um herói — concluiu, com outro tapinha nas costas.

— Quem dera, senador, quem dera... — suspirou Quadrado, acompanhando-o à liteira.

Os núbios, negros como piche, saltaram de pé assim que viram o patrício se aproximar.

— Estou esperando o teu belo secretário! — lembrou-lhe Arduína, ao se afastar. — Não esqueças, transmite a ele minhas saudações!

CAPÍTULO IX

Véspera dos idos de junho

A noite do famoso jantar em companhia de Sérgio Máurico havia finalmente chegado.

— Passagem para a liteira de Públio Aurélio Estácio, nobre componente do Senado de Roma! — berrava a plenos pulmões o escravo anunciador, enquanto os portadores trotavam ao longo do Vicus Tuscus em direção à Porta Flumentana.

Transpostos o Foro Bovino e o Circo Máximo, a pequena caravana, precedida por vários escravos com archotes e seguida por uma enorme fileira de servos, começou a subir lentamente o Aventino, em direção à *domus* dos Sérgios.

— Tens certeza de que estou suficientemente elegante? — perguntou Tito Servílio, em dúvida.

Temendo que o amigo pudesse realmente impressionar a diva, Aurélio o aconselhara a renunciar à decorosa dalmática, sugerida por Castor, por uma *synthesis* mais vistosa, que lhe ressaltava a figura corpulenta. Para calar a própria consciência, dissera a si mesmo que fazia isso por Pompônia, e não para ganhar a aposta feita com Castor...

— Estás perfeito, Servílio. Nissa sem dúvida notará os detalhes — comentou o senador, aludindo aos preciosos anéis que testemunhavam a prosperidade do cavaleiro.

Enquanto isso os liteireiros, reunindo as forças que lhes restavam, percorriam o último trecho difícil do Vicus Altus, até pararem finalmente em um pequeno descampado, em frente a uma bela construção moderna.

— Olha que maravilha: deste terraço se vê o bairro inteiro! — observou encantado o senador. — Lá estão o mercado de pão, o porto no rio e, ao fundo, o Trastevere... — continuou.

Servílio estava excitado demais para dar atenção à beleza do panorama: com a mão gorducha, continuava ajeitando os cachinhos grisalhos que Azel, o barbeiro sírio-fenício, havia tão habilmente penteado. Finalmente o portão se escancarou e os ostiários introduziram os dois amigos nas *fauces*, enquanto Castor desaparecia em direção aos alojamentos dos servos.

— Bem-vindos! — acolheu-os Sérgio Máurico na soleira do triclínio, mas dos seus olhos gélidos não transparecia o mesmo calor que, como ator consumado, ele sabia dar à voz. — Co nheceis Sérgia, minha irmã? — perguntou, apresentando uma mulher de olhar duro, vestida luxuosamente.

Sim, Aurélio a conhecia. Ela era notória como uma das matronas mais despudoradas da Urbe, e corria o rumor de que, além de se divertir com escravos e gladiadores, também o fazia até com o irmão, com quem voltara a residir depois de dois divórcios.

Apesar de algumas primaveras a mais, Sérgia ainda parecia apetecível: o busto ereto, os olhos reluzentes, a pele um pouco esticada mas incrivelmente lisa. Aurélio se surpreendeu procurando nela os vestígios da famosa operação descrita por Aulo Cornélio Celso, capaz de devolver às mulheres a carnação da adolescência mediante o deslizamento da epiderme sobre os músculos faciais...

Fossem quais fossem os meios que usava, porém, a irmã de Máurico ainda saía vencedora da luta contra a ação devastadora do tempo, e ao senador não desagradou o olhar cheio de subentendidos com que ela se dispôs a seduzi-lo, sorrindo-lhe maliciosamente.

— Nobre Estácio — gorjeou, dardejando-o com os olhos sombreados pelo bistre. O patrício tinha fama de homem sensível ao fascínio feminino, e para ela talvez fosse interessante renunciar aos abraços vigorosos e selvagens dos atletas por outros prazeres mais refinados...

— Onde está Nissa? — perguntou Servílio, com precipitação.

— Paciência, Tito, paciência! — exortou-o Máurico. — Nossa belíssima amiga se exibirá numa dança, durante o jantar... e também teremos uma surpresa, uma outra celebridade, verás!

O anfitrião abriu caminho aos convidados em direção a uma grande mesa redonda, circundada por amplos triclínios dispostos em semicírculo. Servílio correu a ocupar uma boa parte do divã da esquerda e foi logo estendendo sua toalha.

— Não precisavas trazê-la, caro Tito! — comentou Sérgio com um meio sorriso, acenando aos servos para que avançassem com a lavanda, vasilhinha para lavar os dedos, cheia de pétalas de rosa, e os guardanapos perfumados.

A *gustatio*, Aurélio teve de admitir, estava excelente. O advogado se cuidava bem, ainda que, dado o montante de suas rendas, tal circunstância não constituísse fonte de estupor.

— Ótima esta conserva de ervas aromáticas — elogiou o patrício, saboreando a salada. — Tito, não vais experimentar? — perguntou ao amigo, surpreso pela parcimônia com que o glutão se servia: em geral, a voracidade dele nos banquetes era até motivo de embaraço.

— Não, não quero. Compreendes, não gostaria de exceder a... — desculpou-se Servílio.

Ah, a dieta!, recordou Aurélio de si para si, e de repente começou a se empenhar em induzi-lo à tentação: quanto mais o bom Tito se empanturrasse, menos possibilidade teria de conseguir degustar certos frutos proibidos...

— Os enroladinhos de folhas de figueira estão deliciosos! Coragem, meu amigo, prova pelo menos um. Não vais querer ofender nosso anfitrião!

Para não parecer mal-educado, o bom cavaleiro devorou cinco.

— Uma fritadinha ao leite, umas azeitonas para abrir o apetite... — continuava Aurélio, decidido. — E, por fim, um bom cálice de Labicano para fazer descer tudo!

— Realmente, eu não deveria — esgrimiu o cavaleiro, engolindo depressa, antes que os escrúpulos pudessem prevalecer sobre a gula.

— Mas tão pouco? — escandalizou-se o dono da casa. — Aposto que o nosso Tito quer se manter lúcido, à espera de Nissa!

— Ah, não me fales em apostas — disse Aurélio, pegando a bola no ar e fingindo-se aborrecido. — Perdi uma fortuna arriscando em Celidônio.

— Estás em boa companhia, Públio — consolou-o Servílio. — Metade de Roma deixou nisso um patrimônio.

— Nesse caso, a outra metade certamente encheu a bolsa — retrucou o patrício, com lógica impecável. — E tu, Sérgio, estás entre os afortunados ou entre os que se deixaram despojar? — perguntou suavemente ao príncipe do Foro.

— Eu? — fez o leguleio, rindo. — Desta vez, senador, a sorte me foi propícia. Tive um sonho premonitório: justamente naquela manhã, antes do despertar, me apareceu durante o sono um grande quadrado luminoso. Assim, quando eu soube que esse era o nome de um dos gladiadores, arrisquei nele uma bela soma, e ganhei.

— Realmente, esse sonho te foi mandado pelos deuses! Talvez um pequeno Cupido, capaz de arremessar flechas finíssimas com seu arco em miniatura... — insinuou o patrício, pensando no ferimento de Túrio, mas Sérgio não deu sinais de ter captado a alusão.

Enquanto isso, os escravos retiravam da mesa as sobras para abrir espaço aos pratos sucessivos, ao mesmo tempo que os *pocillatori* enchiam os cálices com um vinho bem envelhecido.

A certa altura, as luzes se atenuaram e, em meio às tochas flamejantes, apareceu Nissa, vestida apenas com um peplo transparente.

— Agora, meus amigos, preparai-vos para admirar um número totalmente inédito — anunciou Máurico, orgulhosamente. — O estupro de Cassandra no alto das muralhas de Ílion em chamas! Somos os primeiros a vê-lo!

Servílio quase engasgou com o vinho, e Aurélio aproveitou para encher de novo o seu cálice até a borda.

A diva começou a se agitar, provocante, contra o fundo das chamas, deixando caírem os véus um a um. Nesse meio-tempo, um possante guerreiro aqueu aparecia de trás de um reposteiro e se lançava sobre a atriz, arrancando-lhe a tirinha remanescente que ainda lhe cobria os flancos.

— Uh, Aurélio, mas eles fazem a sério! — exclamou Servílio com voz embargada.

— O público já não se contenta com fingimentos hoje em dia — observou Sérgia. — Quer realismo.

— Enquanto se tratar de cenas eróticas, paciência — comentou o patrício, ácido. — No anfiteatro, porém, são representados até os excídios mais atrozes, e os mortos são *de verdade*. Foi Calígula quem deu início à moda, fazendo com que o papel do bandido crucificado coubesse a um rebelde que foi justiçado em cena!

— Não vejo nisso nenhum mal; a plebe necessita de emoções fortes — explicou em tom catedrático o dono da casa.

Aurélio deu uma espiada nas veias do pescoço de Servílio, que engrossavam a olhos vistos com o prosseguimento do espetáculo.

— Toma um gole, vamos, isso te fará bem! — exortou, e o outro bebeu de um só trago um cálice de Falerno.

— Aí temos Ájax Oileu se arremessando sobre a virgem consagrada a Atena... — ilustrou o advogado, sorrindo.

— Numes! Mas ele a violenta mesmo! — balbuciava o pobre cavaleiro, continuando ininterruptamente a descer Falerno e Labicano goela abaixo.

— Nissa é famosa justamente por esse gênero de exibição — declarou o senador, imperturbável. Enquanto isso, desfrutava do contato secreto da perna que Sérgia pressionava com insistência contra a sua.

O quadro vivo terminou com um grito selvagem de volúpia, enquanto Servílio, banhado em suor, se prostrava no triclínio.

— Coragem, mais um pouco de vinho e logo estarás recuperado — animou-o Aurélio, solícito, esperando que o sensível coração do gordo não tivesse sofrido grande alteração... Pompônia tinha razão: Tito já passara da idade para certas coisas.

— Daqui a pouco os atores vêm ao nosso encontro — anunciou Sérgia. — Aurélio, Tito, reconhecestes Ájax?

— Eu não poderia, só o vi da cintura para baixo — murmurou Servílio, com ingênua sinceridade.

— Aí está ele! — sorriu a matrona, sem esconder a excitação. — É o nosso Gálico!

— Ave, Aurélio! — saudou o desenvolto gladiador celta, que surgia naquele momento ao lado de Nissa.

— Vejo que decidiste mudar de profissão — constatou o senador.

— Essa atividade é mais profícua e muito mais agradável do que a arena, além de bem menos perigosa. Terminado o serviço na gladiatura, pretendo me dedicar a ela em tempo integral.

— Parabéns! Não o cumprimentas, Tito?

Na verdade, Servílio não o ouvia, embevecido que estava na contemplação de Nissa, a qual, com os seios sumariamente velados por uma faixa minúscula e os quadris envolvidos por uma reduzidíssima tanga, nesse momento vinha se instalar justamente no triclínio dele.

O bom cavaleiro engoliu mais um cálice de vinho, encolhendo-se todo por temer incomodar a ilustre convidada.

Mas, coitado, seu volume era tal que ele inevitavelmente acabava roçando uma abundante porção de carne macia e seminua. Foram necessárias outras duas doses generosas de Falerno para deixar o pobre Servílio em condições de resistir ao impacto.

— Nosso anfitrião estava nos contando sobre sua afortunada aposta — atacou o senador. — E tu, Gálico, também investiste em Quadrado?

O celta se reclinara com displicência no triclínio de Sérgia, como se lhe coubesse esse direito por longo costume. Do rosto da matrona, porém, transparecia um certo desapontamento, como se, para aquela noite, ela tivesse alimentado projetos diferentes: lentamente, a pressão de sua perna contra a coxa de Aurélio, que se tornara cada vez mais indiscreta, começou a diminuir.

— Eu não aposto nunca, senador — disse Gálico, balançando a cabeça. — No máximo, forneço algumas informações aos amigos.

— Fizeste isso também nos últimos jogos?

— Sim, e perdi vários admiradores: eu tinha recomendado a todos que apostassem em Celidônio! — gracejou o gladiador, servindo-se abundantemente de uma porção de vitelo ao molho de aipo.

Com o rabo do olho, o senador viu que Nissa, piscando sedutoramente, ia colocando bulbos fritos na boca de Servílio. O cavaleiro mantinha os olhos fechados, incapaz de resistir à dupla delícia das cebolinhas avinagradas e da diva sensual: um a um, jacintos, ascalônias, asfódelos e alhos-porós desapareciam na boca escancarada num sorriso beatífico.

Chegou a vez da carne de caça, e depois foram servidos os cogumelos e o peixe.

Aurélio, embora tentasse semear insinuações hábeis a cada pretexto, não conseguia chegar a nada. Anos e anos de astutas tramoias no tribunal haviam deixado Máurico extremamente circunspecto.

Em compensação, o vinho estava produzindo no cavaleiro o efeito esperado e Servílio, antes mesmo do fim do repasto, adormeceu no triclínio. Quando o patrício anunciou que era hora de levar o amigo para casa, Sérgia exibiu uma expressão de desapontamento ressentido. Havia esperado, se não uma orgia coletiva, ao menos um colóquio mais íntimo... aquele Aurélio indubitavelmente não estava à altura de sua fama de libertino!

— Ah, Sérgio, eu quase esqueci — sussurrou o senador distraidamente, quando já ia transpor a soleira. — Plácida aguarda uma prestação de contas sobre a herança do irmão: poderias informá-la?

Máurico empalideceu de repente.

— Plácida? — balbuciou. — Não entendi...

— É a meia-irmã de Celidônio, aquela de Mutina — afirmou Aurélio, com um ar seráfico. — Achei que fosses o seu procurador.

— Ah, sim, claro. Diz a ela que me manifestarei o mais cedo possível — murmurou o príncipe do Foro, tentando se mostrar indiferente, mas perguntando-se, preocupado, quanto aquele intrometido sabia dos seus negócios pessoais.

Aurélio não deixou de perceber o leve tremor da mão cuidadíssima que lhe era estendida para a saudação de despedida.

— Peço-te que me mantenhas informado de tudo o que puder me servir para as investigações, por favor — exortou-o o patrício com expressão desenvolta, enquanto se afastava.

A liteira já descia as ladeiras do Aventino quando Servílio acordou, invocando com voz pastosa o nome de Nissa.

CAPÍTULO X

Idos de junho

O sol já estava alto quando Aurélio abriu os olhos, despertado pela batida discreta mas insistente de Páris. O administrador da *domus*, parado na soleira, afastou-se para deixar passar os dois cubiculares que traziam o *malluvio* cheio de água perfumada e a toalha para refrescar a face do patrão.

Várias vezes Aurélio tinha sido criticado por colegas e amigos que consideravam as abluções matutinas um luxo desnecessário, numa cidade onde qualquer um, escravos inclusive, tomava banho todas as tardes. O patrício, no entanto, era incapaz de iniciar o dia sem lavar o rosto, mesmo que sumariamente, e esfregar os dentes com pó de chifre.

— *Domine*, Pompônia está aqui — anunciou Páris —, e parece transtornada! Dei a ela um tônico, mas isso não a aliviou. Se puderes ir vê-la...

Os altos lamentos provenientes do peristilo e o tropel nervoso dos servos convenceram Aurélio de que a matrona, desprezando qualquer conveniência, não tinha a menor intenção de esperar que o dono da casa se barbeasse para ir recebê-la.

O patrício apalpou encabulado as faces um pouco sombreadas e, ao menos para manter a decência, vestiu às pressas uma túnica curta sobre aquela com a qual havia dormido.

A valorosa senhora, no que lhe concernia, sem dúvida não estava em condições de atentar para as roupas dele: de pé no tablino, agitava-se convulsivamente, segurada pelo porteiro Fabello e por dois escravos de braços robustos, que ainda assim não conseguiam aguentar o fardo sem o auxílio do forte Sansão.

— Ah, Aurélio! — prostrou-se a corpulenta dama, pesarosa, enquanto os fâmulos a soltavam e a depositavam num assento amplo. — O meu Tito...

Deuses do Olimpo, esperemos que ela não tenha descoberto o caso, pensou Aurélio, sentindo um calafrio lhe percorrer a espinha. Pompônia possuía olhos dignos de um falcão, e ele temia que aquele desmiolado do Servílio não tivesse removido da veste todos os fios louros...

— Faz duas semanas que me ignora! — continuava a mulher, desesperada. — Em suma, deita-se ao meu lado com ar ausente e, em poucos instantes, já está roncando. Fiz de tudo para despertar seus sentidos adormecidos: roupas sucintas, decotes vertiginosos, perucas de dar inveja a Messalina... e nada! Dorme profundamente, sonhando sabe-se lá com o quê! E ontem à noite, voltou tarde... Meu amigo, o que está acontecendo com meu pobre consorte? Ele nunca se comportou dessa maneira!

O patrício assentiu, nervoso. Com que então, a paixonite de Servílio estava causando transtornos na família...

— Fico horas imersa em leite e mel para deixar minha pele linda e suave — continuou Pompônia, abatida —, e minhas cabeleireiras estão enlouquecendo de tanto experimentarem penteados diferentes, mas ele... — Interrompeu-se para uma nova descarga de soluços. — Ele nem sequer percebe! Ah, Aurélio, eu te imploro: o que devo fazer?

O senador refletiu: Nissa era jovem e sofisticada, artificializada até o limite do suportável...

— Nada — arriscou. — Para de te pintar e de usar todos aqueles ornamentos. Deixa que Servílio te veja como realmente és.

— Mas vou parecer uma mulher de meia-idade! — protestou a matrona, que, na realidade, estava prestes a completar 50 anos.

— Madura e cheia de fascínio. Tito ainda te ama, tenho certeza...

Ou pelo menos espero, pensou tristemente Aurélio.

— Mas ontem à noite...

— Tentarei descobrir onde ele esteve. Confia em mim, minha amiga: se houver algo, eu saberei — declarou o patrício, consolando-a com um gesto afetuoso. — Agora, escuta: preciso novamente recorrer aos teus serviços.

A matrona esfregou a face para remover as lágrimas enegrecidas pelo bistre e levantou a cabeça, interessada apesar de tudo. Embora não quisesse demonstrar, sua incontida curiosidade se desencadeara, a despeito da iminente tragédia conjugal. Aurélio hesitou. Em outras circunstâncias, não demoraria a lançar Pompônia atrás dos instáveis rastros da *mimula*, induzindo-a a empregar toda a força de sua rede de espionagem mundana; agora, porém, tinha dúvidas: se a matrona, à força de perguntar, viesse a saber do namorico de Servílio... por outro lado, era melhor que o descobrisse sozinha, em vez de sofrer a humilhação de tomar conhecimento da história por alguma pérfida amiga.

O patrício se decidiu: induziria Pompônia a investigar o passado de Nissa, esperando que a amiga obtivesse pelo menos alguma arma secreta da qual pudesse se valer contra a rival, se por acaso viesse a confrontá-la em campo aberto.

— Pompônia, aquela atriz não pode ter saído do nada; tenta descobrir de onde ela vem.

— E te parece fácil? — retrucou a matrona, no tom de uma profissional que se dirige ao diletante inexperiente. — Eu precisaria conhecer sua *cosmetica*, ou então alguma serva: o ambiente do teatro fica um pouco fora do meu raio de ação.

— Tenho certeza de que saberás ampliá-lo convenientemente! — despachou-a Aurélio, perguntando-se mais uma vez se havia feito a coisa certa.

— Ah, o amor... — comentou Páris em tom meloso, depois que a gorda matrona saiu.

O senador franziu a testa, espantado. A escandalosa castidade do pio intendente era objeto dos gracejos de todos os servos da *domus*: Páris jamais fora visto importunando uma criada, a não ser para repreendê-la por algum serviço descuidado.

No entanto, considerou Aurélio, os esquecimentos cada vez mais frequentes, aquele ar distraído, a cabeça nas nuvens eram sinais suspeitos: Páris estaria enamorado?, perguntou-se, incrédulo, sem saber quem poderia ter aberto uma brecha no coração do severo administrador.

Nesse momento Castor entrou sem bater e se acomodou na poltrona mais confortável do local, olhando através do pio liberto como se este fosse inteiramente transparente.

— Saudações, *domine*. Eu soube de coisas interessantes ontem à noite, e aqui estou para fazer meu relatório. Imagina que

Sérgio havia ordenado a um servo arcário que retirasse dinheiro para a aposta, desde a semana anterior à luta... — contou o alexandrino, enquanto se servia, satisfeito, da jarra de Setino do patrão.

— De fato, aquela derrota de Celidônio quase parece cuidadosamente arranjada — observou Aurélio. — Não seria a primeira vez que uma competição se revela trapaceada. No circo, por exemplo, frequentemente acontece de tentarem comprar os aurigas.

— *Domine*, não venhas dizer isso a mim, que sou grego — suspirou o secretário. — Sabes quantas vezes os atletas olímpicos foram acusados de ter obtido a palma da vitória corrompendo os adversários, para que se deixassem derrotar? — recordou. — Quatro séculos atrás, Eupolo já...

— Mas a arena não é Olímpia — retrucou o senador, cortando pela base as veleidades historiográficas do secretário. — Nos *ludi* dos quirites, perder significa morrer! Achas por acaso que Celidônio se prestou de bom grado a semelhante jogo? Não, a única explicação plausível é que ele não soubesse de nada... Escuta, deves descobrir se o gladiador se encontrou com alguém naquela manhã, antes do início dos *munera*. Sei que, em teoria, é proibido ter contato com os atletas nos instantes anteriores ao combate, mas sabe-se como são essas coisas... Informa-te também sobre a noite da *libera cena*: pode ser que Celidônio tenha ido visitar Nissa, sua amante, uma última vez. E não negligencies a pobre Arduína; ela perguntou por ti!

— Ah, a gladiadora... não imaginarias, mas ela é de sangue real — revelou o grego. — Sua mãe descendia de uma antiga estirpe de druidas e era prima distante do rei Cimbelino: Arduína, portanto, é aparentada com aquele Caractaco que tantos problemas causou na Britânia. No seu país, antes da captura já se destacava como valorosa guerreira; por isso, quando foi aprisionada pelo exército de Cláudio e trazida para Roma, os lanistas imaginaram torná-la uma atração dos *ludi*.

— Bom para ti — riu Aurélio. — Não é todo dia que se pode cortejar uma princesa.

— Sangue real ou não, *domine*, a jovem não é muito apetecível e, à força de encontrá-la em particular, estou arruinando minha reputação diante de todas as senhoras da Urbe. Consequentemente, não pretendo insistir nessa corte absurda! — declarou Castor, rígido.

— Nem mesmo com um pequeno incentivo? — sugeriu o patrão, insinuante.

— Tu sempre achas que podes me comprar, hein? — desdenhou o alexandrino, exibindo uma expressão ofendida. — Eu não me vendo por vil dinheiro!

— Coragem, fala logo — insistiu Aurélio, nem um pouco perturbado pela atitude ressentida de Castor. — O que desejas em troca?

— Permissão para fazer investigações em teu nome no teatro de Pompeu — propôs o liberto, e Aurélio logo condescendeu, surpreso por obter a tão baixo preço o que queria.

Resolvida Pompônia, contentado Castor, o patrício sentia uma grande necessidade de ficar sozinho.

A solidão era um bem tão precioso em Roma que nem as maiores riquezas conseguiam garanti-la: a cidade, no fundo, não passava de uma imensa praça, onde as pessoas viviam em público, rodeadas por escravos, clientes, amigos. No entanto, havia coisas que sequer os amigos podiam compartilhar.

— *Vale*! — disse então Aurélio com voz decidida, dispensando o secretário.

Castor não se mexeu.

— *Domine*, eu vi um punhal bem gracioso; seria um gesto apropriado de gentileza, se eu o desse de presente a Arduína... Sem dúvida concordarás, patrão: não convém se apresentar de mãos vazias perante a prima de um rei!

— Certo — cedeu Aurélio. — Mas só se forem alguns sestércios — recomendou, por precaução, esperando que o servo se retirasse: não tinha a menor intenção de informar Castor sobre sua próxima iniciativa e, antes de executá-la, esperava que o grego estivesse bem longe.

O secretário, porém, continuava imóvel como uma estátua de mármore.

— Mais alguma coisa? — bufou o senador, impaciente.

— A britana ficou impressionada com meu estilo — revelou o alexandrino. — E eu a entendo, coitadinha, obrigada como está a viver entre homens rústicos e brutais. Creio que ela me daria uma ótima acolhida se eu me apresentasse melhor, vestido com certa classe... o que me dizes da tua túnica de bisso?

— Mas ainda não a usei nem uma vez! — protestou Aurélio.

— Justamente — observou Castor. — Parecerias o último a chegar, ostentando roupa nova em folha. Um verdadeiro senhor sempre faz alguém usar suas roupas algumas vezes, antes de envergá-las, para que adquiram uma elegante pátina de coisa gasta...

— Está bem, eu te empresto — cortou o senador. — Mas, agora, vai!

— E por cima colocarei teu manto com capuz... Obrigado, *domine*, ficarei perfeito.

Aurélio se voltou, esperando que a porta se fechasse definitivamente atrás do petulante secretário. Poucos instantes depois, não ouvindo nenhum rumor, virou-se de novo e ergueu os olhos: Castor continuava ali.

— *Domine*, aquela túnica é muito bonita, mas não há nada que a segure nos ombros. Seria indecoroso se eu saísse por aí seminu...

— Pega duas fíbulas no meu escrínio, Castor, e desaparece! — urrou Aurélio, no auge da exasperação.

Finalmente só, o patrício bebeu um longo sorvo de *cervesia* e se reclinou um pouco, voltando em pensamento a um período da sua vida que ele já considerava esquecido.

O flâmine de vermelho, o sacrifício aos deuses... depois o pequeno Públio, o rancor, as mentiras, a indiferença... O que sentiria, revendo-a?

— Ela não recebe ninguém! — declarou o ostiário em tom brusco.

— A mim, receberá — desmentiu-o o senador, com autoridade.

O servo o fez esperar no átrio, de pé, e se afastou com expressão suspeitosa.

Públio Aurélio ergueu os olhos para a grande casa escura.

Das paredes, os afrescos mitológicos meio apagados pareciam piscar para ele com uma espécie de cumplicidade confidencial e um tanto embaraçosa. Ali estava o olho do Ciclope, contra o qual, certa vez, havia jogado a lucerna, tomado pela ira: as marcas de fuligem ainda eram perceptíveis, por baixo da limpeza sumária...

— Tu, aqui? — disse alguém atrás dele; e não havia tom de espanto na voz, apenas a constatação de um fato.

O patrício se voltou. Sim, era ainda ela... mas quanta diferença!

— Não me encares como se eu fosse um fantasma! — exclamou a mulher, obviamente irritada.

— O manso temperamento de sempre! — comentou Aurélio, seguindo-a até o tablino.

Flamínia se instalou num assento alto e serviu vinho.

— Eu mudei, sei disso. Vi com que cara me olhaste. E atenção, não negues; tua requintada educação sempre me foi insuportável. A propósito: meu retorno a Roma não é oficial, portanto confio em que a coisa ficará entre nós. Evidentemente, não tenho intenção de me mostrar em público — murmurou a mulher, tocando o rosto bexiguento.

— Foi uma longa doença... — sussurrou o patrício.

— Poucos sobrevivem, mas eu sou dura de roer, como bem sabes.

Aurélio fitou de novo aquela face que ele recordava belíssima, aqueles olhos frios que outrora chegara a odiar.

— Diz o que desejas e vai embora! — exclamou Flamínia, tomando um gole de mulso. — Não desejo receber gente. Inclusive um certo senador.

— Celidônio, porém, tu recebias — retrucou Aurélio, em tom calmo.

— Queres saber sobre ele? — sibilou Flamínia. — Direi logo: mesmo feia e desfigurada, ainda sou suficientemente rica para comprar o homem mais ambicionado de Roma, se me der vontade.

— Esteve aqui muitas vezes? — perguntou o senador.

— Só duas, e não era difícil compreender que ele só vinha porque obrigado. Sabia que não poderia rejeitar um convite meu — escandiu a mulher, com raiva reprimida. — No entanto, logo me cansei: Celidônio era melhor na arena do que na cama, e, na última vez, falhou.

— Sempre severa nas avaliações — comentou Aurélio, erguendo as sobrancelhas. — E, diz, por acaso o viste morrer?

— Sim, eu estava na tribuna das Vestais: é uma cortesia que a Decana me faz, para me permitir assistir velada aos espetáculos. Não chorei, se te interessa saber, quando ele despencou no chão.

O patrício não fez comentários.

— Bem, já soubeste o que querias. Mandarei alguém te acompanhar — dispensou-o a matrona, brusca.

— Não é preciso, Flamínia, eu me lembro do caminho.

E Aurélio saiu sem se voltar.

CAPÍTULO XI

Décimo sexto dia antes das Calendas de julho

— Patrão, patrão, escuta, tenho grandes notícias para ti! — irrompeu Castor, com a fúria de um tornado.

Públio Aurélio levantou o olhar da *Chorographia* de Pompônio Mela, o novo *volumen* que os Sosii, proprietários da livraria mais fornida da Urbe, haviam lhe mandado pouco antes. O tratado era interessante e Aurélio, curiosíssimo como era por tudo o que concernia à ciência geográfica, teve um sobressalto de desapontamento.

Esperemos que as novidades valham a interrupção, disse a si mesmo, dispondo-se a escutar o secretário.

— Vens da caserna dos gladiadores? — perguntou.

— Caserna e teatro — esclareceu o alexandrino. — Depois de todos aqueles gladiadores, eu precisava alegrar meus olhos. Então, escuta: Celidônio, terminada a *libera cena*, saiu com sua corriola e foi encontrar Nissa, enquanto Aufídio, furibundo, tentava segurá-lo. Seu melhor atleta, entregue à esbórnia justamente na noite anterior ao combate! Mas não conseguiu detê-lo: o reciário se considerava muito célebre e importante para permitir que o tratassem como um subalterno qualquer.

— Ou seja, o campeão passou a noite fora...

— De fato, *domine*.

— E, depois, o que aconteceu?

— Celidônio retornou à caserna duas horas antes do alvorecer. O lanista já estava desesperado, temia que ele se esquecesse até de se apresentar na arena — contou o secretário, satisfeito pelas descobertas que fizera. — E isso não é tudo: também me informei sobre o lugar que os Sérgios ocupavam no anfiteatro, no dia dos *ludi*. Em vez de se sentarem nas tribunas com os outros notáveis, Máurico e sua irmã se encontravam junto aos empregados, bem ao lado da entrada dos gladiadores!

— Excelente, Castor! — elogiou Aurélio. — Isso explica muitas circunstâncias: teria sido facílimo, para um deles, aproximar-se de Celidônio na área de acesso, antes do combate, para lhe ministrar alguma coisa — conjeturou.

— És muito perspicaz, *domine*. Porém... — Castor hesitou, com ar hipocritamente desagradado.

— Porém? — emendou o patrício.

— Os dois chegaram acompanhados por umas vinte pessoas, dispostas a jurar que ninguém saiu dali por toda a duração dos jogos.

— Bem, desde que o mundo é mundo, as testemunhas podem ser compradas — aventou Aurélio, animado por uma pálida esperança.

— Ao redor, havia outros cem espectadores, patrão: seria árduo, já não digo corrompê-los todos, mas apenas tentar localizá-los! — desiludiu-o o alexandrino.

— Tens razão, Castor — admitiu o senador. — Era uma ideia idiota.

— Não terminei, *domine*: parece que uma mulher foi vista circulando pela caserna, justamente na noite anterior à morte de Túrio; usava véu e as sentinelas não a reconheceram. Na verdade, nem se deram ao trabalho de detê-la... apesar do regulamento, não é a primeira vez que uma grande dama passa a noite na cela de um gladiador.

Um véu, talvez para esconder um rosto que ninguém devia ver mais... Aurélio, perturbado, sentiu um arrepio.

— Talvez a misteriosa matrona, durante um colóquio com Túrio, tenha descoberto que o reciário sabia de alguma coisa sobre o homicídio de Celidônio. Aquele imbecil pode até ter tentado chantageá-la; e, na manhã seguinte, apareceu esticado na sua cela! — especulou triunfante o senador.

— Brilhante dedução, *domine* — respondeu o secretário. Depois pigarreou. — Mas há um detalhe que não combina.

— O que mais? — suspirou o patrão, decepcionado.

— A desconhecida entrou na cela de Heliodoro, o gladiador sículo, e não na de Túrio — desanimou-o definitivamente Castor, com certa alegria maligna.

— Ah! — foi o resumido comentário que Aurélio pôde emitir. — Ou seja, em suma, não descobriste nada.

— Como, nada? — ofendeu-se o liberto. — Trabalhei como um jumento para remover do caminho de tuas investigações um monte de obstáculos, desvios inúteis e falsas pistas. A propósito, aqui está a lista das despesas — continuou, em tom menos indignado, e, depois de guardar velozmente o reembolso, desapareceu antes que o patrão pudesse conferir as contas.

Aurélio sentou-se de novo no banco de mármore do peristilo e retomou o *volumen* de Pompônio, para compará-lo com a

Geografia de Estrabão. Como era grande o mundo, e quão pouco se sabia dele ainda! Terras desconhecidas, povos selvagens, animais míticos, venenos mortais que os bárbaros citas destilavam do soro da víbora e os celtas, das plantas do bosque... sem falar do terrível tóxico dos soanos do Cáucaso, que, segundo se dizia, matava só de ser aspirado!

O senador ergueu do rolo a vista, pensativo, e olhou fixamente os canteiros, onde cultivava as diversas espécies de vegetais exóticos fornecidas pelos seus agentes nas várias províncias do Império: no tanque de mármore verdejava o papiro egípcio, junto às delicadas flores de lótus, que proporcionavam o esquecimento, enquanto o bosquezinho de caniços orientais, quase tão alto quanto as colunas do pórtico, despontava entre a estatueta da deusa Fortuna e um belo Cupido de bronze.

Aurélio se levantou, aproximando-se do pequeno bambuzal.

Como que tomado por uma dúvida repentina, quebrou um talo e o segurou demoradamente, observando o interior: um longo tubo oco.

Aproximou o tubo da boca e experimentou soprar... Sim, era possível. Excitado, recolheu uma pequena baga redonda e a encaixou no caniço, inalando ar, enchendo os pulmões. Depois, de uma só vez, soltou o ar acumulado.

O projétil disparou ao longo da colunata e, fulminante, transpôs a porta do tablino.

— Ai! — gritou Servílio, que vinha entrando, apertando a têmpora com a mão. — Por todos os Numes, Públio! O que te deu na cabeça?

— Peço-te perdão, eu estava fazendo uma experiência — desculpou-se Aurélio, mas o amigo não parecia aborrecido. Nem mesmo o arranhão no rosto conseguia mascarar sua expressão triunfante.

O senador temeu o pior.

— Estou vindo do teatro — informou o cavaleiro, inflado de orgulho. — Vitória!

Deuses do Olimpo, aconteceu, pobre Pompônia!, afligiu-se Aurélio.

— Foi ontem à noite — continuou Servílio. — Eu temia que Nissa não aceitasse me ver, mas, ao contrário... Podias imaginar? Não só me recebeu, mas também... — E, completamente rubro, puxou da manga da túnica um pedacinho de linho bordado. — Reconheces isto? — piscou.

O senador se prostrou no banco, desconsolado. Claro que o reconhecia: na última vez que o havia visto, aquele pano recobria a virilha da atrizinha!

Os olhos do cavaleiro brilhavam de satisfação.

— Ah, que mulher! — exclamou, com expressão sonhadora. — Mas como? Não me parabenizas?

— Claro, claro, Tito... — hesitou o patrício.

— Para ti é normal receber os favores de uma senhora! — retrucou Servílio, sem disfarçar a irritação. — Belo esforço: és jovem, rico, bonito... eu sempre comemorei tuas conquistas e, agora que é a minha vez, dás até a impressão de que estás com inveja!

— Não, não. O que dizes, meu amigo? Pelo contrário, fico muito contente...

— É mesmo? Não pareces nem um pouco!

— Escuta, Tito, não deves achar que eu...

— Acho, sim! — interrompeu Servílio bruscamente. — Nissa me preferiu a ti. E isso te incomoda mortalmente, não é?

— Por todos os deuses do Olimpo! — tentou retrucar o senador. — Como podes simplesmente pensar em semelhante coisa? — A ideia de que o amigo pudesse concorrer com ele no campo do galanteio lhe parecia obviamente absurda, irreal.

Seria como se convencer de que o tranquilo Vesúvio, um vulcão useiro e vezeiro em cuspir inócuos resmungos, pudesse explodir de um momento para outro.

— Bem, Públio, eu te imaginava menos mesquinho!

Aurélio ergueu os olhos para o céu, dirigindo uma silenciosa prece aos Imortais, em cuja existência, aliás, não acreditava, a fim de que o agraciassem com o dom da paciência.

— Não é isso, Tito — recomeçou. — Crê em mim... só estou pensando em Pompônia.

— E daí? — replicou Servílio, ácido. — Na Urbe existem mais prostíbulos do que templos e, mesmo sem contar as meretrizes profissionais, esta cidade fervilha de mulheres disponíveis: heteras, cortesãs, concubinas, libertas de costumes desenvoltos... Hoje em dia até as matronas têm grande atividade nesse sentido, à revelia da pudicícia e da castidade conjugal; e eu, em trinta anos de casamento, não posso me conceder ao menos uma única, uma pequena escapadela?

— Pelo menos, dá um jeito de tua mulher não vir a saber! — suplicou Aurélio.

— E como queres que ela descubra? Eu não deixei nenhum rastro... — garantiu o cavaleiro em tom confiante. Depois parou de chofre, tomado por um súbito pensamento. — Numes! — gemeu. — O cosmético de Nissa na borda da túnica! — Dito isso, escapuliu mais rápido do que um relâmpago, enquanto seu amigo balançava a cabeça em sinal de desaprovação.

— Hum-hum... — pigarreou Castor atrás de Aurélio, depois de ressurgir do nada. — Se interpretei corretamente a satisfação do nosso amigo comum, tu me deves uns sestércios — lembrou.

— Eu juraria que por trás disso está a tua pata, desgraçado de um grego! — trovejou Aurélio, entregando-lhe o dinheiro. E nunca uma aposta foi paga com tanta má vontade.

CAPÍTULO XII

Décimo quinto dia antes das calendas de julho

No dia seguinte, na verdade com escasso entusiasmo, Públio Aurélio retomou sua investigação.

Lavado, barbeado, usando a pesada toga com o laticlavo que denotava seu nível senatorial, o patrício se acomodou na liteira ao lado de Servílio e ordenou que o cortejo partisse.

Enquanto os anunciadores berravam seu nome e seu cargo à direita e à esquerda, o patrício se perguntava, duvidoso, se tanta pompa seria realmente útil ao desenvolvimento da investigação, ou se, ao contrário, não seria bem mais produtivo usar trajes anônimos e, assim disfarçado, ir meter o nariz na *caupona*, isto é, a taberna, diante da caserna dos gladiadores... mas o encargo lhe fora atribuído por Cláudio César a título oficial e, lamentavelmente, ele não podia se eximir das obrigações da etiqueta.

O portão se escancarou pela enésima vez e Castor, que seguira a liteira a pé, logo desapareceu no refeitório.

Servílio também se apressou a descer com desenvoltura, sem pedir, como era de costume, a ajuda de um escravo. Parecia mais alto e até menos corpulento, notou Aurélio, ao vê-lo avançar pelo pátio de cabeça erguida e com passo orgulhoso: o que não faz em um homem o sucesso viril!

Não que invejasse o cavaleiro, mas o espantava um pouco que o pachorrento Tito Servílio tivesse tão facilmente aberto uma brecha no coração da *mimula*... exceto se a explicação fosse o fato de que a dimensão de sua bolsa igualava a do seu volume corporal.

Observando a expressão enfatuada e satisfeita do amigo, o senador fez um movimento de irritação e se perguntou se não seria o caso de tentar distrair a atriz do interesse por Tito. Não lhe seria difícil; no fundo, ele era ainda mais rico do que Servílio e muito, muito mais apresentável... Obviamente, iria se sacrificar só com fins benéficos, para salvar a pobre Pompônia e seu casamento, e não, certamente, por interesse pessoal... Afastou depressa o pensamento, aborrecido consigo mesmo por ter concebido um projeto tão mesquinho e indigno dele, a ponto de fazê-lo suspeitar que fosse comandado pela inveja.

— Nobre Estácio! — acolheu-o Aufídio com o untuoso servilismo de sempre; mas, por trás do tom gentil, não era difícil notar um certo desapontamento: como um pobre lanista podia combinar alguma coisa com aquele abelhudo sempre nos calcanhares? Até sua autoridade de chefe indiscutível dos gladiadores começava a se ressentir disso, desde que o intrometido aristocrata passara a circular por ali lançando ordens à direita e à esquerda, fortalecido pela procuração de César!

— Preciso falar com Heliodoro — comandou Aurélio, brusco.

— Como queiras, ilustre senador — respondeu prontamente Aufídio. — Mas gostaria de te lembrar que o imperador marcou novos jogos para o fim do mês — acrescentou, em tom meloso —, e eu não posso estender por mais tempo a suspensão dos treinamentos.

— Está bem, podes recomeçar a carnificina! — concedeu Aurélio, resignado.

Um longo berro de alegria acolheu a retomada dos exercícios. Seria possível que aqueles malucos não vissem a hora de morrer?, perguntou-se o senador, pasmo, dirigindo-se para o sículo que aguardava num canto.

Heliodoro o perscrutou com desconfiança: estava claro para ele, como para todos os gladiadores, que suscitar o interesse daquele bisbilhoteiro de toga e laticlavo significava apenas arranjar problemas.

— Eu soube que, recentemente, recebeste a visita de uma senhora — começou Aurélio, deliberadamente vago.

— Senhora? — replicou Heliodoro de imediato. — Por mais rica e nobre que seja, Sérgia é sempre uma tremenda rameira!

Então, tratava-se da irmã de Máurico...

— E o que queria contigo, na noite antes da morte de Túrio?

— Imagina que aquela depravada queria me contratar para um número em sua casa! — explodiu o reciário, escandalizado. — Eu, porém, expus com toda a clareza o que pensava dela e das suas obscenidades: não sou nenhum Gálico, disse; tenho uma noiva na Sicília, uma brava jovem, que me espera; e, assim que ganhar dinheiro suficiente, vou me casar com ela. Arrisco a pele, sim, mas não estou disposto a me prestar a certas indecências; são coisas de gregos e de romanos, todos uns porcalhões com a baba escorrendo da boca... Eu nasci numa aldeia montanhesa e, desde que completei 12 anos, ninguém nunca mais me viu nu, nem sequer minha mãe. E sabes o que fez aquela puta? Começou a rir! — exclamou Heliodoro, ofendido.

Aurélio assentiu em silêncio, abstendo-se de comentários.

Estaria o gladiador falando a verdade? Tamanho pudor parecia estranho em um homem que, por ofício, combatia na arena; mas não seria o primeiro caso de fortalhão oprimido por uma incurável timidez. Talvez Sérgia o tivesse usado apenas como pretexto para entrar na caserna, a fim de acabar com Túrio...

— E, no dia seguinte, achei isto aqui embaixo do meu colchão! Certamente foi ela quem deixou, para me atingir com um malefício! — reclamou Heliodoro, raivoso, mostrando um pingente em forma de olho com duas pupilas. — Sérgia é uma feiticeira, senador, isso logo se vê, e pretende enfeitiçar todos nós: como Túrio, assassinado no seu quarto sem que ninguém pudesse entrar lá... Um homicídio desses não se encaixa na ordem natural das coisas!

Aurélio estudou por um instante o amuleto, em tudo e por tudo semelhante ao encontrado junto do cadáver do reciário.

Possivelmente, convinha a alguém que aquela morte fosse atribuída a fatos sobrenaturais, mas não era necessário recorrer à magia para justificar o crime... Deuses e bruxos tinham bem pouco a ver com aqueles delitos, pensou o patrício, dispondo-se a inspecionar de novo a cela do assassinado, desta vez pelo lado de fora.

Inclinado sobre a claraboia que iluminava o cubículo de Túrio, experimentou de novo a tela, buscando uma confirmação para sua ideia: sim, um caniço passaria facilmente por entre as malhas de ferro...

Experimentou se agachar, enrolando na cintura as faldas pendentes da toga já empoeirada, lamentando não ter envergado uma prática clâmide grega: sabe-se lá por quê, entre os trajes de todos os modelos possíveis, os pais fundadores de Roma haviam escolhido, como veste oficial, justamente a mais incômoda.

Finalmente conseguiu se acocorar ao lado da janelinha, a fim de medir com certa aproximação o ângulo pelo qual a agulha envenenada podia ter penetrado na cela. A posição em que havia sido encontrado o corpo de Túrio correspondia perfeitamente: estava explicado então o mistério do aposento fechado.

No caso da morte de Celidônio, porém, a coisa era muito diferente: ali, entre o assassino e a vítima, havia meia arena e vários milhares de espectadores... era necessário executar o mais cedo possível uma inspeção no anfiteatro, decidiu.

— Salve, nobre Aurélio! O que fazes aí no chão, como uma criança de castigo? — distraiu-o Gálico, que havia chegado silenciosamente por trás dele. — Já o teu servo grego não sossega nem um instante; se continuar assim, Arduína não lamentará mais a morte do seu belo Celidônio!

— Por quê? Havia alguma coisa entre os dois? — perguntou Aurélio, incrédulo.

— Ah, um amor totalmente unilateral — esclareceu Gálico, dando uma risadinha. — Bem, na verdade, não é que ela o tenha admitido... mas certos sinais não me escapam; eu não nasci na caserna, como sabes! E, também, o que Celidônio podia fazer com aquele varapau desgracioso? Arduína tinha de se contentar em contemplá-lo de longe, adorativa... mas aposto que trucidaria em mil pedacinhos a pessoa que o matou, se soubesse quem foi. Por sorte, é muito estúpida para descobrir!

— Tu, ao contrário, sabes muito, hein? — escarneceu Aurélio, a quem a atitude de superioridade do celta em relação aos colegas deixava nervoso.

Gálico abriu os braços num gesto que expressava ao mesmo tempo resignação, indiferença e uma certa dose de esperteza.

— O que queres que eu te diga, nobre Estácio? Assim caminha o mundo, e eu tento me arranjar da melhor maneira. Só faltam quatro semanas para o fim do meu serviço e, enquanto mantiveres os *ludi* em suspenso...

— Tenho uma triste notícia para ti, Gálico — interrompeu Aurélio, com uma pontinha de maldade satisfeita. — Está previsto um combate para o fim do mês: ordens de Cláudio César.

— Por Júpiter Ótimo e Máximo, preciso correr a me exercitar! — pulou o atleta, fazendo menção de se dirigir ao *armamentarium*.

— Espera um instante — deteve-o o senador. — Sabias que Celidônio era de Mutina, e na juventude trabalhou como vendedor de cordas? — perguntou de chofre.

— Mutina? — repetiu Gálico, surpreso. — Mas se ele era trácio... ah, maldito filho da puta, que história havia inventado! Mas não faz mal; eu deveria ter imaginado, sabes o efeito dessas coisas sobre o público! — Depois balançou a cabeça de um modo algo teatral, com ar de quem, embora conhecedor das baixezas do mundo, de repente se vê ante uma traição inesperada. — Nunca me disse uma só palavra, aquele desleal, e pensar que eu era seu melhor amigo... Que trapaceiro!

— Sem dúvida, ele foi hábil em enganar todo mundo... — concordou Aurélio. — A propósito, não pedem referências quando alguém solicita entrar para a gladiatura?

— Ah, não atentam muito para sutilezas: a ninguém importa de onde vens, se souberes segurar a espada. Mas, de fato, muitos chegam munidos de recomendações, porque não é fácil ser admitido na equipe imperial — admitiu Gálico. — Talvez o lanista saiba alguma coisa...

O senador foi de imediato procurar Aufídio, mas, ao atravessar a esplanada, topou com Hércules, claramente animado por intenções belicosas contra ele.

— Por que tu suspenso exercitações? — trovejou o rude sármata, tentando agarrá-lo pela túnica. — Eu forte, eu combater!

— Logo terás essa oportunidade, Hércules — tranquilizou-o Aurélio, perguntando-se por quanto tempo ainda o maciço e obtuso reciário conseguiria sobreviver.

Reanimado, o colosso sármata se aproximou das varas, soltando um áspero grito de guerra no seu idioma bárbaro. Pouco depois, o lanista recebia o senador no escritório.

— Sim, Celidônio deve ter trazido uma carta de apresentação... — admitiu, fingindo o máximo desejo de colaborar.

— Procura localizá-la — ordenou Aurélio. — Deves ter um arquivo, espero!

— Documentos, documentos: daqui a pouco estarei afogado em papiros! — resmungou o lanista. — Quando resolvi treinar os gladiadores de César, não esperava ter de bancar o burocrata!

— Vamos com isso, e a carta?

— Já se passaram anos, nobre senador; precisarei descer aquilo tudo — lamentou-se Aufídio, apontando umas caixas atochadas no desvão.

— Queres que venha Cláudio em pessoa, para te ajudar a encontrá-la? — ameaçou o patrício, fortalecido pelo seu encargo de procurador do príncipe.

— Não, espera, talvez eu saiba onde procurar... — decidiu-se finalmente Aufídio, apesar da relutância ainda óbvia em sua expressão. — Achei! — E entregou ao senador um rolo empoeirado.

Aurélio examinou o documento com olhos vorazes.

— Está assinado por Pápio Fácio, comandante de uma das legiões orientais... afirma haver capturado Celidônio na Trácia, após uma áspera luta — observou, em dúvida.

— É o que está escrito aí — observou por sua vez o lanista, querendo se esquivar de qualquer responsabilidade.

— Mas por acaso tu o ouviste falar grego alguma vez, aquele suposto trácio? — perguntou Aurélio, sarcástico. Se o gladiador provinha realmente de Mutina, ou seja, da Gália Cisalpina, quem melhor do que o seu lanista, em anos e anos de trabalho em comum, poderia ter percebido isso?

— Aqui não temos aulas de retórica, senador Estácio. Celidônio combatia bem, eu nunca lhe pedi sua árvore genealógica! — comentou o lanista.

— Conheces o advogado Sérgio Máurico? — emendou Aurélio.

— Jamais troquei uma só palavra com ele — negou Aufídio, drástico. — Sei, no entanto, que é fanático pelos *ludi* e algumas vezes convidou Celidônio para visitá-lo... foi justamente em sua casa, aliás, que conheceu a mulher de sua vida, o que representou sua ruína. Fiz tudo para mantê-lo na caserna, naquela última noite! E ele, nada, disposto a correr para Nissa como um gato no cio...

— Eu soube que a irmã de Sérgio também circula pela caserna como e quando quer.

— Ah, aquela! — suspirou Aufídio. — Não é a única a frequentar assiduamente os cubículos dos atletas: muitas matronas entediadas têm um fraco pelos meus gladiadores. Por outro lado, se eu fosse muito rígido, eles as deixariam entrar às escondidas, e seria pior.

— Ao passo que, assim, recolhes um percentual de cada visita — arriscou o senador, sarcástico.

— Bem, de vez em quando uma delas me traz um presentinho — minimizou o lanista.

Aurélio saiu sem lhe dirigir sequer um olhar.

Com que então, refletiu dali a pouco, tinha sido aquele Pápio a montar a lenda do heroico trácio. Era urgente tomar informações sobre ele; em Roma, havia muito não se ouvia falar de Pápio, na verdade fazia tempo demais, tratando-se de um general que controlava uma das legiões mais fortes do Império!

Nesse momento, sentiu que alguém o puxava pela barra da toga.

— Ah, és tu, Quadrado... — disse o patrício, percebendo o manso camponês, como sempre sozinho, de pé ao lado de uma vara ainda inativa. — Estou tentando obter a reabertura do teu caso. Talvez haja alguma esperança; se conseguirmos demonstrar que aquele sujeito e a tua mulher eram cúmplices...

— És gentil, senador, mas não vale a pena: depois dos próximos *ludi*, eu já estarei morto! — agradeceu Quadrado, invadido pelo seu pessimismo habitual.

— Não podes te render assim, sem sequer tentar reagir! — irritou-se o patrício. — Nós vamos lutar no tribunal!

— Não é uma grande ideia, senador — retrucou Quadrado com melancolia. — Sortudo como sou, sem dúvida vou ser estraçalhado no julgamento por um outro delinquente como aquele que patrocinou minha mulher...

Aurélio aguçou os ouvidos. Seria possível?

— Por acaso te lembras do nome dele? — perguntou, esperançoso.

— Claro que me lembro. Sérgio... chamava-se Sérgio, o canalha! Também o vi outra vez, nos treinos: ele certamente não me reconheceu; sou apenas um dos muitos desgraçados a quem arruinou a vida. Mas eu, não, eu nunca vou esquecer sua cara!

Quadrado parecia sincero: teria o advogado apenas fingido não o reconhecer? Um camponês lançado à arena por uma condenação injusta, contra o grande campeão: haveria ocasião melhor para uma aposta falseada? Bastava dar um jeito de o reciário não ter condições de vencer, coisa de que Nissa podia cuidar, ou então a própria irmã de Sérgio, ou ainda a matrona desconhecida que Celidônio visitava de vez em quando.

Os pensamentos de Aurélio foram interrompidos por um repentino estardalhaço: duas figuras cambaleantes, com a fala engrolada, obviamente cheias de vinho, gritavam e acenavam para ele, chamando-o, enquanto avançavam sobre as pernas trôpegas.

— Como é simpático o teu secretário, nobre senador! — gorjeou Arduína, gratificando-o com uma poderosa palmada no ombro. — Viste que belo punhal ele me deu de presente? — estridulou, com os olhinhos redondos e cruéis brilhando de alegria, enquanto balançava a cabeleira estopenta sob o nariz sensibilíssimo do patrício.

Reprimindo um espirro, Aurélio se voltou bruscamente para afastar uma madeixa do seu olho direito, a tempo de ver um servo escapulindo às pressas do escritório de Aufídio, em direção à saída.

— Corre atrás daquele homem, Castor, rápido! — mandou, e desta vez o grego, visivelmente aliviado por se ver afastado de Arduína, executou de imediato a ordem.

Decepcionada, a britana o seguiu demoradamente com o olhar, entristecida pela repentina defecção. Enquanto isso Servílio, de pé junto aos portadores núbios, dava sinais de impaciência: claramente, não via a hora de se livrar daquelas incumbências tediosas para correr ao encontro da sua bela atriz...

Contemplando a desengonçada gladiadora, Aurélio teve de repente uma ideia extravagante, e talvez um pouco vil.

— Também tenho uma homenagem para ti! — trauteou, ostentando uma súbita alegria. — Servílio, por favor, busca na liteira aquelas flores que mandamos trançar esta manhã

— Mas são para Nissa! — protestou o cavaleiro, cochichando. — O que esta elefanta britana vai fazer com uma guirlanda de rosas?

— Obedece logo e não reclames! — intimou o patrício. Uma mulher é sempre uma mulher, pensava, gladiadora ou não, e não há mulher que não goste de rosas.

— Para mim? — de fato exclamou Arduína, surpresa, e, com as mãos calosas, tocou incrédula as delicadas pétalas. Depois, com um gesto que pretendia parecer gracioso, pendurou desajeitadamente a guirlanda no pescoço, sorrindo com a boca retorcida. — Que bela lembrança, senador! — acrescentou com um fio de voz, e Aurélio suspeitou que quase conseguira comovê-la.

— As flores de Nissa para aquela virago horrorosa. Realmente, não te entendo, Aurélio... — murmurou Servílio, ressentido, quando já se dirigiam à saída. — Parece até que estás querendo me atrapalhar!

— Às vezes, um corpo masculinizado esconde a alma delicada de uma donzela — tentou explicar o senador.

— Uma donzela capaz de te esmagar os ossos com um amigável tapinha nas costas! — explodiu o cavaleiro. — Olha aqui: está me surgindo uma mancha roxa no lugar onde aquela elefanta me acariciou!

— Pede a Pompônia que te friccione um dos seus unguentos — sugeriu esperançoso o patrício, que, por sua vez, também havia experimentado a expansividade da britana.

— Prefiro pedir a Nissa... ela tem mãos tão delicadas! — corrigiu o cavaleiro, reprimindo um sorrisinho alusivo.

Sacra Ártemis! Se já chegamos a esse ponto, não há mais esperança para a pobre Pompônia, gemeu de si para si o senador, consternado.

CAPÍTULO XIII

Décimo quarto dia antes das calendas de julho

Como Aurélio esperava, a consorte de Servílio não tardou a aparecer.

— Ele arrumou outra mulher, agora tenho certeza! — prorrompeu ela, descontrolada. — As provas são claras; achei vestígios de cosméticos na sua túnica! — acrescentou, chorando desesperada no ombro do senador.

— Mas não, Pompônia, o que estás dizendo? Deve ter sido fumaça de vela...

— Por acaso já viste fuligem escarlate? Era pintura vermelha, eu te digo: típica pintura de lábios feita com borra de vinho! E ontem ele comprou rosas... mas não para mim! — soluçou a outra.

— Ah, a guirlanda! Era destinada a Arduína! — tranquilizou-a o patrício, contando a homenagem tão pouco espontaneamente oferecida pelo cavaleiro à gladiadora.

— Bem, posso ter me enganado... — consolou-se a matrona, enxugando uma lágrima.

— Certamente, Pompônia. Agora, não te atormentes mais; teu amigo Aurélio precisa de ti. Não me digas que não conseguiste saber nada sobre a trajetória daquela mímica!

— Poucas coisas, na verdade estou um pouco fora de forma — queixou-se a gorda senhora, deixando de lado a tisana preparada pelo solícito Páris, para se consolar com a taça de Falerno gelado que o patrício lhe oferecia. — Mesmo assim, descobri pelo menos um detalhe interessante.

— Coragem, minha amiga — incitou Aurélio. — Não me deixes ansioso.

— A atual *vestiaria* de Nissa herdou recentemente o posto de sua tia, falecida no ano passado de um forte resfriado que, imprevisivelmente, degenerou em pulmonite — relatou Pompônia, com riqueza de pormenores. — Pois bem, ao conversar sobre o início de carreira da diva, essa tia lhe havia contado sobre um homem que aparecia com frequência no teatro, pedindo insistentemente para ser recebido. Certa vez, Nissa concordou em lhe dar ouvidos, e se afastou com ele para o camarim. Pouco depois, ouviram-se gritos, e as criadas acorreram a tempo de ver o brutamontes esbofeteá-la repetidamente. As cabeleireiras precisaram usar de toda a sua competência, além de uma boa dose de alvaiade, para disfarçar uma equimose na têmpora da atriz, antes que ela entrasse em cena, e o vigia também teve trabalho para expulsar o intruso: o homem era muito forte, além de ter um aspecto pavoroso, coberto como estava de cicatrizes...

— Poderia ser Celidônio? — perguntou-se Aurélio em voz alta. — Nesse caso, a atriz teria mentido, ao afirmar tê-lo conhecido somente na casa de Máurico... Seria útil saber também como Nissa havia iniciado sua carreira: quem a introduzira no ambiente da pantomima erótica? Até alguns anos antes, ela ainda era uma perfeita desconhecida, e no entanto conseguira entrar para aquele mundo tão fechado...

— O único que poderia responder seria o diretor que a contratou, mas ele acabou embaixo de um carro, dois anos atrás... Gostosos, estes biscoitinhos de nozes — replicou Pompônia, de boca cheia: meter o nariz nos assuntos alheios, mesmo nos momentos mais críticos, decididamente lhe abria o apetite, e Aurélio, para tentá-la, colocara bem à sua frente uma bandeja de docinhos salpicados com pimenta, uma especialidade do seu *archimagirus* Hortênsio. — Há mais uma coisa que me deixou perplexa — prosseguiu a matrona. — Segundo as criadas, Nissa e Celidônio não se comportavam de modo algum como namorados. Como sabes, as mulheres percebem certas coisas no ar: nada de olhares, piscadelas, malícias; quase pareciam dois sócios nos negócios...

— Ou então amantes de longa data, já cansados um do outro — considerou Aurélio. — Parabéns, Pompônia, foste muito útil!

— Agradece à minha camareira Crísis. Foi ela quem extraiu das cabeleireiras todas as informações, fingindo procurar trabalho no teatro.

Aurélio tomou nota mentalmente: mandaria levar para a moça uma joia ou um belo corte de tecido.

— Já no que se refere a Servílio...

O senador foi ágil em interromper a amiga, antes que ela levasse novamente a conversa para o doloroso assunto da infidelidade do marido.

— Faz tempo que não me relatas nenhuma maledicência sobre a Imperatriz! — observou, fingindo-se exageradamente interessado. Para desviar a atenção da obesa matrona de suas desventuras conjugais, não havia nada melhor do que concentrá-la nos amores, verdadeiros ou presumidos, de Valéria Messalina.

De fato, Pompônia se reanimou: um bom mexerico picante era o fármaco mais eficaz para seu estado de espírito.

— Messalina, além do histrião Mnestro, agora frequenta um certo Sílio... aparece por toda parte em sua companhia, e até foi vista quando o beijava em público. Será possível que Cláudio César não perceba nada? É mesmo verdade que o marido é sempre o último a saber!

Às vezes, a esposa também, suspirou intimamente Aurélio, não pouco embaraçado, acompanhando a amiga até a porta.

— Ah, eu quase esqueci! — acrescentou Pompônia, já na soleira. — Também indaguei entre minhas costureiras, na esperança de que conhecessem algum costumista do teatro de Pompeu... Sabes? Eu gostaria de mandar confeccionar para mim alguma estola mais original, para impressionar Servílio, embora me tenhas aconselhado a me vestir com simplicidade...

De fato a brava senhora, engalanada numa bordadíssima pala de cor índigo, não parecia nem um pouco disposta a seguir a sensata sugestão de Aurélio.

— E então? — interrompeu ele, ansiosamente. Quando Pompônia se lançava numa de suas intermináveis análises sobre as reviravoltas da moda, convinha detê-la de imediato, sem hesitar nem por um instante: bem sabia disso o bom Servílio, que jamais o conseguira.

— Nada, infelizmente! — suspirou Pompônia em tom desiludido. — Mas o sapateiro que confecciona as minhas *crepidae*, aquelas rasteiras que eu uso em casa quando não tenho convidados... sabes, são tão confortáveis, embora o salto baixo me acrescente pouco, quanto a isso não há dúvida, e...

— O que o sapateiro te contou? — interveio, decidido, o patrício, para impedir que Pompônia se perdesse num labirinto de sandálias, chinelos, botinas e sapatos argivos.

— Imagina que coincidência! — exclamou comprazida a matrona. — Ele trabalhava justamente para a companhia de Nissa, quando ela foi contratada, e chegou a levar à sua casa um par de sandálias novas, muito bonitas, ao que afirma, em napa trabalhada com fios de ouro, com uma tira de couro que, envolvida ao redor do tornozelo, era...

— O endereço, Pompônia! Ele te contou onde Nissa morava? — cortou o senador, tentando devolvê-la ao caminho certo.

— Claro — assentiu a dama. — Numa grande *insula* popular no Clivus Publicus, bem no último andar. Imagina que, quando o inocente sapateiro chegou ao topo da escada, um dos seus calçados lhe saiu do pé e a correia se rompeu; então, o coitado teve de...

— Que os deuses te abençoem, minha amiga! — silenciou-a Aurélio, mandando-lhe um beijo, e fechou a porta correndo para fazer uso da informação obtida.

Justamente quando, apressado, atravessava de volta o átrio, quase deu um encontrão num Castor inacreditavelmente fedorento, que naquele momento despia o traje imundo.

— Enveredou pelo Clivus Publicus, depois dobrou no Vicus Armilustri... — relatou o alexandrino, contando o rastreamento do servo da caserna.

— E depois? — emendou Aurélio, excitado: os dois caminhos conduziam ao Aventino, não longe do Vicus Altus, onde se destacava a *domus* de Sérgio Máurico. Além disso, se o informante de Pompônia estivesse falando a verdade, Nissa havia morado justamente por aquelas bandas.

— Eu o perdi de vista! — disse o secretário, abrindo os braços. — Ia correndo atrás dele como um alucinado quando tropecei em dois desgraçados *fullones* encarregados de retirar a matéria-prima para tintura de tecidos. Dois baldes cheios, foi o que eles me derramaram em cima!

Aurélio sufocou o riso, começando a entender a razão do terrível fedor de urina que emanava do liberto: mais de uma *fullonica* usava o produto da micção para tingir panos...

Desta vez, o patrício resolveu ser magnânimo: afinal, o secretário havia sido banhado daquela maneira durante o cumprimento do próprio dever...

— Vai te lavar, Castor, e não te preocupes com a veste arruinada. Eu mesmo te comprarei uma nova — prometeu generosamente.

— Obrigado, *domine*, mas eu não estava nem um pouco preocupado: a veste é tua — tranquilizou-o o grego, desaparecendo nu no *calidarium*, enquanto o patrão ficava a contemplar com tristeza os míseros restos da túnica de bisso nova em folha, da qual o servo rapidamente se livrara.

CAPÍTULO XIV

Décimo terceiro dia antes das calendas de julho

Vestido sobriamente, com um simples mantelete, Públio Aurélio se deteve no pórtico do velho edifício e ergueu o olhar para as pérgulas cobertas de trepadeiras e os balcões floridos de ervas aromáticas que brotavam dos andares altos, em um gracioso e precário equilíbrio sobre as traves de madeira erguidas para o céu.

Subiu o patamar de pedra diante do portão escancarado e entrou cautelosamente no átrio escuro, tapando o nariz para não sentir o insuportável cheiro de couve que pairava por ali.

No instante exato em que punha o pé no primeiro degrau da escada interna, choveu-lhe em cima, vindo do alto, um manto pulguento, logo seguido por uma velha coberta esburacada pelas traças: com um salto, afastou-se para o lado e se encostou à parede, apenas a tempo de evitar receber na cabeça o caldeirão e as duas panelas rachadas que voavam do quinto andar.

— Fora daqui! — berrava o senhorio a dois velhos trôpegos e a um jovenzinho que os acompanhava, enquanto estes se afanavam em recolher seus pobres utensílios. — Não bastou vos proibir o acesso à escada, precisei pedir reforços para vos desalojar!

Com um gesto imperioso, o locador chamou dois escravos corpulentos que esperavam fora.

— Ocupação abusiva! — justificou-se, ordenando que os energúmenos arrastassem dali o rapazinho, que com todas as suas forças tentava resistir ao despejo.

Aurélio não se espantou: alguns dias de atraso no pagamento do aluguel eram suficientes para que o inquilino fosse jogado na rua com seus poucos e míseros haveres. Os que não se resignavam eram escorraçados com maus modos por escravos robustos, adestrados para esse fim, enquanto seus móveis e utensílios rolavam escadas abaixo ou eram lançados das janelas sobre as cabeças dos ignaros transeuntes.

— Que os deuses te amaldiçoem, Nigro! — gritava o jovem, com raiva, tentando apoiar os genitores anciãos, que se afastavam encurvados, com lágrimas nos olhos.

— E tu, o que queres? — perguntou o locador com grosseria, virando-se para Aurélio, enquanto compensava com alguns asses o trabalho dos brutamontes. — Se estás procurando um quarto, acabo de liberar um: decide logo, em Roma não é fácil encontrar onde dormir!

Aurélio saiu à luz e o encarregado dos aluguéis compreendeu de repente que não fecharia o negócio. Embora vestido modestamente, o patrício não tinha buracos no manto, e o couro das suas *soleae* era novo demais para pertencer a alguém capaz de se adaptar a um dos exíguos vãos sob o teto da *insula*.

Nigro, porém, não lamentou muito: não lhe seria árduo encontrar outro inquilino, ainda que, com o preço do mais pobre dos quartinhos no centro da Urbe, qualquer um pudesse obter na província uma casinha digna e confortável, talvez até circundada por um pequeno terreno.

Mas Roma era Roma, ou seja, o umbigo do mundo, o centro pulsante em volta do qual girava o ilimitado Império dos quirites, o lugar mágico no qual tudo era possível, e onde, com um pouco de sorte, até os sonhos mais absurdos podiam se realizar: assim, massas inteiras de pobres, deserdados e aventureiros de todas as espécies se amontoavam às suas portas para perseguir a miragem de rápidos ganhos ou a ambição de uma carreira prestigiosa, ou simplesmente a esperança longínqua de um trabalho seguro para alimentar a família...

— Busco notícias de uma moça que morou aqui, alguns anos atrás — disse Aurélio.

— Imagina, quem achas que vai se lembrar? — liquidou-o Nigro em tom expedito, virando-lhe as costas. — Aqui, as pessoas vêm e vão sem parar.

Acredito, pensou o patrício, observando as traves corroídas pelos cupins sobre as quais se elevava a instável e altíssima torre: quem conseguisse escapar das condições mais miserandas certamente se apressaria a mudar de residência... Ali, mais cedo ou mais tarde, corria-se perigo: seguramente o construtor havia economizado no preço dos materiais, dando uma generosa gorjeta ao funcionário da repartição encarregada do controle de obras, para que ele fechasse um olho ou, possivelmente, os dois.

Aurélio saiu para a rua, meio desiludido; por outro lado, não havia esperado conseguir grande coisa com aquela visita: entre expulsões, ordens de despejo e mudanças voluntárias, nas *insulae* a vizinhança variava sem parar, e ninguém, naquela cidade frenética, tinha tempo de estreitar amizades duradouras com os que moravam nas proximidades.

Os despejados, porém, continuavam ali, atônitos, embaixo do pórtico. Depois de juntarem seus trastes na coberta, não se decidiam a se afastar daquela que, até poucos instantes antes, havia sido a sua casa.

— Aquele bruto do Nigro não tem coração! — exclamou o rapaz, furioso. — Eu sempre posso dormir embaixo de uma ponte do Tibre, mas os meus pobres velhos...

— No entanto, Gavilla ele não expulsou — lamentava-se a mãe. Nem Célia...

— Pois é! — resmungou o jovem. — Alguns mandam as filhas jovens para pedir a prorrogação do aluguel!

Aurélio aguçou os ouvidos: se o locador era tão sensível ao fascínio das mocinhas, seria possível que não se lembrasse de Nissa?

— Esperai um momento — disse à família humilde que estava recolhendo suas trouxas. — Perdoai se me intrometo, mas tenho alguma experiência em questões legais, e talvez a última palavra não esteja dita.

Pouco depois o senador retornava ao átrio, na frente do grupinho.

— Ainda aqui? — acolheu-os o senhorio, ameaçador. — Quereis mesmo que eu chame os *vigiles*?

— Sim — confirmou Aurélio. — É justamente o que queremos, Nigro; deve fazer muito tempo que não executam uma vistoria neste pardieiro — continuou, com calma olímpica, enquanto começava a experimentar com uns pontapés certeiros a resistência das paredes. — Vejamos: aqui, a esta altura é tudo areia, sabe-se lá onde foram parar os tijolos. E a madeira também está se esfarelando... Ah, ah! — assobiou. — Mas o que vejo? Bem ao lado, há um armazém! Não sabes que um decreto imperial proíbe edifícios com paredes-meias? Eh, sim, é bom mesmo chamar um inspetor. Eu não gostaria de estar na tua pele quando o proprietário descobrir o péssimo estado em que deixaste seu imóvel!

Nigro havia pulado de pé e agora, lívido, engolindo em seco, fitava o senador.

Aurélio deu uma olhada ao redor, comprazido. Depois escolheu sem pressa a cadeira menos desconjuntada, obviamente a de Nigro, e se acomodou com ostentação, apoiando os pés em cima da escrivaninha, assoviando.

— Esta brava gente — recomeçou — me dizia também que, pelo quarto deles, já recebes um aluguel regular de um certo Cosso, momentaneamente fora da cidade. Que pena, temo que não te estejam claras as normas sobre a sublocação; cuidarei de que os *vigiles* te façam recordá-las, quando chegarem!

— Não há pressa, *domine*, não há pressa. Por que não conversamos com calma? — recuou o locador, já farejando problemas. — Talvez o despejo desta família tenha sido apenas um deplorável erro...

— Não te preocupes, isso pode acontecer a qualquer um — insinuou o patrício, sorridente. — Infelizmente, porém, por culpa das maneiras grosseiras dos teus ajudantes, estas pobres pessoas sofreram danos. O mínimo que podes fazer é liberá-los de seis meses de aluguel, na esperança de que não te denunciem no tribunal. Caso contrário, para mim será um prazer patrocinar eu mesmo a causa, ou talvez o meu amigo Sérgio Máurico.

O senhorio engoliu o vexame sem se descompor: melhor não insistir com aqueles inquilinos, e compensar a perda em cima de algum outro desgraçado, como prévio acerto da sua falta de proteção em altas esferas. Com um gesto apressado, acenou aos três que podiam subir de volta.

— Mas por que permaneces de pé? Não faças cerimônia, estamos entre amigos! — concedeu alegremente o senador, ajeitando-se na cadeira em posição ainda mais confortável, enquanto Nigro se sentava timidamente na borda de um escabelo capenga. — O que me dizias mesmo da jovem do último andar? Tenho certeza de que um homem de bom gosto como tu sem dúvida a notou logo — piscou, com ar cúmplice.

— Na verdade, eu... — começou Nigro, circunspecto, mas de repente sua língua se soltou, até porque Aurélio havia tratado de acomodar a túnica o suficiente para deixar bem à vista sua bolsa bem fornida.

Da jovem, Nigro se lembrava bastante bem, visto que muitas vezes, devido à falta de dinheiro, se dispusera a aceitar o pagamento *in natura*.

Em breve, um pouco para ganhar a simpatia daquele respeitável personagem, um pouco porque é sempre agradável evocar certas lembranças, viu-se escancarando para Aurélio tudo o que sabia.

— Bonita ela era, sim, claro... mas nada de especial — esclareceu com ar de entendido, o mesmo daqueles que sabem reconhecer à primeira prova o subjacente sabor de violeta de um Falerno bem envelhecido. — Uma *asinella* como se encontram muitas, em Roma: ela me dava pena, e então...

O patrício sufocou uma risada ao imaginar como se sentiria Nigro, se reconhecesse na diva mais bem paga da Urbe a jovenzinha que ele se dignara de deitar na sua cama, por pura compaixão, naturalmente!

— Quem a instalou aqui foi Vibão, o ferreiro, um tipo grandalhão, gordo e cheio de cicatrizes. Ele lhe arrumava os clientes, e eu fechava um olho. Não que recebesse um percentual, escuta bem; sou um homem honesto, mas ela não se opunha, e certas oportunidades surgem raramente para alguém como eu, já avançado em anos. Não, não sei mesmo onde foi parar quando saiu daqui, três anos atrás.

— Com o cafetão? — perguntou Aurélio, curioso.

— Que nada — desmentiu Nigro —, com outra mulher! O ferreiro estava furibundo; dizia que mais cedo ou mais tarde a encontraria. E, quando isso acontecesse, iria enchê-la de pancada! Imagina a situação dele: a moça lhe custara bem uns 10 sestércios, pagos em espécie àquela velha rufiã que era a mãe dela, e ele tivera até de violentá-la, para lhe ensinar o ofício. Querias que lhe permitisse escapulir justamente quando ela começava a render alguma coisa?

— Por onde anda esse Vibão, agora?

— No cemitério. Caiu no Tibre, completamente bêbado.

Afogado o ferreiro, Nissa estava livre de um protetor abusivo. Talvez a mão de Máurico estivesse por trás daquele mergulho acidental no rio...

Aurélio suspirou. Havia confiado, intimamente, em que encontraria alguma prova do vínculo anterior entre Nissa e Celidônio: no entanto, a manhã tinha sido inteiramente desperdiçada.

Fez menção de ir embora, mas Nigro pigarreou, como se esperasse alguma coisa. Na Urbe tudo tinha um preço, até as boas recordações.

O senador quase tirou da bolsa umas moedas, mas depois, tomado por uma inspiração repentina, mudou de ideia e extraiu do cinto da túnica a plaquinha de chumbo, válida para o acesso gratuito ao teatro de Pompeu.

— O espetáculo de Nissa, por Júpiter! — maravilhou-se Nigro. — Faz meses que tento entrar, mas é um atropelo! — acrescentou, enquanto Aurélio reprimia uma risada. — Não vejo a hora de ir, dizem que aquela mulher é fantástica!

— É um assento na primeira fila, poderás vê-la bem, e... sim, tenho certeza de que conseguirá te empolgar — concluiu o senador, entregando-lhe com um amplo sorriso o ambicionadíssimo ingresso.

*

Tendo deixado a sombra fedorenta do átrio, Públio Aurélio saiu caminhando em passos largos pela viela cheia de gente, não sem se voltar para dirigir um aceno amigável aos três que o saudavam da janela do quinto andar.

Já perdera tempo demais, e era melhor aproveitar o anônimo disfarce para se conceder alguns prazeres simples que os ricaços, confinados em suas luxuosas residências, tendiam com muita frequência a esquecer: duas salsichas envoltas numa focácia cheirosa, um copo de licor quente, a piscadela de olho da empregadinha descarada de uma taberna.

E em Roma, certamente não faltavam as bodegas. No Clivus Publicus, a cada três ou quatro lojas se abria uma *popina* ou um *thermopolium*: desde o amanhecer, e às vezes até antes, os habitantes da Urbe tentacular, 1,5 milhão de pessoas aglomeradas em poucos quilômetros quadrados de terra, apinhadas como bagos de uva nas *insulae* gigantescas e periclitantes, derramavam-se para sua verdadeira casa, a rua, e inevitavelmente acabavam entrando numa taberna, em busca do calor dos braseiros e do suco de uva adoçado com *sapa*.

O refinado senador bem sabia que *sapa* e *defrutum* constituíam um grave perigo para a saúde, tanto quanto a pez, o gesso, a potassa e os outros aditivos usados para adulterar os vinhos ordinários, mas não conseguiu resistir à tentação: tendo pedido no balcão do *thermopolium* uma tigela da beberagem, imergiu as narinas ali, aspirando a plenos pulmões aquele acre odor de pobreza e de vida.

Pouco depois, um estrangeiro vestido em panos hebraicos, com ar perdido e uma saca na mão, buscou refúgio na taberna para se livrar da horda de moleques ruidosos que o perseguiam, zombando de seus estranhos trajes.

— Acabaste de chegar, hein? — riu Aurélio, e estendeu a taça ao corpulento operário de meia-idade, ainda ofegante da corrida. — Tem um pouco de paciência, logo te habituarás.

— Bem, como acolhida, não estamos mal — balbuciou o hebreu. — Estou procurando a casa de um amigo, um certo Áquila... deve ser por estas bandas.

Dois fregueses, na tentativa de fornecer ao recém-chegado a indicação desejada, começaram a discutir entre si.

— É lá embaixo, à direita!

— Não, à esquerda, depois do cruzamento! — gritavam, enquanto o coitado se encolhia, desolado por ter suscitado tanta balbúrdia.

— É melhor que eu vá embora. Obrigado pela bebida, amigo — disse o forasteiro, terminando de matar a sede. — Retribuirei teu favor assim que arrumar um trabalho.

— O que sabes fazer? — perguntou o senador, curioso. Tais e tantos eram seus rendosos empreendimentos que talvez fosse possível oferecer um lugarzinho àquele homem afável e cheio de boa vontade.

— Sou pescador: se voltares aqui, pergunta por Simão, também chamado Kefa — revelou o outro, saindo às pressas. Aurélio balançou a cabeça: não teria vida fácil, aquele judeu, se contasse sobreviver com os peixes do Tibre, pensou, enquanto o seguia com o olhar.

Mas, decididamente, o forasteiro era pouco habituado ao tráfego de uma metrópole: poucos passos adiante, na vã tentativa de evitar um carrinho de verduras, colidiu com um pedestre que vinha correndo do outro lado da rua, e caiu rolando no lamaçal.

Em instantes, todo o beco ressoou com os impropérios do hortelão, misturado com o choro das crianças que ele estapeava para impedir que se apoderassem das mercadorias espalhadas pelo calçamento.

Os fregueses da taberna se precipitaram para a rua, ansiosos por tomar parte na briga, enquanto as mães dos esbofeteados saíam das lojas, decididas a ajudar seus indefesos rebentos.

O único a não berrar, notou Aurélio com estupor, era justamente o homem com quem Kefa se chocara inadvertidamente, e que deveria ser o mais enfurecido de todos. Em vez disso, ele se mantinha à parte, com o capuz descido sobre o rosto, tentando não ser notado; pouco depois, encaminhou-se para o cruzamento e se afastou furtivamente.

Quando dobrava uma esquina, porém, seu capuz deslizou para trás, revelando um rosto bem conhecido.

O senador chispou fora da taberna com a velocidade de um raio, ultrapassou com um salto o pobre pescador caído na lama e se lançou à perseguição de Aufídio.

Uma hora mais tarde o patrício estava de volta à sua casa, sujo e suado, mas satisfeito pela habilidade demonstrada em seguir o lanista: no longo trajeto ladeira acima, tomara todo o cuidado para não se deixar perceber, escondendo-se rapidamente atrás de alguma coluna sempre que Aufídio se voltava para olhar.

A certa altura, inclusive, temera haver sido descoberto, mas sem dúvida se tratara de uma impressão: o lanista jamais entraria sorrateiramente na *domus* dos Sérgios, se percebesse estar sendo seguido...

— Acorda! — gritou, entrando no vestíbulo.

Fabello, que como sempre dormia profundamente na guarita do *ostiarius*, teve um sobressalto e fitou o dono da casa com certa antipatia: um pobre porteiro, lamentava de si para si, não pode sequer dar um cochilo em paz, sem ser logo perturbado!

É estranho que Páris não tenha vindo me receber, pensou o senador; mas, assim que adentrou o peristilo, deteve-se de chofre, espantado.

Entre as colunas de mármore, olhar apalermado e embevecido, o pio intendente estava espiando Xênia, a esperta camareira que fazia par fixo com Castor, como se contemplasse Afrodite em pessoa. Apanhado em flagrante, o liberto enrubesceu com virginal pudor, e o patrício se absteve de expressar comentários, bem sabendo que uma alusão qualquer mergulharia o intendente na mais negra vergonha.

— *Domine* — balbuciou este, com extremo embaraço. — Há uma visita para ti.

— Não tenho tempo — retrucou o senador. — Devo me lavar às pressas e me preparar para sair de novo.

— Como quiseres. — Páris inclinou a cabeça. — Então direi a Espúrio, aquele cordoeiro de Bononia...

— Bononia? — exclamou Aurélio. — Quero vê-lo já! — E fez menção de correr para o tablino.

— Aí, não, *domine*, ele está na cozinha: achei conveniente acomodá-lo na área dos servos — especificou Páris, que, em matéria de preconceitos de classe, ultrapassava de longe os patrícios das mais antigas estirpes.

O senador se encaminhou às pressas para a cozinha. Fizera questão de tê-la ampla, confortável e bem limpa. Muitos proprietários, em sua opinião, exibiam um luxo inaudito nos grandes triclínios decorados com afrescos e nas êxedras ricas de mármores e marfins, para depois confinarem fogão e forno de pão num minúsculo compartimento fumacento e anti-higiênico. Os tempos em que, na casa romana, o jantar era aquecido no átrio tinham acabado havia muito, felizmente. O patrício tivera a boa ideia de reservar à preparação da comida dois aposentos luminosos e bem arejados, dotados de grandes pias que ajudavam a manter tudo escrupulosamente luzidio e imaculado.

— ... As nêsperas devem ser mergulhadas na água fervente da barrela... — pontificava a voz estentórea que Aurélio ouviu ao entrar.

Um homem alto e corpulento estava sentado no lugar de honra da bancada de madeira, rodeado por cozinheiros, padeiros, *dolciari* e *crustilari*, ocupados em escutá-lo. Alguém até tomava notas.

— E os marmelos? — perguntava naquele momento Hortênsio, o excelso *archimagirus* do senador. — Mácio, no seu manual *O fabricante de conservas...*

— Que livro, que nada! Para fazer boas geleias, daquelas que dizem "me come", é preciso ter experiência! — cortou, drástico, o provinciano. — As frutas devem ser postas para secar sobre palha, ou sobre folhas de plátano, e depois maceradas em talhas untadas com pez. Mal podemos nos permitir o mel, caro como custa!

— Afinal, és cordoeiro ou cozinheiro, Espúrio? — interveio Aurélio, interrompendo aquela empolgada aula de arte culinária.

— Para te servir, nobre senador! — levantou-se o homenzarrão, erguendo o braço numa saudação desajeitada. — Perdoa o incômodo, mas meu cunhado Rústico, um bom homem que tem mania de se intrometer o tempo todo nos assuntos alheios, tomou a liberdade de te aborrecer com aquela carta sobre Plácido. Então eu digo a ele: não devias perturbar o senador, contando as coisas pela metade, que ninguém entende nada. E como um amigo meu vinha a Roma, pensei: agora eu também vou, para explicar tudo pessoalmente, assim também recebo a recompensa, porque senão, com o correio do jeito que funciona, sabe-se lá quando chega, e talvez alguém passe a mão nela antes. Porque deves saber que eu e a Décia temos quatro filhos, todos homens, e as cordas hoje se vendem pouco...

— Não te preocupes, Espúrio, relata o que sabes e terás o prêmio.

— Agora mesmo, ilustre senador. Quando eu estava em Mutina, mais ou menos uns dez anos atrás, precisei de ajuda na oficina, e a Décia, que depois seria minha mulher, me diz: por que não chamas o filho da Zózima, que ficou viúva, e não consegue mais se sustentar, coitada? E eu não queria, porque esse Plácido já desde menino não era plácido nem nada, sempre por ali comprando briga e batendo nos outros em todos os cantos. Mas, de tanto insistir, Décia sempre consegue que eu faça o que ela quer. Então o contrato, e nunca devia ter feito isso, evitaria um monte de problemas; aquele delinquente me dá um monte de despesas e, como se não bastasse, me engravida a serva. Então o mandei embora e ele faz pior, puxa o cutelo para um legionário em missão, e do cutelo passa à espada. Em suma, o soldado ficou mal, mais para lá do que para cá, e diziam que Plácido não se livraria só com quatro chibatadas: dessa vez iria direto para o patíbulo, com certeza. Então aparece um figurão, um advogado que o libera não sei como e o traz aqui para a Urbe. Em seguida, ficamos sabendo que ele virou um campeão da arena e passou a se chamar Celidônio: "andorinha", isso é lá nome de homem?

— E a serva grávida? — informou-se o patrício, já seguro de que não se tratava de Nissa.

— Era filha de camponeses, voltou para o campo. Fosse como fosse, Plácido partiu, junto com um monte de sujeitos pouco recomendáveis. Aquele advogado tinha um fraco por gente feia: comprou até o Imundo, e bem barato, porque ninguém o queria; e depois Popô, o idiota, e até o Vesgo...

— Bravo, Espúrio, o que me relataste é importantíssimo! Mas não precisavas vir de Bononia até aqui: bastaria uma mensagem.

— Imagina! Com tudo o que vivem falando de Roma, eu também queria conhecer a cidade!

Aurélio sorriu com certa arrogância: era justo que, pelo menos uma vez na vida, os provincianos viessem à Urbe, a maravilha do mundo, e conservassem para sempre sua lembrança lá nas alturas, entre as névoas da Gália Cisalpina...

— E agora que a vi, já me bastou, senador. Aqui entre nós, esta famosa Roma não é nada de tão especial, porque o Foro nós também temos, em Bononia, e vós aqui não tendes sequer o Decúmano Máximo. É verdade que os vossos templos são maiores, mas precisavas ver o santuário de Ísis, na nossa Bononia, que joia...

— Entendo — deglutiu Aurélio, um tanto ofendido e meio divertido. — Enfim, passa no meu administrador para receber o prêmio, e pega também algumas bilhas de mel, já que entre vós custa caro. Mas não fales muito mal da Urbe, quando estiveres de volta à tua casa!

— Certo, patrão: no fundo, Roma não é tão ruim assim — assegurou Espúrio, indulgente, e se afastou em direção à saída, seguido pelo cozinheiro Hortênsio com sua tabuinha de anotações.

Aurélio ficou sentado, perplexo. Tendo engolido seu justo orgulho de romano, balançou a cabeça, pensando se não era o caso, mais cedo ou mais tarde, de ir conhecer aquela famosa Bononia...

— Popô o idiota, o Imundo, o Vesgo... Não há ninguém que corresponda a esses garbosos apelidos nas cercanias de Máurico — declarou Castor ao retornar da missão, servindo-se uma taça abundante da ânfora de Aurélio.

Com o cálice na mão, sentou-se numa poltrona de ébano, alisando cuidadosamente as pregas da dalmática nova, de um belo verde.

— Bonito, este tecido, nem parece bisso... — comentou Aurélio, com sincera admiração.

— Na verdade, trata-se de seda indiana — explicou o alexandrino, tranquilo. — Acabou de chegar no teu navio.

— Mas é o corte que eu tinha prometido a Cíntia! — protestou o senador.

— Não afirmaste estar cansado daquela cortesã? — espantou-se o secretário. — Achando que este retalho já não te seria útil, pedi a Xênia que me fizesse uma túnica com ele...

— Se pretendes te apropriar também da minha toga com laticlavo, a de senador, procura ser admitido antes na Cúria — resmungou Aurélio, aborrecido.

— Não gosto dela, *domine* — tranquilizou-o o liberto, seríssimo. — Creio que a cor púrpura não me favorece nem um pouco. Não combina com o tom moreno de minha pele.

— E *isto*, como justificas? — rebateu o patrício no auge da irritação, agitando embaixo do nariz do grego um fólio coberto por uma caligrafia miúda. — Da despensa faltam bem uns seis odres de vinho, e também desapareceu de novo o meu anel de lápis-lazúli, aquele com o leão rampante; além disso, o escrínio de couro ibérico, onde eu costumo guardar minha correspondência privada, foi encontrado no teu cubículo, cheio das missivas bastante indecentes de uma criada do teatro!

— Substituí aquele teu cofrezinho por um arquibanco, *domine*, já prevendo uma intensa correspondência com Bononia — respondeu o alexandrino, imperturbável. — E os odres eram só cinco — apressou-se a esclarecer. — Do sexto, não sei nada.

— Comes como uma coorte de pretorianos, bebes mais do que uma legião inteira, e não és capaz sequer de me encontrar um vesgo e um idiota!

Castor observou atentamente o seu senhor e patrão com o olhar severamente ressentido.

— Isso, tu não podes dizer, *domine*! Um caolho, eu achei! — declarou Castor, sorrindo triunfante.

— O que... — animou-se o patrício.

— Isso mesmo, um dos facínoras que acompanharam Máurico à arena não tem um olho. E, quando eu circulava pela área dos servos, durante o jantar com Nissa, notei um paspalhão com todo o jeito de ser deficiente.

— Bravo, Castor, só falta o Imundo!

— Aquele sujeito gigantesco que me mandaste seguir tem um aspecto extraordinariamente porco, e fala com sotaque da Gália Cisalpina...

— Ótimo! Agora só te resta descobrir que tipo de relação existe entre Aufídio e os Sérgios. Coleta informações sobre as disponibilidades financeiras do lanista, porque, se for cúmplice da trapaça nas apostas, como penso, ele deve ter uma boa reserva de sestércios.

— Mereço um pequeno prêmio, não? — perguntou o servo, baixando pudicamente os olhos.

— Por enquanto, fica com o anel de lápis-lazúli que já me roubaste — concedeu o senador, magnânimo. — E, quando retornares com as informações sobre Aufídio, receberás mais alguma coisa.

— Mas eu não peguei aquele anel! Talvez tenha sido Xênia... Numes, pode ser que... — exclamou o grego, aflorado por uma suspeita atroz. — Mas não, é impossível, seria ridículo: que mulher se interessaria por Páris, tendo a *mim* à sua disposição? — disse, com um sorrisinho de escárnio.

Aurélio tentou sorrir também, mas a deplorável tentativa terminou em uma careta.

CAPÍTULO XV

Décimo segundo dia antes das calendas de julho

No dia seguinte, Públio Aurélio e o inseparável Castor estavam de novo em ação.

— Não entendo o que vamos fazer no anfiteatro! — lamentava-se o secretário, ofegando atrás da liteira para acompanhar os vigorosos portadores núbios.

O bairro onde se erguia o anfiteatro de Statilius Taurus era um dos mais modernos de Roma: praticamente todos os edifícios remontavam no máximo ao século anterior, quando a urbanização progressiva havia exigido estruturas estáveis em alvenaria, em vez daquelas arcaicas em madeira. Assim, já na época republicana, haviam-se erguido à custa de Pompeu o Teatro e os Pórticos, enquanto Júlio César acariciava o projeto, que na verdade não passou disso, de desviar o curso do louro Tibre para unir o Campo de Marte ao Campo Vaticano, numa única e grande esplanada.

Mais tarde, Augusto se dedicara por duas décadas a transformar o local numa autêntica "cidade nova", preocupando-se em mandar construir ou restaurar um complexo imponente de edifícios: dos pórticos de Otávia ao templo de Apolo Sosiano, das termas de Agripa aos teatros de Balbo e de Marcelo, do Panteão ao imenso relógio solar que elevava como gnômon um dos obeliscos trazidos do Egito após a vitória sobre Cleópatra.

Justamente por essa sua atividade de incansável edificador, dissera-se de Augusto, à sua morte, que ele deixava uma Roma de mármore, tendo-a encontrado tomada de lama. O amplo anfiteatro construído por Statilius Taurus fazia parte justamente desse vasto projeto de renovação urbanística, e fora erguido apesar da obstinada oposição dos conservadores, que, temerosos de um relaxamento dos costumes, prefeririam continuar a organizar os *ludi* no Foro, como se usava nos tempos antigos.

Públio Aurélio não compartilhava os temores dos retrógrados. Para ele, irascível inimigo dos espetáculos de gladiadores, não era muito diferente se aqueles duelos sanguinários que tanto o desgostavam acontecessem na rua ou num espaço destinado a tal fim.

Portanto, foi com morno interesse, para não dizer com tédio, que o patrício escutou os projetos ambiciosos dos engenheiros do anfiteatro de Statilius sobre um complicado sistema de elevadores para as feras e outros astutos achados para tornar os jogos ainda mais cenográficos: com um gesto brusco, interrompeu as prolixas explicações dos técnicos e, depois de silenciá-los todos, avançou solitário pela areia da arena.

— *Domine*, o que fazes parado aí no meio? — interrogou-o Castor.

— Tento reconstituir os últimos movimentos de Celidônio antes de morrer — explicou Aurélio, esforçando-se por recordar com a máxima precisão o que havia visto no dia dos jogos: do seu lugar na tribuna, podia admirar a nuca da bela Messalina no camarote imperial e, ao mesmo tempo, divisar do lado direito o campeão. Portanto, ao ser abatido, o gladiador devia estar justamente onde ele se encontrava agora.

— Planta-te aqui, Castor, e ergue o braço como se segurasses um tridente! — ordenou.

O secretário obedeceu. Dirigiu-se ao ponto indicado e se imobilizou em posição estatuária, sentindo-se sumamente ridículo.

— Pareço um boneco... — resmungou baixinho, enquanto o patrão o mandava se calar e começava a lhe apalpar o pescoço, no ponto onde havia notado o ferimento no cadáver de Túrio.

— Ei, que modos! — protestou o alexandrino, quase irritado. — Estás me fazendo cócegas!

— Parado, não te movas! — repreendeu-o o senador, e começou a medir a distância em relação às arquibancadas.

De onde poderia ter partido o dardo mortal? Se tivesse sido lançado das tribunas, penetraria de cima para baixo. Não, certamente não havia sido assim: o arranhão era mínimo, e sem rebarbas. Se sua suposição fosse exata, a agulha envenenada devia ter percorrido uma trajetória quase retilínea...

O olho agudo do patrício percorreu o descampado deserto, até parar nas entradas dos subterrâneos.

— *Domine*, estou ficando dormente! — lamentava-se o grego, sempre imóvel, com o braço levantado.

Mas Aurélio já corria para a borda da arena.

— Aqui! Façamos uma experiência, agora! — gritou ao pobre Castor, que se aproximava espreguiçando os músculos e erguendo os olhos para o céu. — Volta à posição em que estavas e fica parado!

— De novo? — gemeu o liberto, perguntando-se o que poderia exigir do patrão como pagamento por tanto esforço.

Aurélio puxou da manga uma haste vegetal, oca, e introduziu ali um pedacinho de papiro enrolado; depois encheu os pulmões ao máximo e experimentou soprar. O dardo esvoaçou preguiçoso no ar e foi planar, com lentas reviravoltas, a uma certa distância do servo, que aguardava imóvel.

— Ainda vai demorar muito, patrão? Daqui a pouco, vão me confundir com um espantalho! — urrou Castor, impaciente.

— Talvez pudéssemos torná-lo um pouco mais pesado... — refletia enquanto isso o patrício, perdido nas suas elucubrações, totalmente indiferente aos protestos do secretário.

Recuperado o projétil, Aurélio o reforçou com uma pedrinha minúscula, bem encaixada na ponta. Desta vez a flecha não volteou no ar e percorreu uma trajetória retilínea, chegando quase aos pés de Castor.

— Com os exercícios aos quais se submetem, os gladiadores seguramente dispõem de forte capacidade pulmonar: com uma arma como esta, qualquer um deles pode ter espetado facilmente a seta no pescoço de Celidônio — concluiu Aurélio, plenamente satisfeito.

— Mas, afinal, por que alguém deveria atingir Celidônio com uma flecha envenenada? — objetou Castor. — Estás fixado nesse detalhe, como na serva de Mutina, que se revelou um tiro n'água! No entanto, já tens vários elementos nas mãos: sabes com certeza que o nosso campeão tinha sido drogado e que se organizavam apostas falseadas nos *ludi*. Além disso, já apuramos que Aufídio não ignorava isso, pelo menos a julgar pelas suas economias, alentadas para um simples lanista, ainda que chefe dos gladiadores imperiais. Não consigo entender por que não mandas prendê-lo logo!

— As provas não bastam, Castor, ainda não bastam...

— Por todos os deuses do Olimpo! — explodiu o grego. — És mais teimoso do que um jumento!

— Pode ser — admitiu tranquilamente o senador. — Mas restam alguns detalhes que não encaixam. Coragem, verifiquemos de novo os subterrâneos.

— *Domine*, eu já te disse e repeti que ninguém tem acesso àquela área, exceto os encarregados. As visitas aos atletas antes dos combates são absolutamente proibidas, e a entrada durante os jogos é proibida a todos.

— Há alguma coisa que não entendo... — disse o patrício, balançando a cabeça.

— Ao contrário, está tudo claro, patrão: Sérgio Máurico criou do nada um campeão, construindo a lenda do herói trácio. De fato, Celidônio tinha talento, e em pouco tempo conquistou um prestígio totalmente excepcional: as apostas choviam não só de toda a Urbe, mas até das províncias, trazidas por pombos-correio. E eis que, quando o campeoníssimo está no auge de sua glória, nosso advogado retira de suas reservas uma soma bastante consistente e vai apostá-la num pobre desgraçado que ele já conhece há muito, porque contribuiu para condená-lo com um falso testemunho. Por outro lado, imagina que coincidência, Máurico está mancomunado justamente com a amiguinha do invencível gladiador, e Nissa, na noite anterior ao confronto, faz Celidônio beber uma poção capaz de deixá-lo fora de combate por um bom tempo...

— Celidônio, porém — retrucou Aurélio —, entrou na arena com segurança, como se a poção não tivesse tido efeito, e isso não estava nos planos... Para impedir que o campeão vencesse a luta, alguém foi obrigado a concluir o trabalho iniciado por Nissa...

— E exagerou na dose — concluiu Castor. — O resultado foi que o reciário se extinguiu de vez.

— Seguramente, não era o que eles queriam — resmungou o senador. — Celidônio, sem saber, devia se tornar a galinha dos ovos de ouro. Com os reflexos retardados, o ás dos *ludi* perderia a luta, mas a multidão o amava demais para pedir sua morte com o polegar abaixado...

— Sim — concordou Castor. — De fato, não se tratava de *munera sine missione*, em que nenhum perdedor tem permissão para abandonar vivo o campo. Na arena, a condenação à morte castiga sobretudo a covardia, e Celidônio tinha coragem para dar e vender. Se tivesse sido derrotado, sem dúvida os espectadores gritariam *Missum!*, manda-o embora, em vez de *Iugula!*, degola-o. E certamente Cláudio Cesar, apesar da sua antipatia pelos reciários, teria concedido a graça...

— Assim, quando o público, decepcionado com seu ídolo, já o tivesse esquecido, Celidônio voltaria à arena mais forte do que antes, permitindo que Sérgio, seu protetor, ganhasse outra bela soma. Seja como for, ainda assim Máurico e Aufídio puderam embolsar seu pequeno pecúlio — considerou o senador.

— Disseste pequeno? Era um verdadeiro patrimônio! — sublinhou Castor. — E pensar que eu só consegui um punhado de moedas...

— Não me digas que apostaste em Quadrado! — espantou-se Aurélio.

— Bem, na verdade... — admitiu o grego.

— Quem te soprou isso, Castor? Então, alguém devia saber!

— Não foi um apontador, se é nisso que estás pensando. Na manhã dos jogos, um daqueles desocupados que se divertem acompanhando os gladiadores nas suas andanças fez algumas alusões indecentes sobre a noite de farras do campeoníssimo, insinuando que ele não se contentara com Nissa. Eu não lhe dei muito crédito, naturalmente, mas achei que podia valer a pena arriscar uns sestércios no adversário. Tinha certeza de que ia jogar fora o dinheiro da aposta, mas...

— Mas um providencial homicídio resolveu tudo!

— Eu não queria estar na pele do sicário incompetente que cometeu um erro tão descomunal. Sérgio Máurico não é um tipo que perdoe; mais cedo ou mais tarde, esse infeliz pagará caro o preço pela sua asneira.

— Pode até já ter pago! — exclamou Aurélio, com um sobressalto. — Pensa em Túrio, que afirmava ser o único e caro amigo do campeão; talvez tenha sido ele mesmo o assassino! Voltemos à caserna, agora! Talvez tenhamos achado a ponta do fio da meada!

Castor não demonstrou entusiasmo para obedecer.

— Nutro fortes reservas quanto a colocar de novo os pés no *Ludus Magnus*, patrão: desgraçadamente, Arduína tem excessiva simpatia por mim; e, como se viu no caso de Celidônio, sua predileção não traz sorte!

— A propósito de Arduína, achas mesmo que ela é totalmente estranha ao assunto? Talvez fosse o caso de também levá-la em consideração como cúmplice.

— Na verdade, ela não me parece tão astuta a ponto de fazer jogo duplo, *domine*, e até desconfio que o dinheiro lhe interessa pouco. O que ela quer é o confronto, o corpo a corpo, a embriaguez selvagem do combate, o sangue, e sobretudo o aplauso da multidão. É emotiva e violenta demais para conceber certas sutilezas...

— E se ela fosse uma espiã? Não seria a primeira vez que um escravo de origem nobre tenta vingar seu povo reduzido à servidão...

— Trucidando gladiadores trácios? — opinou o grego, fitando-o com ceticismo.

— Tens razão, é um tanto improvável — admitiu Aurélio, de má vontade.

Enquanto isso, os dois haviam deixado o anfiteatro de liteira e o secretário, em vez de seguir a pé, acomodara-se confortavelmente nas almofadas ao lado do patrão, alegando um estiramento dos músculos resultante da imobilidade forçada.

— Pronto, *domine*, eu desço aqui — anunciou pouco depois, apontando o bosquete de plátanos circundado pelos pórticos de Pompeu, atrás do qual se erguia o grande teatro da pantomima. — Durante as investigações, travei conhecimento com uma graciosa atriz, e as informações que ela me fornece podem ser preciosas para o teu trabalho — assegurou, desaparecendo entre as fontezinhas do jardim.

Aurélio não teve nada a objetar: de vez em quando, a defecção de Castor se revelava oportuna. Aproveitaria para fazer uma visita muito, muito privada...

Estava escuro quando o senador chegou à Porta Prenestina, deixando para trás o perfume dos hortos suburbanos.

O odor das feras destinadas à arena, encerradas no *vivarium* próximo, chegava até ele, acre de selva e de desespero: rugidos, urros, relinchos enchiam a noite com o lamento da riqueza viva e pulsante de três continentes escravos, oferecida em holocausto no altar ensanguentado de uma cidade soberana e impiedosa. Uma cidade que, no rito macabro do massacre, encontrava a confirmação do seu poder absoluto.

Cingidos pelas correntes, amontoados nos porões dos navios, arrastados por planícies e desertos, poucos animais chegavam vivos à Urbe, para logo depois encontrarem na arena uma morte atroz. Enquanto isso, o Nilo se esvaziava de hipopótamos, do Egito desapareciam os leões, na Mauritânia se extinguiam os grandes avestruzes corredores, ao passo que os quirites, comprazidos por essa matança colossal, vangloriavam-se de ter levado estradas, aquedutos e civilização até onde, antes, só existia vida selvagem...

A dor ululada pelos bichos prisioneiros o abalou, como se ele reconhecesse naqueles gritos o mesmo anelo de liberdade que o animava, predispondo-o a se entregar à morte, se preciso, de preferência a enfrentar uma existência de escravo: aos animais do circo, ao contrário, não era concedida sequer a possibilidade de escolher. O senador se surpreendeu ao desejar com certa maldade que as feras vendessem por alto preço a sua vida, antes de sucumbirem sob os golpes de outras feras, aquelas que haviam optado por esquecer que tinham nascido humanas.

Aborrecido por tais pensamentos, instigou os portadores para que se afastassem às pressas daquele lugar de dor.

Os núbios aceleraram o passo e finalmente chegaram sob o columbário de Statilius Taurus, onde repousavam as cinzas do construtor do grande anfiteatro onde Celidônio havia encontrado a morte. Ali, o senador mandou parar a liteira e, depois de dar aos escravos um óbolo para a taberna, começou a galgar sozinho a estrada em aclive, ao longo das ladeiras do Esquilino. Antes de tocar a aldraba da porta, contemplou demoradamente o perfil da casa, que se destacava nítido à luz da lua, tentando dominar um desejo agudo de virar as costas e fugir. Em vez disso, bateu.

— De novo aqui, Aurélio? Eu tinha dito que não voltasses — disse a mulher, reconhecendo-o no escuro.

— Só um instante, Flamínia — pediu o patrício, num tom de humildade bastante raro nele.

— Está bem, entra — concedeu a matrona, abrindo-lhe caminho.

Depois se serviu de vinho e levantou um pouco, o suficiente para beber um gole, o véu escuro que lhe escondia o rosto desfigurado.

— Preciso saber mais uma coisa — disse Aurélio. — Na segunda vez que Celidônio esteve aqui, era a noite anterior ao combate, não?

A mulher o fitou diretamente nos olhos, sem pudor.

— Achei que seria excitante fazer amor com um homem que, no dia seguinte, colocaria a própria vida em jogo. Mas não funcionou, eu já te disse...

— Quando chegou, ele tinha os reflexos lentos e a vista enevoada?

— Sim. O paspalhão tinha vindo diretamente da casa daquela atriz, mas já estava meio adormecido. Tive de fazê-lo tomar dois banhos frios e até de lhe servir um tônico, para que ele conseguisse se equilibrar nas pernas.

Eis por que a beberagem de Nissa não havia surtido o efeito esperado, compreendeu o patrício.

— Primeiro, achei que na manhã seguinte ele não venceria, mas depois, quando soube que o adversário era particularmente inapto, pensei que conseguiria, mesmo naquelas condições. Parecia ébrio, como se tivesse bebido muito vinho.

— Ou engolido lágrimas de papoula. Hoje em dia, faz-se um uso desmesurado delas, aqui em Roma. Com o volume de apostas que girava em torno dele, alguém pode ter pensado em dar o grande golpe, ministrando-lhe uma droga suficientemente forte para que ele ficasse lento para reagir na arena, mas não tanto que o impedisse de iniciar o combate, porque, em caso de suspensão do espetáculo, as apostas também seriam canceladas...

— Quem, então, se não Nissa? Mas estás de fato convencido de que aquela jovenzinha estúpida arquitetou semelhante plano?

— Não ela, Flamínia, mas seu cúmplice: Sérgio Máurico. E quando a coisa vier à tona, o famoso advogado estará pronto a se eximir de qualquer responsabilidade, jogando toda a culpa na *mimula*...

— É óbvio — considerou Flamínia. — Sérgio Máurico sempre se arranjou descarregando a culpa dos seus erros sobre as pessoas de quem se serviu para realizá-los. Chegar a ele é difícil: cultiva relações com muitos marginais, e obtém a absolvição de outros tantos no tribunal, nem sempre por meios lícitos. Com apoios do gênero, não lhe é difícil fazer desaparecer quem se atravessa no seu caminho. Foi justamente assim que iniciou sua carreira, defendendo um sicário de Seiano: a acusação era de homicídio, fundamentada em três testemunhas oculares. Pois bem, de duas não mais se encontraram rastros, e a terceira foi silenciada com uma alta soma; mesmo assim, pouco depois morreu num trágico acidente, levando para o túmulo o que sabia... Esquece Máurico, Aurélio, eu o conheço bem: é um homem perigoso. Por trás de sua aparência de cidadão acima de qualquer suspeita, esconde muitos segredos.

— Conta-me! — pediu o senador, atento. — Se houver algum indício...

— Ah, eu não sei nada — respondeu a mulher. — E, mesmo que soubesse alguma coisa, iria mantê-la só para mim... Passaram-se muitos anos desde que eu fazia e acontecia em assuntos ligados à política, favorecendo certas carreiras e interrompendo outras: fui útil inclusive a ti, admite. Mas já não há tempo para montar conjurações; agora, sou uma mulher sozinha e doente, capaz unicamente de me proporcionar alguma distração, de vez em quando.

— Talvez, se Públio tivesse sobrevivido... — tentou Aurélio.

— Mas morreu, e também não teria mudado nada. Agora vai, e não retornes. Estou para deixar Roma. Para sempre, desta vez. A Urbe já não é lugar para mim — sussurrou a matrona. — Portanto, *vale*.

— *Vale*, Flamínia — respondeu o patrício, relutando em ir embora.

A figura velada estava imóvel. Aurélio estendeu lentamente a mão para levantar a gaze escura, e com os dedos gelados de emoção roçou o rosto devastado pelas cicatrizes.

A mulher se retraiu repentinamente, olhando-o sem entender. Aurélio lhe tomou a mão e tocou o dedo no qual, outrora, havia colocado o anel. Depois, com um gesto leve, acariciou o ventre que havia carregado seu filho.

— Não é como com Celidônio — disse, baixinho.

Os olhos de Flamínia se umedeceram. Era a primeira vez que a via chorar, pensou Aurélio, puxando-a docemente para si.

CAPÍTULO XVI

Décimo primeiro dia antes das calendas de julho

Quando Aurélio voltou para casa, o dia acabava de amanhecer, mas a grande *domus* já fervia de atividade: um grupo de servos, equipados com baldes e esfregões, havia espalhado serragem no piso de mosaico e agora se empenhava em remover qualquer vestígio de sujeira; as lavadeiras iam e vinham com cestos cheios de roupa molhada, enquanto uma legião de serventes, carregando espanadores de folha de palmeira e varas encimadas por espumas absorventes, atacava a poeira depositada sobre as colunas rosadas do peristilo.

— O patrão chegou! Eu vos disse que ele não estava nos seus aposentos, dormindo; sempre se levanta muito cedo, para se dedicar às suas graves tarefas! — exclamou Páris, enquanto uma pequena multidão se precipitava ao encontro do patrício sonolento.

— Eu te trouxe uma súplica destinada a Cláudio César — anunciou com voz lamentosa uma velhinha esquelética, enquanto o puxava pela veste.

— Aquele covarde do Mársico me denunciou por causa de duas cabras, duas cabras magricelas, de tetas secas! És o meu patrono, Estácio, deves me defender no tribunal! — agrediu-o um liberto.

— Conseguiste saber que fim levou meu pedido de pensão? — interveio um homenzinho perneta, que desde tempos imemoriais esperava um subsídio imperial.

Deuses do Olimpo, era o dia da *salutatio* dos *clientes*, gemeu o patrício, que o havia esquecido totalmente.

— Amigos fiéis, tende confiança, pensarei em todos vós! — tentou se desculpar, emergindo do emaranhado de togas amarfanhadas que o porteiro tratava de distribuir no vestíbulo entre os mais miseráveis, para que pudessem se apresentar dignamente ao patrício.

— Ele quer me obrigar a abater a figueira da horta! — continuou com insistência um cliente de idade avançada, já completamente surdo. — Afirma que violei seus limites, mas eu já lhe disse: quando o senador souber, verás o que é bom!

— Sim, sim, boa manobra — respondeu Aurélio apressadamente. — Agora, porém, estou bastante cansado; passei toda a noite em conselho com César, discutindo um importantíssimo assunto de Estado. Se, por agora, quiserdes acompanhar meu administrador, ele se apressará a vos dar a *sportula*...

— Espera, nobre Estácio!

— Escuta-me, senador, é questão de vida ou morte!

— Só um momento, por favor...

— Eu te suplico, ilustríssimo! Estou aqui desde antes da aurora dos róseos dedos... — gritavam os protegidos, nem um pouco inclinados a deixar fugir o poderoso senhor de quem dependia sua sorte.

Aurélio escapuliu, buscando refúgio no cubículo do secretário.

— Por todos os Numes, Castor, livra-me dessa multidão! — implorou, enquanto o alexandrino o encarava com uma risadinha de escárnio.

— Com César, hein? Que desfaçatez! — exclamou o grego, farejando o ar. — Desde quando o imperador usa um perfume tão adocicado?

— Empresta-me teu leito por algumas horas: estou morto de sono e aquele bando de alucinados ameaça invadir meu quarto... — bocejou o patrício, jogando-se na cama.

— Podes te abandonar tranquilamente nos braços de Morfeu, *domine*; deixa que eu enfrento aqueles maçantes — consolou-o o inestimável Castor.

Aurélio se deitou sem sequer despir a túnica. Pela sua mente, em poucos instantes, passaram imagens e pensamentos que ele preferiria esquecer.

Depois, o piedoso sono o arrancou às suas lembranças.

O sol já estava alto quando o patrício se levantou.

Tendo saído para o peristilo a fim de esticar as pernas, deu com Páris sentado no banco de mármore, tristíssimo. Das termas senhoriais provinham altas vozes e gritos festivos.

— Estás ouvindo, patrão? Como se tudo coubesse a ele! Duplicou a *sportula* aos *clientes*, liberando-os com um cântaro de vinho por cabeça e um monte de promessas em teu nome... E isso não é tudo! Não se submete a frequentar os banhos públicos, como fazem todos os servos desta casa: usa o teu *caldarium* e manda Xênia enxugá-lo com os teus lençóis de linho mais fino... Desconfio até que obriga a pobre moça a se deitar com ele!

— Bem, obrigar talvez não seja a palavra... — suavizou o patrício, recordando as manobras desenvoltas com que a maliciosa criada havia seduzido Castor na Campânia.

Páris ainda esperou um instante, na vã esperança de que o patrão tomasse providências contra seu arrogante secretário. Quando ficou claro que Aurélio não tinha a menor intenção de intervir, resolveu pedir licença com um ar bastante ressentido.

O senador se retirou para seu escritório junto à biblioteca, levando um cálice de vinho quente. Sentado à pequena escrivaninha de ébano diante do busto de Epicuro, tentou recapitular a situação.

Logo, porém, teve de balançar a cabeça, consternado; ainda não tinha avançado um só passo, desde o dia em que Cláudio César lhe confiara aquela investigação delicadíssima.

Desta vez, estava em jogo até mesmo o favor do Príncipe, mas isso não era o que preocupava o patrício: por culpa do seu aristocrático orgulho, Aurélio jamais havia solicitado a proteção de Cláudio, e poderia muitíssimo bem continuar a viver sem ela; por outro lado, tampouco temia que o imperador pedisse a sua cabeça, caso fracassasse na missão. Não, o grande tesouro que ele se arriscava a perder era a estima do velho e solitário amigo, a quem o povo passara a chamar de deus: seu antigo professor de etrusco, agora onipotente, havia lhe pedido ajuda humildemente, e por nada no mundo o senador gostaria de decepcioná-lo.

Vejamos, refletiu, agitando-se. *Em que ponto me encontro? Tenho dois reciários mortos, e uma certa ideia de como podem ter sido assassinados. Quanto ao nome do responsável, ao contrário, estou tateando no escuro... se minha hipótese for verdadeira, o culpado deve ser outro gladiador. Mas de que modo o assassino, admitindo-se que conseguisse obter um veneno tão poderoso, podia fazer desaparecer a arma letal depois do delito? Os subterrâneos da arena foram revistados cuidadosamente, assim como os atletas...*

E, em relação a Nissa, o que dizer? Tinha sido ela a drogar Celidônio, antes que a intervenção oportuna de Flamínia repusesse o atleta em condições de voltar à arena. Mas era improvável que a *mimula* tivesse agido por iniciativa própria: seguramente, obedecera a uma ordem de Sérgio Máurico, a quem devia muitos favores, em especial o de tê-la livrado do seu primeiro explorador, o ferreiro Vibão. O advogado mantinha Nissa sob mão férrea, pronto a destruí-la de uma hora para outra, tal como a tinha criado...

Sim, por trás de tudo isso devia estar a sombra de Máurico, que puxava a fila de um gigantesco giro de apostas ao qual não eram estranhos vários gladiadores e o próprio lanista. Quem saberia quantas outras vezes, anteriormente, Aufídio havia fraudado os confrontos sem que os próprios combatentes soubessem...

Mas, se Celidônio tivesse percebido a trama e recusado sua participação no esquema, a tarefa confiada a Nissa e depois a Túrio teria sido a de matá-lo, e não apenas atordoá-lo com uma droga!

Aurélio saltou de pé, irritado consigo mesmo. Ridículo, pensou: um advogado do calibre de Sérgio, com dinheiro a rodo, não se arriscaria à pena capital por apenas 50 mil sestércios, sobretudo sabendo que a vítima era um cidadão romano e não um escravo, como todos supunham.

Além disso, certamente aquela trapaça não constituía a única fonte de renda do astuto orador, que mantinha às suas ordens uma série de competentes jurisconsultos, habilíssimos em reinvestir em empreendimentos legais os proventos de suas atividades mais suspeitas. Sérgio possuía terrenos, cotas de bancos e imóveis por toda a Roma; quando botava o olho numa construção interessante, o proprietário, querendo ou não, tinha de cedê-la a ele, ou então se arriscava a que um incêndio, aparentemente casual, viesse a destruí-la em poucas horas.

O sistema era conhecido: não tinha sido assim que Crasso acumulara, no século anterior, a imensa riqueza que mais tarde colocaria a serviço de César para ajudá-lo a conquistar as Gálias durante o Triunvirato? Obviamente, ninguém ousava citar personagens tão ilustres em juízo; no caso de Máurico, além disso, corria o rumor de que depor contra ele não era muito salutar. Desta vez, porém, se houvesse um modo de demonstrar sua cumplicidade no homicídio de Celidônio, Sérgio finalmente pagaria não só por esse delito, mas também por todos os malfeitos precedentes.

Quem, contudo, ousava se opor ao advogado? Quem podia tentar vencer um homem tão poderoso, se não ele mesmo, Públio Aurélio Estácio, autorizado por Cláudio César em pessoa a agir em seu nome? Tinha de achar um modo de romper aquela corrente de cumplicidade, do contrário Cláudio descobriria haver depositado mal sua confiança, pensou o patrício, desconsolado... Convinha começar pelo elo mais débil, a vulnerável Nissa. Algo lhe dizia que, por trás dos ares de grande dama, a moça não mudara muito desde os tempos em que sofria as violências de Vibão: rica e famosa, sim, mas sempre instrumento de alguém.

A mímica era bem aquele tipo de mulher que, incapaz de viver sem o jugo de um patrão, se livra de um aproveitador só para cair nas garras de outro: por baixo do bistre e dos brilhos falsos, eternas meninas que anseiam pela autoridade de um pai, por mais violento e brutal que seja... Assim, depois do ferreiro, viera o advogado: então, por que não operar uma terceira e profícua substituição?

Aurélio se levantou da escrivaninha e passou a se observar atentamente, não sem certa satisfação, no antigo espelho de cobre pendurado à parede. Era um membro do Senado, além de procurador de César; vinha de uma estirpe nobilíssima e, embora tivesse há pouco ultrapassado os 40, mantinha-se bem... sem contar sua fama de libertino, um pouco usurpada, para falar a verdade. Por que, afinal, não poderia se tornar o novo e exigente senhor da pequena Nissa?

Decidido, saiu de chofre para o peristilo: iria procurá-la, reclamar seus direitos, imediatamente, e em todo o seu fulgor. Dispunha-se até a transpirar na pesada toga de lã ornada pelo laticlavo, para se mostrar ainda mais respeitável. Naturalmente, usaria os *calcei* curiais com a lúnula de marfim e as joias mais preciosas de sua fornidíssima *dactyliotheca*... mas antes, precisava de um bom banho.

— Castor, sai daí! — ordenou, batendo na entrada do *tepidarium*, aborrecido porque o liberto ainda não terminara as abluções. — Até parece que te dedicaste a limpar as cavalariças de Augias...

— Aqui estou, patrão! — A porta se abriu e o grego apareceu, fresco e corado como um botão de rosa, exceto pelo olho esquerdo, inequivocamente preto, e não de sujeira.

Nesse momento, emergiu lá de dentro, entre volutas de fumaça, um Páris inédito, com uma cara satisfeita e decidida. Aurélio o fitou embasbacado: o pio intendente se mostrava em tudo e por tudo arrumado como Castor, salvo que o olho preto era o direito. De Xênia, nenhum sinal.

A casa da mímica era bem defendida. Os escravos anunciadores penaram para ser autorizados a passar, embora apregoassem a plenos pulmões o nome e o cargo prestigioso de Públio Aurélio Estácio.

— Senadores nós vemos muitos, mas Nissa só existe uma! — protestou o porteiro com um resmungo, e o patrício se surpreendeu perguntando a si mesmo o que pensaria Catão, o Censor, de uma afirmação como aquela.

A diva, porém, assim que ouviu o ilustre nome consentiu em recebê-lo, e Aurélio foi conduzido pelas criadas até um vasto tablino decorado por afrescos com motivos florais.

Olhou ao redor, perplexo: nem vasos áticos nem estátuas preciosas enfeitavam o grande aposento de mármore cor-de-rosa, mas sim uma inacreditável coleção de bonecas de todos os tipos, com membros articulados e cabelos de verdade, ataviadas nos mais estranhos trajes.

Estavam por toda parte, literalmente: sobre as poltronas, sobre os escabelos, sobre as cadeirinhas duplas ornadas de madrepérola. E no meio delas, reclinada no espaldar estofado de um divã na última moda, a boneca viva, Nissa, que gratificou o patrício com um longo olhar sedutor, alisando os cachos cor de cinza que lhe caíam soltos nas costas. *Tingidos com* sapo *de Mogúncia, e muitas vezes*, avaliou Aurélio de si para si, ao lhe acariciar uma madeixa. *Estão começando a se desfibrar.*

Sorriu, fingindo-se arrebatado, enquanto colocava junto do furão um bracelete em malaquita e filigrana de ouro. O animalzinho, que já exibia um de rubis, não pareceu julgá-lo digno de sequer um olhar.

— Por que não vieste antes? — perguntou a moça, aflorando o rosto dele com os dedos delicados.

— Achei que estavas muito ocupada com o meu amigo Servílio — replicou Aurélio, atento a não se deixar encantar.

— Quem? — espantou-se Nissa. — Ah, sim, aquele homenzinho risível e gentil que me manda guirlandas de rosas. Mas eu não o vi mais... e como ele poderia me interessar, depois que te conheci? — sussurrou, insinuante.

O senador prometera a si mesmo deixar-se seduzir calmamente, sem protestar, mas diante daquela frase lânguida perdeu de imediato a paciência e reagiu irritado:

— Numes, poupai-me, isto é demais! Pequena estúpida, não consegues te limitar a sorrir e ficar calada? Farias até o deus Príapo perder qualquer veleidade!

Nissa o olhou consternada, sem compreender. Afinal, por que o seu método, tão louvado, desta vez não funcionava?

Moveu-se quase inconscientemente para enrodilhar no divã o corpo exposto com generosidade sob a túnica leve, abraçando como extrema defesa o furão ornado de joias. A boca se contraiu numa careta infantil e os lábios sensuais que faziam sonhar as multidões se fecharam sobre o polegar, para sugá-lo num gesto que nada tinha de voluptuoso, mas só a desesperada insegurança de uma criança que não crescera.

— Não te agrado? Todos os homens são loucos por mim... — disse, com voz incrédula.

— Escuta, que me agrades não é importante; mas não creias poder me ludibriar como fizeste com Tito — frisou Aurélio em tom severo. — Estou aqui por razões bem diferentes!

— Eu achava que... — prosseguiu a jovem, muito desconcertada para se sentir ofendida. — Mas tu não me queres, não sabes o que fazer comigo!

Aurélio a encarou: uma só olhada, até rápida demais. Nissa não podia atraí-lo, disse a si mesmo, era falsa, artificial, vulgar. Depois pensou nos seus deveres perante Pompônia, e em Servílio, a quem uma sã desilusão talvez trouxesse de volta ao ninho... procurou muitas boas razões para se aproximar do canapé e se reclinar ao lado de Nissa. Todas, menos a única verdadeira.

Era muito jovem, a *mimula*, vista de perto, mais do que parecia no palco. No entanto, não permaneceria assim por muito tempo: sob a pintura, sua boca já se franzia numa ruga amarga, o alvaiade já começava a lhe arruinar a pele... Que vida havia levado, antes de ir parar no teatro? Uma menina descalça, que em vão deseja uma boneca; uma criadinha maltrapilha, seduzida ainda adolescente por um bruto sem escrúpulos. Como podia ainda desejar um homem? Ver o público babando diante dela, e ficar indiferente: essa era a sua defesa. E, talvez, também sua vingança.

Possivelmente as descargas de imundícies da Urbe, das quais com frequência provinham os frágeis choros de recém-nascidos incômodos, já haviam recebido os frutos do seu ventre, ou, quem sabe, unguentos e pessários tinham lhe evitado o aborrecimento de nutrir com o próprio sangue os filhos da violência e do meretrício... E, para consolá-la, ali estavam o furão, as bonecas de todos os formatos e tamanhos, os brinquedinhos tão desejados, mas vindos tarde demais para fazê-la feliz.

— Tu te lembras de Vibão? — perguntou Aurélio em tom duro, intuindo que não obteria nada se deixasse transparecer a piedade que sentia por ela.

— Ele me espancava — respondeu a mímica. — Mas hoje... — reergueu a cabeça, com um repentino sobressalto de orgulho. — Hoje ele está morto!

— E Celidônio, e Máurico? — emendou o senador.

— Agora sou eu que dito as leis — disse Nissa, dando de ombros num gesto arrogante. — Quem me quiser tem de pagar e rastejar na minha frente.

— Estúpida! — irritou-se Aurélio. — É Sérgio quem te possui, te domina, faz de ti o que quer!

Pela fração de um instante, um lampejo de terror passou pelo fundo das pupilas da moça.

— Ele não me fará mal; será impedido... — afirmou ela, recuperando-se logo.

— Estás iludida — desmentiu-a o senador. — Seu jogo está para ser descoberto, e então ele procurará te mandar para o patíbulo, em seu lugar, por teres envenenado Celidônio. Já sabemos que lhe deste uma droga...

Nissa lhe dirigiu um olhar espantado.

— Não fui eu que o matei.

Aurélio não tinha nenhuma intenção de ser compreensivo.

— Quer tenhas sido tu ou não, serás certamente acusada disso — continuou, implacável. — Teu caro amigo Máurico ajeitou as coisas para te comprometer. És apenas uma *mimula*, uma atrizinha de quatro asses; e, mesmo que tenhas o público aos teus pés, pela lei não passas de uma "pessoa abjeta". Em quem imaginas que vão acreditar, quando Sérgio declarar que não sabia nada quanto à famosa poção, que tu agiste por ciúme, sabendo que naquela noite Celidônio pretendia ir à casa de outra mulher?

A jovem roía as unhas, em silêncio.

— Teu cúmplice te trairá, Nissa, e não dispões de nenhuma defesa perante Sérgio. E talvez, pensando bem, ele não se contente com te acusar. Talvez mande o Imundo te calar a boca para sempre. Sabes melhor do que eu que ele seria capaz disso.

A essas palavras, a moça começou a tremer.

— Não é verdade... Sérgio nunca poderá...

— E quem estaria em condições de impedi-lo? — perguntou provocadoramente o senador.

A mímica silenciou, mordendo nervosamente os lábios.

— Pretendes esperar, ou preferes ficar em segurança? — inquiriu o patrício, em tom pacato. — Cláudio César em pessoa me encarregou desta investigação: quem me ajudar será visto com indulgência... Bem, vou embora. Se quiseres, podes vir comigo; na minha casa eu te garanto uma proteção adequada. Ficando aqui, estás nas mãos de Máurico: só te resta escolher teu destino...

Nissa hesitou:

— Não posso!

— Pudeste fugir de Vibão. Por que não de Sérgio?

Sob o bistre dos olhos, Aurélio leu dúvida misturada com terror: no fundo, a jovem tinha medo de se confiar a um desconhecido, de deixar o ninho dourado que havia construído com tanta dificuldade... Depois, porém, no olhar da *mimula* a imagem do Imundo pareceu se sobrepor à de Aurélio, e Nissa se decidiu: melhor aquele homem estranho, que incutia temor, sim, mas que a atraía contra sua própria vontade, do que o brutal sicário de patas peludas que sabiam torturar e estrangular.

— Vou contigo. Espera só um instante, vou buscar Fofinho, não posso deixá-lo aqui, ele é meu único amigo, o guardião dos meus segredos... — disse, e, depois de pegar o furão, apressou-se atrás do senador.

Pouco depois, a atriz entrava na *domus* de Aurélio, conseguindo que até Fabello abrisse os olhos. Um Castor entusiástico e um Páris algo consternado foram encarregados da vigilância: a presença da *mimula*, obviamente, não permaneceria em segredo por muito tempo, e os facínoras de Sérgio podiam aparecer de todas as partes; assim, não convinha permitir que nenhuma pessoa suspeita se encontrasse com a hóspede, pelo menos até segunda ordem.

Nissa foi instalada num pequeno cubículo, cuja janela era defendida não só por grossos vidros opacos, mas também por batentes robustos: Aurélio determinou que estes fossem hermeticamente fechados por dentro e mandou instalar algumas lucernas para iluminar o aposento.

Habitualmente relutante em assumir tais incumbências, Castor em pessoa se encarregou de preparar para a jovem um leito confortável, dotado de um bom colchão de lã da Gália e até de um travesseiro estofado com penas de cisne, do qual o furão logo se apoderou, aninhando-se calmamente para dormir.

Tranquilizado, o senador fez menção de deixar sua hóspede.

— Já te vais, nobre Estácio? — perguntou a mímica em tom manso e quase suplicante. — Não queres mesmo ficar comigo?

Muito séria, acariciava o pelo do seu animalzinho, como se este pudesse se interpor entre ela e aquele homem estranho, indiferente às suas graças, e sobre o qual, intuía, jamais poderia exercer algum poder.

Aurélio sentiu o toque das mãos frias e trêmulas nos seus ombros. Olhou a mulher, e então a viu como realmente era: uma jovem frágil, indefesa, envolvida num jogo maior do que ela... A essa altura, Nissa se encostava a ele, tentando abraçá-lo.

Devo sair daqui, pensou Aurélio. *Há algo de falso nas suas carícias; ela me esconde muitas coisas, decerto é uma mentirosa e talvez até uma assassina. O que quer, agora, é se iludir achando que me encantou, para se sentir segura; não me deseja, apenas tenta me pagar ao seu modo, como pagava ao locador na velha* insula... Fez menção de se levantar. Depois fitou a pele estragada de Nissa, que não escondia seus graciosos traços. De repente, sob a pintura dourada, pareceu-lhe vislumbrar um outro rosto, um rosto que nunca mais seria considerado desejável por nenhum homem, e sentiu que devia a qualquer custo eliminar-lhe os traços, para sempre.

Então se deitou ao lado de Nissa e fechou os olhos, aceitando a mentira.

CAPÍTULO XVII

Décimo dia antes das calendas de julho

Aurélio acordou algumas horas após o alvorecer, incrivelmente alegre e relaxado, e de bom grado acolheu Castor, que o esperava na entrada, rindo.

— Mais um perfume diferente! — maliciou o alexandrino.

— Ah, a nossa pequena hóspede... o cavaleiro Tito Servílio faz mal em confiar em ti!

— Por acaso és o meu alcoviteiro, Castor, ou a Decana das Virgens Vestais, para te preocupares com meu modo de passar as noites? — rebateu o patrício, melindrado: o grego era justamente a pessoa menos adequada a distribuir lições de moral.

Um pigarro, leve e deliberadamente discreto, veio interromper o diálogo.

— *Domine*, Pompônia está à tua espera — anunciou Páris.

A expressão sisuda do pio intendente não deixava dúvidas sobre o juízo que ele reservava aos que, tendo indignamente assumido altos cargos honoríficos, preferiam passar com as atrizinhas da pantomima o tempo que deveriam reservar a graves deveres de Estado.

Como sempre, Aurélio fingiu não perceber. Os grandes senhores tinham certamente a possibilidade de ocultar seus assuntos pessoais da legítima consorte, e talvez até do imperador em pessoa, mas, seguramente, não dos próprios escravos... Dezenas e dezenas de servos, em cada *domus* romana, assistiam a adultérios, namoros, incestos, conspirações: tratados como objetos, acreditava-se que não abrissem a boca, indiferentes a tudo o que acontecia ao seu redor. No entanto, essas testemunhas mudas viam e, em seu íntimo, julgavam...

— Já vou. Manda acomodá-la no tablino da ala ocidental — ordenou o senador, feliz por possuir uma *domus* suficientemente grande para descartar um embaraçoso encontro entre as duas rivais.

— Como estás elegante, Páris, o verde te cai bem! — elogiou a matrona, admirando a veste, em tudo e por tudo igual à de Castor, que o intendente ajeitava com a mão ornada por um belo anel de lápis-lazúli.

Aurélio olhou a amiga e ficou boquiaberto, soltando um grito de sincero maravilhamento:

— Pompônia, estás esplêndida!

A dama que se postava à sua frente não tinha nada da mundaníssima e excêntrica matrona que ele sempre conhecera: despojada da costumeira e monumental peruca, assim como das sandálias de salto, ela se revelava uns dois palmos mais baixa. O rosto, já não emplastrado de pintura, mostrava-se de um marfim claro, veiado por uma sutilíssima rede de minúsculas rugas de expressão; até o corpo abundante, que normalmente era envolvido por vestes espalhafatosas e multicores, parecia mais esbelto na simples estola negra. O único ornamento da sóbria Pompônia eram dois longuíssimos brincos de ouro e pérola que lhe lambiam os ombros.

Perdido na contemplação dessa nova e impressionante versão da sua velha amiga, o senador se distraíra.

— ...E, pouco antes de começar no teatro, fez um aborto — dizia Pompônia nesse momento.

— Quem, Nissa? — sacudiu-se Públio Aurélio. — Devia ser filho de Vibão... — deixou escapar dos lábios, cometendo, num instante de desatenção, o erro imperdoável de se mostrar mais informado do que a bisbilhoteira matrona.

— Por que recorres a mim, se já sabes tudo? — protestou de fato a mulher, irritada.

— O que estás dizendo, minha cara? Tua rede de espionagem pode superar até a de Valéria Messalina. Mas suspeito que também trazes outras novidades...

— Sim — confirmou, exultante, a gorda senhora.

— Aposto dois contra um como Servílio ficou fascinado pelo teu novo estilo! — tentou adivinhar Aurélio.

— Fascinado? *Alucinado*, queres dizer, fulminado por um acesso de paixão incontrolável! — comemorou Pompônia, radiante.

O patrício sorriu, feliz não só pelo sucesso da amiga, mas também porque a chama reacendida de Servílio pela mulher o liberava do escrúpulo de haver se aproveitado sorrateiramente das graças de Nissa.

— Ah, Aurélio, nem sei como te agradecer — derreteu-se a grande dama. — E pensar que duvidei dele! Estou tão feliz, imagina, que não resisti a contar a Páris: ele é um homem tão compreensivo... Inclusive também me confidenciou um segredinho... está noivo!

— Ah — fez o patrício, não muito convencido, perguntando-se quem seria a eleita.

— Para o coração, nunca é tarde demais, e ela lhe corresponde. Viste que belo anel lhe deu de presente?

Sim, o senador tinha visto muito bem: era o anel que faltava da sua *dactyliotheca*... Páris com Xênia, aquela ladra! Não pôde deixar de se perguntar como Castor encararia a situação.

Contudo, tinha coisa bem diferente a fazer, naquele momento, para se preocupar com os assuntos amorosos dos seus libertos. Lamentou despachar a amiga um pouco às pressas, tirando-lhe o prazer de contar em detalhes sua triunfal reconquista de Servílio; mas como podia cumprir a tarefa confiada a ele pelo imperador, se passasse o tempo todo bancando o paraninfo? Precisava encontrar um modo de obrigar Sérgio a sair a descoberto...

Não teve nem tempo de pensar.

— Gálico está aí — anunciou Castor, sombrio. — Más notícias da caserna. Enquanto vais passando alegremente de um leito a outro, ou te esforças por devolver à ordem o tálamo dos teus amigos, os reciários de César continuam morrendo como moscas. Imagino que dentro em pouco, quando já não restar um só gladiador em toda a Roma, Cláudio será obrigado a pedir tua cabeça! — exclamou, indignado. — Entendamo-nos: não que a Urbe tenha muito a perder com o desaparecimento do ilustre senador Públio Aurélio Estácio, mas o que será de *nós*? Acabaremos jogados no meio da rua, ou vendidos no mercado de escravos, com cartazes pendurados ao pescoço...

— Quem foi, desta vez? — perguntou o patrício, suspirando.

— Heliodoro, o gladiador sículo: morreu há uma hora.

— E aposto que seu corpo tem um arranhão no pescoço, hein?

— No pescoço, sim, mas não se trata de um simples arranhão... — murmurou o secretário, mantendo-se vago.

— O que queres dizer? Explica-te melhor!

Castor suspirou.

— Bem... enquanto Heliodoro se exercitava na vara, alguma coisa deu errado e sua cabeça voou para o outro lado do campo.

— Por todos os Numes! — empalideceu Aurélio. — Coragem, vamos ver — decidiu, peremptório. — A propósito, onde está Gálico?

— Na área dos servos. Solicitou esperar ali e eu consenti por causa de Nissa, que não deve aparecer muito... Vou chamá-lo — respondeu Castor, enquanto o patrão pedia a cadeirinha em vez da liteira, para chegar mais rapidamente ao local do crime.

— Esta geringonça infernal foi mexida! — constatou Aurélio diante da vara. — O travessão no qual estavam fixadas as espadas cedeu e a roda deslizou para baixo, ainda em movimento. Heliodoro já estava saltando para evitar a roda inferior, e sua cabeça ficou bem no meio.

— Os equipamentos são verificados todas as manhãs, para os exercícios — comentou Castor. — O travessão deve ter sido afrouxado poucos minutos antes de eles começarem: portanto, ao amanhecer — supôs.

— Onde está o Imundo? — quis saber o patrício.

— Sumiu! — disse o grego, abrindo os braços. — Não creio que vá longe; será achado no Tibre, qualquer dia destes. Se Máurico era de fato o cabeça do giro de apostas clandestinas, agora pode dormir tranquilo: todos os que sabiam alguma coisa estão mortos, ou desaparecidos...

— Ainda permanece Nissa, em condições de testemunhar — objetou Aurélio. — E também temos Aufídio, que, por sua vez, deve estar envolvido na trapaça: o que fazia naquele dia, tão perto da *domus* dos Sérgios? Além disso, restam Gálico, Quadrado e Arduína: eu não me surpreenderia se algum deles estivesse a soldo de Máurico... — refletiu. — Vamos interrogar todos novamente, mas antes quero falar com o médico.

No *sanarium*, Crisipo o aguardava, intratável como sempre.

— E então, senador: por acaso desejas que eu também examine o pescoço de Heliodoro, em busca de alguma agulha? Nesse caso, peço-te que me sugiras em que parte é melhor começar: da que ficou presa ao corpo, ou da cabeça que rolou longe? — ironizou.

— Para com teus gracejos! — retrucou o patrício. — Se o que eu suspeito for verdade, logo estarás em maus lençóis.

— Estás pensando no veneno, certo? É claro! Metade de Roma destila filtros mortais às escondidas, mas, assim que se encontra algum indício de veneno, a quem atribuem a culpa? Ao médico! — resmungou Crisipo.

— Não pretendo te acusar de nada, se te dignares a colaborar comigo — impacientou-se Aurélio. — Até agora, não te esforçaste muito.

— O que deseja o ilustre senador? — perguntou o cirurgião em tom sarcástico. — Em que posso ser útil, eu, humilde cirurgião, ao poderoso procurador de Cláudio César?

— Quero saber se do teu armário de medicamentos desapareceu recentemente alguma substância perigosa.

— A resposta é não, nobilíssimo Aurélio. Podes até não acreditar, mas eu nunca mantenho na caserna alguma coisa que possa ser realmente nociva. Sou o médico dos gladiadores, embora preferisse que Zeus me tivesse fulminado no dia em que aceitei este encargo, e sei com que gente devo lidar. Se por acaso guardasse aqui dentro algum tóxico, eles seriam capazes de me despedaçar para roubá-lo e se matarem entre si.

— Poderias tê-lo vendido em troca de dinheiro sonante — insinuou o patrício, que bem conhecia a avidez dos médicos.

Crisipo endireitou os ombros magros e se ergueu em toda a sua minguada estatura. Depois esquadrinhou o interlocutor como se tivesse diante de si um inseto particularmente entediante.

— Minhas terras na Tessália, romano, se estendem por dias e dias de caminho, e meus rebanhos são tão numerosos que eu mesmo desisti de contar as cabeças. Pergunta por Crisipo, na Hélade, e saberás que jamais alguém da minha família precisou de dinheiro. Meus antepassados eram donos de meia Grécia quando os teus ainda suavam em cima do arado para cultivar seus míseros campinhos — afirmou orgulhosamente.

— Mas, se és tão rico, por que trabalhas aqui? — perguntou Aurélio, não muito convencido.

— Típica pergunta de latino! — explodiu Crisipo com vaga repugnância. — Quando jovem, eu acompanhei vossos exércitos, romano tolo e arrogante, e me sujei na lama e no pó embebido de sangue que vossas legiões iam deixando ao passar. Assim, aprendi tudo o que conheço sobre a máquina maravilhosa que é o corpo humano e sobre os danos que a afligem. Agora estou velho, e já não posso seguir atrás dos vossos massacres. Por sorte, não preciso ir longe, porque, em matéria de membros esquartejados, aqui em Roma, na arena, tenho tantos quantos quiser... Por conseguinte, posso prosseguir minhas pesquisas: nem mesmo no Museu de Alexandria estão disponíveis tantos cadáveres nos quais se possam executar necropsias!

O senador baixou a cabeça, meio encabulado por ter ofendido um sábio que havia dedicado a vida inteira aos estudos, e mudou de tom.

— És sensato e competente, Crisipo. Tenho certeza de que fazes alguma ideia sobre aquela agulha envenenada, mas me omitiste cuidadosamente tua conclusão. Por que não tentas me ajudar? Eu preciso disso... — solicitou, com mais humildade.

— Porque, em tua condição de quirite arrogante e habituado a dar ordens, não me pediste da maneira adequada — replicou Crisipo, mais brando. — Claro que pensei em algumas hipóteses, diversas até. Não são muitos os venenos que poderiam agir com aquela rapidez. Notei, embora ainda resista a crer, que és um pouco menos ignorante do que os teus concidadãos; portanto, certamente sabes que são várias as plantas das quais é fácil extrair tóxicos eficazes: o acônito, o veratro, o árum, o heléboro, o cólquico, o hioscíamo e muitas outras ainda, mais difíceis de identificar. Agora, raciocinemos: acônito e veratro têm o poder de paralisar na mesma hora e de deter o coração, mas são plantas de montanha e é um tanto improvável encontrá-las no centro de Roma. Já o árum, podes procurá-lo em todos os fossos úmidos, mesmo em plena cidade, só que suas bagas são colhidas no outono, e o mesmo se diga para o bulbo do cólquico; isso pressuporia que o assassino tivesse se preparado há meses para esses delitos, coisa que julgo pouco provável. Resta o heléboro: ele floresce no fim do inverno, nos bosques, mas a Urbe abunda em moitas úmidas e agrestes que permanecem intocadas por serem sagradas para os deuses. Certo, como tóxico o heléboro não é muito temido, sobretudo porque, quando ingerido, provoca fortes vômitos que causam sua eliminação imediata.

— Mas se fosse introduzido diretamente no sangue...

— Nesse caso, sua ação seria muito mais rápida e poderosa, sobretudo se ele tivesse sido misturado com outros venenos eficazes: soro de víbora, por exemplo, ou chorume de carne em putrefação.

Aurélio engoliu em seco, respirando fundo, para não dar a Crisipo a impressão de ter o estômago muito débil.

— Para preparar semelhante mistura, seriam necessários conhecimentos médicos... — supôs o senador.

— Sim, mas sobretudo uma boa informação sobre botânica — observou o cirurgião.

— Eu te agradeço, Crisipo, foste muito útil — admitiu Aurélio em tom respeitoso. — E peço desculpas pela minha atitude inicial.

— Quem é o teu médico? — perguntou Crisipo, fingindo indiferença; mas, bem no fundo, via-se que as desculpas lhe tinham dado muito prazer.

— Hiparco de Cesareia.

— Eu o conheço, foi meu aluno. Vou aconselhá-lo a tratar do teu fígado! — sorriu Crisipo, decididamente conquistado.

Castor aguardava o patrão à saída do *sanarium*, um tanto impaciente.

— Acabaste tua consulta com o médico? Devemos continuar as investigações: pensando bem, o que sabemos dessas pessoas, a não ser aquilo que quiseram nos contar? Convém ir mais fundo...

— Tens razão, Castor. Comecemos pela britana.

Quando, um pouco mais tarde, os dois entraram na sua pequena cela, Arduína estava desatando as caneleiras. Sobre o arquibanco, a grinalda de rosas, já seca, ainda pendia bem à vista, como o cadáver ressequido de um escravo crucificado a quem tivesse sido negado o direito de sepultura.

— Ei, belíssimo, o que fizeste no teu olho? — perguntou a gladiadora ao secretário, em tom jovial.

— Não foi nada — preferiu se esquivar o alexandrino. — Uma simples divergência de opiniões.

— Deixa-me ver — solicitou a britana. — Ah, nada de grave, bastará uma compressa com um bom pedaço de carne.

— Escuta, Arduína — interveio Aurélio, interrompendo a consulta improvisada. — Conheces o Imundo?

— Não creio... — respondeu a mulher, após um instante de reflexão. — Mas um momento... por acaso aludes àquele escravo grandalhão, sempre sujo de gordura, que tem o encargo de polir as armas?

— Tenta recordar se o viste circulando pelos subterrâneos do anfiteatro, antes do combate — solicitou o patrício.

— Creio que ele estava no criptopórtico — disse Arduína, com ar duvidoso.

Aurélio silenciou: o corredor subterrâneo era iluminado pelas claraboias que davam diretamente para a arena.

— Realmente não tenho muita certeza — continuou a britana. — Ele foi contratado como servo mais ou menos na época em que entrei para a gladiatura, mas nunca tivemos contato.

— A propósito, me contaram que foste capturada em batalha e que és parente do chefe dos rebeldes britanos...

O rosto rude e corado, quase sempre sorridente, de repente se ensombreceu e Arduína levantou o queixo com ar de desafio.

— E se fosse? Caractaco é um homem de valor, e o vosso César ainda não conseguiu derrotá-lo!

— Como consegues tolerar, tu, sobrinha de rei, que sejas exibida na arena para o divertimento dos inimigos da tua gente?

A britana escancarou a boca desgraciosa e prorrompeu numa gargalhada grosseira.

— Pensas de fato que eu sinto falta da minha longínqua Albion e do nível perdido, senador? Deirdre, princesa dos icenos, obrigada a se tornar a gladiadora Arduína... para sua sorte, acrescento! Não creio que tenhas estado alguma vez no meu país, nobre Aurélio; então, deixa que eu te dê uma ideia. O palácio real de Caractaco é um tugúrio diante do qual a casa de um modesto artesão romano parece a *domus* de um ricaço; há névoa densa em todas as estações, faz um frio terrível oito meses por ano, e por lá não temos hipocaustos para aquecer a água dos banhos, senador; ou melhor, não temos nem banhos. Nem termas, nem aquedutos, nem palacetes, nem estradas calçadas, nem mesmo cidades dignas desse nome. Se alguém tem fome, vai caçar e assa a presa na fogueira; se adoece, colhe alguma erva no bosque e ora à deusa Sulis, esperando melhorar. E além disso... bem, compreenderás que, com o gracioso aspecto que tenho, eu não acharia um marido nem mesmo entre os gigantes de bigodes untados de gordura da minha ilha. Eu gostava de lutar desde pequena, então decidi me tornar uma guerreira: entre os icenos, não é incomum que uma mulher governe, ou vá à batalha. Minha vida eu também arriscava antes, quando fazia emboscadas contra os vossos legionários: de noite, porém, jazia no gelo, envolta em peles de ovelha, e muitas vezes não tinha sequer o que comer. Agora me alimento em abundância, durmo confortavelmente, combato entre os aplausos do público e ganho bem, sem contar que, neste passo, dentro de alguns anos estarei livre... mas seguramente não retornarei à Britânia, nem mesmo quando chegar esse momento, podes ter certeza! Queres saber qual foi o meu medo quando, ao cair prisioneira, compreendi que não me matariam? Foi só um: que me deixassem na minha ilha, junto com meus conterrâneos pintados de azul!

— Mas então Caractaco... — quis perguntar Aurélio, algo intrigado.

— É uma boa pessoa e um valoroso soldado. No dia em que o vosso imperador coxo finalmente o derrotar, os dois se tornarão amigos, verás; e, depois de alguns meses de vida na Urbe, Caractaco já não saberá o que fazer com a coroa da Britânia. Aliás, eu me pergunto por que vós, romanos, enfrentais tantas dificuldades para ir expugnar nossas cabanas enlameadas...

— Compreendo — disse Aurélio, agradecendo aos Numes, mais uma vez, por ter nascido livre e romano.

— Que decepção, *domine* — lamentou-se Castor, quando saíram. — Eu tinha construído em minha mente uma bela fábula sobre uma nobre donzela escravizada e disposta a tudo para reconquistar a liberdade perdida. E no entanto... Deixa para lá, creio que agora podemos encerrar.

— Nada disso! Agora vem o melhor: vamos ver Aufídio! — declarou o senador com ar belicoso, indo em busca do lanista.

O chefe dos gladiadores acolheu Aurélio com extrema frieza: de tanto circular por ali metendo o nariz em tudo, aquele patrício bisbilhoteiro ameaçava descobrir coisas demais, e ainda por cima deixava nervosos os atletas. No refeitório, na véspera, quase acontecera uma espécie de motim; ninguém queria comer, por medo de que o alimento estivesse envenenado, e faltavam poucos dias para os *ludi*!

— Eu já disse que as armas estão sempre sob controle — afirmou o lanista, irritado. — Pouco antes dos *munera*, entregam-se ao gladiador os instrumentos com os quais ele deverá lutar, e todos são obrigados a devolvê-los no final. Ninguém tem acesso às espadas: eu até confisquei a adaga e o punhal que Castor deu a Arduína. E também, no dia da morte de Celidônio, a vigilância era particularmente severa. Os atletas estavam superexcitados, porque corria o rumor de que Cláudio César estava descontente com os serviços da equipe e não pretendia conceder uma graça sequer...

— Como assim? Isso não me foi dito... — refletiu o patrício, e, voltando-se para o lanista, tomou rapidamente uma decisão. — De qualquer modo, vou te prender, Aufídio: está bastante claro que te aproveitavas da tua posição à frente da equipe para trapacear com as apostas nos combates.

— Vais me prender? — tremeu o outro. — Mas não podes; não há nenhuma prova contra mim!

— Passou-se algum tempo desde quando descias à arena — retrucou Aurélio, desdenhoso —, e o ferro não te aflora há muito, já não estás habituado a ele: mandar os outros enfrentarem o fio da espada é mais fácil do que suportá-lo pessoalmente. Veremos como saberás resistir à tortura...

— Não, espera, não é como estás pensando!

— Ah. Se queres me dizer que foi Máurico quem organizou tudo, podes te poupar: sei disso muito bem. Infelizmente, não tenho elementos suficientes para citá-lo em juízo... e devo me contentar contigo.

— Senador, eu te direi tudo! — gemeu Aufídio, aterrorizado. — Era só a segunda vez... e Celidônio não devia morrer, mas apenas sofrer uma pequena derrota: o imperador certamente o salvaria!

— É mesmo? Castor!

— Às tuas ordens, *domine*.

— Chama a guarda imperial para levá-lo daqui: ele deverá responder por trapaça, e talvez também por homicídio.

— Mas eu nunca o mataria! Ele era meu melhor atleta, a fonte de todos os meus ganhos! — berrava Aufídio, tomado pelo desespero.

— E Túrio, então?

— Eu nem sequer me encontrava na caserna, na noite da sua morte; há dezenas de pessoas que podem confirmar.

Mas os protestos do lanista se perderam em meio aos gritos dos atletas, que não acreditavam nos próprios olhos quando viram os pretorianos arrastarem seu chefe indiscutível, o mesmo que, até um momento antes, havia exercido sobre eles o poder de vida ou morte. O senador observou os rostos espantados, dos quais emergia claramente uma certa satisfação mal disfarçada.

— Agora ele também vai experimentar o açoite! — exclamou um mirmilão, comprazido.

— E o ferro em brasa! — acrescentou outro, rindo.

Aufídio não devia ser muito amado, considerou Aurélio, enquanto passava triunfalmente pelo pátio entre duas fileiras de gladiadores que o aclamavam.

— Viva o senador Estácio! Viva César! Morte ao lanista! — bradavam os atletas, aplaudindo seu inesperado vingador.

— É inegável, tu te tornaste o herói deles — comentou Castor, perplexo. — Se Aufídio não resistir aos meios de persuasão e denunciar Máurico, terás acertado, o caso estará resolvido.

— Resolvido, nada — desmentiu-o Aurélio. — O lanista só pode acusá-lo de ter querido falsear os jogos, e Máurico negará tudo. Além disso, mesmo que ficasse demonstrado, graças ao depoimento de Nissa, que o advogado mandou drogar Celidônio, que risco estaria correndo o nosso Sérgio? A mímica declarará que o tóxico não era suficiente para matar, e sabemos que é verdade. Fazendo o Imundo desaparecer e descarregando no falecido Túrio toda a culpa pela morte do atleta, Máurico poderia inclusive se livrar apenas com uma multa, ainda que altíssima... Ele sabe disso à perfeição, e na verdade pouco se preocupa, como se não lhe importasse muito ser processado pelas apostas trapaceadas. E, também, pensa: se quisesse se proteger das acusações de Aufídio, mandaria matar este, e não Heliodoro. A menos que...

O secretário o encarou com a respiração suspensa.

— ...a menos que o giro de apostas fosse só uma cobertura!

— Como assim? — perguntou o alexandrino, perplexo.

— Segue o meu raciocínio, Castor. Se tivesses intenção de cometer um delito, e quisesses proteger tua retaguarda, a ideia de esconder o crime por trás de outro, de bem menor importância, não seria incrivelmente astuta? Se tua trama fosse descoberta, sempre poderias admitir a culpa pelas infrações menos graves, para impedir que tuas verdadeiras intenções viessem à tona — explicou Aurélio, excitado.

— Não entendi — disse Castor, balançando a cabeça. — Em que estás pensando?

— No mais grave de todos os crimes: não contra um homem só, mas contra a própria Roma... Mas espera, talvez eu esteja delirando ao imaginar um plano tão retorcido. Antes, vamos ouvir Gálico.

— Eu o vi se exercitando com o estafermo agora há pouco... aí está ele!

— Salve, senador Estácio! — começou Gálico. — Quero agradecer por terdes nos livrado de Aufídio, mas, infelizmente, para nós não muda nada. Logo virá outro lanista, quem sabe até mais impiedoso do que ele.

— Pelo menos, não vos exporá ao perigo para embolsar algum cacife — replicou Aurélio.

— Nem me fales: eu deveria ter suspeitado de alguma coisa, havia um clima estranho na caserna, no dia da morte de Celidônio... — admitiu o celta, desenvolto como sempre. — Nada de específico, entende-me, mas uma espécie de mal-estar, de descontentamento. Os gladiadores murmuravam que o imperador estava furioso conosco e queria que morrêssemos todos. Não sei quem fez circular esse rumor; quem me contou foi Heliodoro, afirmando que não se deixaria degolar sem reagir, se conseguisse uma arma para se defender.

Aurélio gelou, e começou a interrogar às pressas todos os atletas, que confirmaram mais ou menos as palavras de Gálico: cada um deles havia recebido aquela informação por Heliodoro, em tom altamente confidencial!

— Temes que estivesse se organizando uma revolta, patrão? — quis saber Castor, quase lendo o pensamento do senador.

— Sim — respondeu este, sombrio. — Heliodoro havia fomentado propositadamente a insatisfação. E, que coincidência, naquele dia as chaves da armaria tinham sido confiadas ao Imundo, encarregado de polir as espadas.

— Vejamos — refletiu Castor. — Celidônio perde a luta, e Cláudio César, que não o suporta, exibe o polegar para baixo, contra o desejo da plebe...

— Alguns provocadores bem localizados no meio do público estão prontos a atiçar a multidão, para que defenda seu campeão... — continuou Aurélio. — Tumulto, pânico, mortos, feridos, e uma massa de gente enfurecida, disposta a se desencadear contra Cláudio!

— Mas César tem a guarda pretoriana para defendê-lo! — objetou o liberto.

— Justamente! Persuadidos deliberadamente de que o imperador desejava a morte deles, os gladiadores, ao verem chegar o prefeito do Pretório com os soldados, logo pensariam num ataque.

— E o Imundo estaria pronto para lhes abrir o depósito de armas. Talvez estejamos diante de algo verdadeiramente sério...

— É possível. A conspiração contra Calígula também se aproveitou do descontentamento que o imperador havia suscitado no estádio, fazendo seus protegidos vencerem... Naquele momento, o pretexto foi a vitória injustamente atribuída pelo príncipe à sua equipe preferida: a multidão, indignada, forçou Calígula a sair pelo criptopórtico, onde o esperavam os conjurados — recordou o senador, com expressão preocupada.

— Se entendi bem, afirmas que dessa vez a armadilha seria desencadeada com a suposta negação da graça a Celidônio, por parte de César... — interrompeu o alexandrino, não inteiramente convencido. — No entanto, *domine*, ninguém pode ser tão tolo a ponto de esperar que uma revolução se desencadeie por um fato como esse!

— Não era necessária uma revolução — respondeu Aurélio. — Bastaria que Cláudio fosse induzido a deixar precipitadamente o estádio através da saída secundária, para evitar o público enfurecido.

— Máurico, com os seus sicários, estava sentado justamente ali ao lado... Talvez tenhas razão, *domine*, o negócio das apostas foi montado para justificar a droga dada a Celidônio, no caso de alguma coisa sair errada, e assim encobrir o verdadeiro crime que eles estavam tramando: um atentado a César!

— Bela reconstituição, lisa como azeite... — resmungou o senador.

— Vai logo contar a Cláudio: ele te escutará, é teu amigo!

— Sim, mas tem as mãos atadas. Achas que Máurico, se realmente se dispunha a tentar uma aventura como essa, não tinha apoios no exército, entre os pretorianos, e até mesmo no Palácio? César precisa de provas inquestionáveis para obter a condenação dele!

— Não é possível que toda a Urbe desconheça as tramas de Sérgio. Encontrarás testemunhas...

— Máurico já mandou silenciar essas pessoas, como é seu costume. Ninguém ousaria atacá-lo: todos têm muito a perder.

— Ninguém, mesmo? — meditou Castor, sério. — Na realidade, talvez haja alguém... — E abriu a boca para dizer alguma coisa, mas depois mudou de ideia e não concluiu a frase.

CAPÍTULO XVIII

Oitavo dia antes das Calendas de julho

Aurélio estava sentado na penumbra do tablino, diante de uma taça de *cervesia*, e esperava. Tinha certeza de que ele viria.

Escravos e fâmulos haviam recebido ordem de se ocultar, deixando seu senhor sozinho na grande sala, já iluminada por uma lucerna pendurada no teto. Ainda não caíra a noite quando o patrício ouviu baterem e, sem pressa, atravessou o átrio silencioso até o grande portão de madeira.

— *Ave*, Sérgio.

— *Ave*, Aurélio.

As vozes, frias, mostravam a mesma calma determinação daquelas dos gladiadores que se saúdam na arena, antes do confronto final.

— Estás sozinho, e sem escolta — constatou Aurélio, algo surpreso, e a observação soou como um ato de homenagem.

— Pensas que tenho medo? — retrucou Sérgio, depreciativo. Não, Máurico não temia nada: um homem famoso, rico, bem-sucedido, que arrisca tudo numa louca aventura, não é do tipo que treme diante de um simples procurador de César, pensou Aurélio; e, diante do seu inimigo, sentiu nas veias um arrepio excitado, o despertar de um instinto antigo de soldado e predador que muitos volumes de filosofia não tinham conseguido suprimir.

Não sou melhor do que um reciário que está para lançar a rede, disse a si mesmo. *E Sérgio é como eu: gosta de se expor ao perigo, de avançar com sua sica de encontro ao meu tridente.* Por um instante, até lhe pareceu intuir por que tantos homens livres arriscavam a vida na arena. *Que os deuses possam ter compaixão de nós... Os deuses, ou seja lá quem for.*

— Com que então descobriste o giro de apostas, senador Estácio, e me subtraíste até a pequena Nissa. Poucos ousaram tanto, mas não esperes ir mais longe: o nome de César, que te serve de escudo, não te torna invulnerável. E não penses que vais me dar muito trabalho; terás grandes dificuldades para demonstrar que, por trás da trapaça dos jogos encontrarás a mim. De resto, se por acaso o conseguisses, eu me livraria do mesmo jeito. Tenho muitos recursos.

— Não duvido, poderoso Máurico — reconheceu Aurélio. — Mas, então, por que vens à minha casa em plena noite, furtivo como um ladrão de galinhas?

Sérgio mordeu os lábios, lívido.

— Não tentes medir-te comigo, senador. Fizeste mal em me ofender, pois vim como amigo. Desde sempre percorremos caminhos diferentes, tu e eu, e nos encontramos por acaso. Poderíamos continuar nos ignorando reciprocamente, com boa paz entre ambos. Não te subestimo, Públio Aurélio, atenta bem: por isso estou aqui. Decerto não podes me prender, mas conseguirias me causar muitos aborrecimentos, se te empenhasses realmente nisso. E com que objetivo? Já detiveste Aufídio por causa das apostas e sabes por que Celidônio foi morto. Sabes até quem o matou: Túrio. Cláudio ficará amplamente satisfeito, e explicar a morte de outros dois gladiadores não te será difícil, se eu te entregar o servo fugido da caserna...

— O Imundo de Mutina. Sob a forma de cadáver, naturalmente. Acho difícil confiar em ti, Sérgio, vendo que preferes pagar aos teus sicários com o ferro, em vez do ouro.

— Bestas, assassinos, máquinas adestradas em matar: são apenas instrumentos, a vida deles não vale nada. Para ti é diferente, senador, sei com quem estou lidando. Falaste em ouro: podemos fazer um acordo.

— Meus cofres estão abarrotados, Sérgio, e não preciso incendiar edifícios para enchê-los, nem extorquir os pobretões ou enviar gente para morrer na arena.

— Eu sei. Nasceste rico e nobre, descendente de uma estirpe antiga de senhores e comandantes militares! — exclamou Sérgio com rancor. — Eu, ao contrário, precisei me arranjar para possuir tudo aquilo que tu sempre tiveste por direito de sangue. E te asseguro, meu aristocrático patrício, que afinal não há muita diferença entre o modo como teus ilustres antepassados acumularam o patrimônio deles e eu, o meu. Portanto, não te permitas sentir-te superior a mim! Sou fundamentalmente um homem justo; as pessoas recorrem aos meus serviços para sanar dificuldades, endireitar erros, devolver a ordem lá onde a lei não pode ou não quer chegar. Ao fazer isso, às vezes tive de agir com arbítrio, me arrogando o direito de decidir, sem levar em conta os ordenamentos desta sacra república, que há bastante tempo já não é república, mas apenas o imenso patrimônio de um só homem... e não me digas que todo o mundo deve se submeter humildemente ao direito, porque tu mesmo nem sempre o fizeste.

Aurélio o encarava, calado. Máurico era um ladrão, um prepotente, um assassino, e se sentia o arauto da justiça!

— Senador, eu vim te falar de igual para igual. Ambos somos livres cidadãos romanos e estamos somente discutindo um negócio. Desejo que pares de me apontar como um cão que fareja o javali e estou disposto a fazer um trato contigo, para que me deixes em paz. Diz o teu preço e eu o pagarei, seja ele em sestércios ou em vidas humanas, mas não tentes me impedir de tomar aquilo que me cabe!

— Naquilo que te cabe, também se inclui a vida de Cláudio César? — inquiriu Aurélio, gélido.

O rosto de Máurico, imóvel como pedra, revelou um único e imperceptível tremor no canto da boca.

— Querias mandar matar Cláudio — emendou duramente o patrício.

— Isso dizes tu, senador Estácio; porém, para teu infortúnio, jamais poderás demonstrá-lo. Lamento, lamento verdadeiramente. Sei que gostarias de me ver no patíbulo, mas não terás essa satisfação. Nissa não falará, podes ter certeza.

— Estás seguro demais quanto a isso — divergiu Aurélio, pensando que a mímica estava sob proteção no seu cubículo...

— Contas excessivamente com teu fascínio viril, senador; dote que sem dúvida possuis, pelo menos a dar ouvidos à minha irmã Sérgia! — riu o advogado. — Mas a alma das mulheres é retorcida, e há coisas que nem imaginas... escuta o que te digo: desiste. Procura César, conta a ele sobre os jogos falseados e entrega Aufídio às mãos do carrasco.

— As apostas não eram mais do que uma cobertura; te serviam apenas para disfarçar teus verdadeiros planos, que o lanista ignorava — argumentou o patrício, sombrio. — Teu verdadeiro cúmplice na equipe era Heliodoro: foi a ele que ordenaste espalhar o pânico entre os gladiadores, naquele dia, na intenção de obrigar Cláudio a sair do camarote. E quem levou a ordem foi tua irmã!

— Lamentavelmente, Heliodoro está morto — fingiu suspirar o advogado. — E, se eu estivesse no teu lugar, não perturbaria César com todas essas histórias de conspirações: ele poderia pensar que tua imaginação é muito acelerada... Agora me vou, não quero que se espalhe o rumor de que mantenho algum tipo de relação com um pobre visionário. Quanto a ti, pensa no assunto: se queres a guerra, para mim está bem, estou acostumado a vencer.

Aurélio sequer tentou retrucar. Estava para perder a partida, mas, teimosamente, não se decidia a entregar os pontos.

Aguardou que Sérgio desaparecesse na escuridão e, ato contínuo, como que tomado por um obscuro pressentimento, correu ao cubículo de Nissa.

No aposento ainda pairava o perfume sutil da mulher, e, sobre o leito vazio, o furão todo enroscado parecia uma almofada de pelo: da mímica, nenhuma pista. A janela com cantaria de alabastro, que dava para a horta dos fundos, estava aberta.

Lá fora, junto ao alto muro que isolava a grande *domus* do caos citadino, a madressilva enraizada nas pedras estava esgarçada em vários pontos, e um ramo quebrado, pendente no vazio, testemunhava o ponto exato da passagem da fugitiva.

— Desgraçados, vós a deixastes escapar! — trovejou Aurélio aos dois libertos, depois de convocá-los. Páris e Castor, envergonhados, baixaram os olhos.

— *Domine*, tua ordem foi de protegê-la, e não de mantê-la prisioneira — tentou se justificar o secretário. — Nem mesmo tu pensaste sequer por um instante que ela pudesse fugir por vontade própria. No entanto, não há dúvida: escalar o muro externo para penetrar no nosso pátio é quase impossível; mas é fácil sair, como Nissa certamente fez.

— Saltando lá de cima, ela se arriscaria a quebrar a cabeça — objetou o senador, que, embora convencido pelo raciocínio do grego, relutava em admitir que fora tapeado daquele jeito.

— Não se alguém estivesse embaixo para ajudá-la...

— Numes do Hades! Mas por que fugiu, sabendo que Máurico a procura para matá-la? E eu a tinha confiado a vós! Deveria mandar-vos todos ao açoite, inúteis! — gritou Aurélio exasperado, mesmo sabendo, no fundo, que a culpa não era dos servos.

— Ninguém percebeu sua ausência, *domine* — interveio Páris. — Ela se recolheu cedo, dizendo que ia dormir.

— Não tinha saído do quarto o dia inteiro, exceto para ir duas vezes à latrina — acrescentou Castor.

— Alguém deve tê-la induzido a ir embora — concluiu Aurélio. — Ela não era do tipo que decide sozinha uma fuga tão perigosa.

— Em casa só estavam os servos, patrão, e durante toda a tarde não tivemos visitas, a não ser as tecelãs encarregadas de renovar as cortinas — afirmou o intendente.

— Chama as criadas aqui, agora! — ordenou o senador, desconfiado. — Quero saber se alguém viu Nissa conversar com uma dessas operárias!

Sim, de fato a mímica havia trocado algumas palavras com uma costureira, soube o patrício pouco depois, mas no fundo se tratava apenas de uma mulher, e de todo modo Nissa não fora perdida de vista nem por um momento. Por outro lado, como poderiam os pobres escravos, encarregados de proteger a moça de um eventual inimigo decidido a levá-la à força, supor que ela escapasse por sua própria vontade, se nem mesmo ele, o *dominus*, havia pensado nisso?

Uma mulher, portanto, e tão importante para Nissa a ponto de induzi-la a correr um tal risco... *Há coisas que nem imaginas*, dissera Máurico, pouco antes. E, afinal, Nigro não tinha falado de uma mulher, ao contar como a *mimula* havia escapado do seu primeiro rufião?

O senador relembrou a jovem deitada ao seu lado, as carícias mecânicas, frias, feitas quase por dever, com a estudada participação característica das cortesãs profissionais, que dos homens só conheceram violência e vontade de domínio. Mas se, em vez de um homem estranho e inimigo, alguém do seu mesmo sexo se tivesse mostrado doce, agradável, afetuoso? Se tivesse encontrado paz e conforto entre os braços sólidos e tranquilizadores de outra mulher, a pequena prostituta explorada não confiaria cegamente nela?

Aurélio imaginou Nissa deixando a *insula* com sua companheira, abandonando para sempre o rude Vibão: por essa amiga, a jovem tinha ousado desafiar a cólera do rufião, arriscando-se a ser levada de volta a socos e tabefes, e em troca obtivera proteção, fama, riqueza e, sobretudo, amor: ou, pelo menos, assim aquela ingênua havia acreditado até o último instante.

O patrício se reviu diante de Sérgia, a irmã de Máurico, forte, segura, inclinada a todas as experiências: se não havia hesitado ante o incesto, por acaso pouparia outra mulher, débil, desorientada, pronta a se colocar confiantemente nas suas mãos? Eis por que Máurico estava tão convicto de que Nissa não o trairia!

— Sim, era certamente ela — concordou Castor, inquieto.

— Mas com que pretexto Sérgia a terá induzido a sair, arriscando a vida? — atormentava-se Aurélio.

— Patrão, talvez seja uma suposição tola, mas... — arriscou o grego.

— Fala! — acossou-o o patrício, que àquela altura se dispunha a aceitar até a mais fantasiosa hipótese.

— Que outro motivo poderia impelir aquela moça a deixar o seguro refúgio das tuas paredes, *domine*, a não ser a única coisa que realmente lhe importava, o sucesso que lhe havia permitido se elevar do lupanar ao palco? Nissa não era aquilo que se chama um gênio, patrão, e se a astuta Sérgia a convencesse de que ela devia se apresentar para o espetáculo, sob pena de perder o favor do seu público...

— Não sei se tens razão, Castor, mas pretendo conferir. Vamos ao teatro, já! — ordenou Aurélio, precipitando-se para fora.

No teatro de Pompeu, o senador teve de abrir caminho a cotoveladas em meio à multidão tumultuosa que esperava o aparecimento da diva havia algum tempo.

Os outros artistas da companhia, após uma tímida tentativa de entreter com alguns números fora do programa os espectadores furiosos, tinham se entrincheirado nos seus camarins, à espera de que uma improvável intervenção dos *vigiles* noturnos viesse livrá-los do cerco.

A certa altura, correu o boato de que o espetáculo seria adiado, por motivo de força maior. O público das arquibancadas começou a protestar ameaçadoramente, com assobios e gritos. Alguns tinham esperado na fila desde a noite da véspera para conseguir lugar, e sem dúvida não renunciariam facilmente a ver sua queridinha. Aurélio, apesar de sua autoridade de magistrado, não fez nenhuma tentativa de acalmar aquela massa enfurecida, e retornou à porta com algumas contusões, esperando que Castor conseguisse descobrir algo melhor durante sua inspeção no saguão.

Por sorte, pensou ele ao sair do teatro, havia deixado a liteira junto ao bosquezinho de plátanos, bem longe da entrada.

Alcançou-a às pressas, descuidando-se do manto que se enlameava na grama, enquanto com os olhos buscava na escuridão os seus núbios, esperando que a malta não escolhesse justamente aquele momento para se espalhar pela praça: todos sabiam que as liteiras de luxo eram sempre as primeiras a ser visadas durante as revoltas... Esta, contudo, parecia em segurança e fora das vistas, coberta como estava pelas frondes de umas touceiras de loureiro.

O senador entrou às pressas, jogando-se velozmente sobre as almofadas, enquanto do teatro já avançavam os primeiros exaltados. Um grupo turbulento passou correndo pela viela ao lado, enquanto Aurélio aguardava imóvel atrás das cortinas. Com cautela, quase sem respirar, estendeu-se melhor sob a coberta. Para se esconder totalmente dos fanáticos que se alvoroçavam ali perto, esticou as pernas entre os macios coxins de seda e percebeu alguma coisa fria e molenga, enquanto sua mão, no escuro, aflorava outra, delicada e inerte.

O senador se sentiu gelar quando seus dedos, subindo às apalpadelas ao longo do braço nu, tocaram o pequeno seio pontudo e a massa de cachos modelados a ferro quente. Não precisava de uma lucerna para reconhecer aquele corpo tão famoso, tão admirado...

Aurélio se moveu de leve e sentiu o cadáver de Nissa tombar sobre ele, com a cabeça pendente do pescoço quebrado apoiando-se em seu ombro, como que num tardio pedido de ajuda. Não tinha sido capaz de salvá-la, pensou com tristeza, mas imediatamente recuperou o sangue-frio: não, aquele não era o momento de ceder aos remorsos; devia escapar imediatamente. Se aqueles fanáticos o encontrassem ali, junto ao cadáver de sua deusa, certamente o despedaçariam.

Tentou deslizar para fora, cauteloso, com a máxima discrição possível... mas era tarde demais, eles já se aproximavam! Prendeu a respiração, perguntando-se se o tremendo Tártaro, no qual jamais acreditara, não existiria realmente.

— Lá está uma liteira, vamos ver! — urrava naquele momento um dos descontrolados admiradores da diva, chegando com um tropel apressado bem diante da cortina de seda.

Aurélio apertou os punhos, decidido a se defender com as mãos nuas do furor da multidão.

A cortina foi arrancada com um ruído seco, e o patrício se preparou para saltar fora.

— Não, ela está ali adiante, eu a vejo! — gritou uma voz vinda do escuro. — Está sendo raptada, ajudai, rápido!

Sem sequer voltar o olhar, o energúmeno que havia rasgado a cortina se lançou ao salvamento da bela, seguido por um bando de acólitos ululantes. A massa humana virou as costas à liteira, como um rio enlouquecido que, de repente, começa a remontar em direção à nascente, desviado pelo imperioso comando de um deus.

— Agora corre! — exortou-o a voz amiga de Castor, que havia despistado a multidão.

Sem pensar duas vezes, Aurélio chispou atrás do grego para a rua.

Quando os dois avistaram o Foro, depois de percorrerem metade de Roma com asas nos pés, ninguém poderia reconhecer o nobre Públio Aurélio Estácio, procurador de César e senador, no homem sujo e desgrenhado que se deteve subitamente atrás da parede de pessoas que pareciam ter marcado encontro justamente naquela hora noturna.

— O que aconteceu? — perguntou, preocupado, ao gigante que lhe impedia a visão.

— Os pretorianos! O imperador os mandou ir defender seu sicário, aquele Estácio que matou Nissa. Estávamos nos dirigindo à casa dele, a fim de ajeitá-lo para as festas! — explicou o homenzarrão em tom furioso.

— O senador Estácio, dizes? — protestou Aurélio, estupefato. — Mas se ele é um homem honestíssimo, acima de qualquer suspeita...

— Quem, aquele ladrão? — O gigante exibiu uma careta de repulsa. — Não sabes a que preço é vendido o estanho trazido até aqui pelos seus navios? E ele também esconde o trigo, para aumentar o custo. Não lhe bastavam os milhões de sestércios que herdou, também quis fazer seu dinheiro render, nas costas dos pobres... Roma inteira sabe que ele é um depravado. Vem conosco, nós o faremos pagar por isso!

Aurélio, fiel ao seu senso inato da ironia, não conseguiu se impedir de achar um tanto ridículo aquele convite, e insistiu:

— Tu o conheces bem, não? Deve ter sido duro, isso de precisar lidar com semelhante delinquente...

— Na verdade, até esta noite eu jamais tinha ouvido falar desse indivíduo — reconheceu o homenzarrão. — Mas os que encontraram Nissa assassinada na liteira dele tomaram o cuidado de nos explicar de quem se trata.

Sérgio tinha enviado seus sequazes para atiçar a plebe contra ele, compreendeu Aurélio finalmente. Os homens, e o senador bem sabia disso, até os mais honestos e sensatos, quando estão agrupados como um rebanho de ovelhas, dispõem-se a acreditar em qualquer invencionice que seja repetida por muito tempo e sobretudo em coro, e abraçam as causas mais absurdas para não terem a fastidiosa sensação de nadar contra a corrente. Assim eram impelidos os soldados para se dirigirem felizes à guerra, assim se venciam as eleições...

Enquanto isso, Castor o fitava com olhos ansiosos, amarfanhando nervosamente a túnica, preparando-se para ocultar com ela aquele inconsciente do seu *dominus*: o que aquele irresponsável estava esperando para escapulir dali?

Mas Aurélio já perdera as estribeiras.

— Por que ides procurá-lo em casa? — exclamou, indignado. — Não sabeis que ele se refugiou com Máurico? Os pretorianos certamente não imaginam que ireis procurá-lo lá... Rápido, segui-me à *domus* dos Sérgios: nós o desentocaremos, aquele porco! — gritou, e o belicoso cortejo mudou de rota, dirigindo-se para o Aventino.

— Que os deuses te fulminem, patrão; achas por acaso que podemos enganar Roma inteira por muito tempo, com essas brincadeirinhas? Isso já funcionou duas vezes... — protestou Castor, enquanto os dois se esquivavam por uma ruela secundária.

— Certo, chega! Eu também quis experimentar, depois que o jogo deu certo tão facilmente contigo, diante da liteira... — riu Aurélio.

— Seja como for, agora não podes voltar logo para casa — observou o secretário. — Sérgio não perdeu tempo: aposto que o caminho daqui até o Vicus Patricius está cheio de sicários emboscados. Se eles não te espetarem antes, certamente algum fanático admirador da pobre mímica o fará!

— Sim — admitiu Aurélio —, devo esperar esta noite passar. Mas amanhã de manhã, antes que o sol nasça, vem com um carro de feno até o Clivus Publicus. Estarei à tua espera, e me levarás a salvo, coberto pela palha...

— E onde te esconderás, até lá? Podes ser reconhecido! — exclamou Castor, angustiado.

— Não te preocupes, eu também tenho alguns amigos em Roma — tranquilizou-o o patrício, e se dirigiu à velha *insula* de Nigro, certo de encontrar hospitalidade junto a uma certa família do quinto andar, onde ninguém jamais sonharia procurá-lo.

CAPÍTULO XIX

Sétimo dia antes das calendas de julho

— Castor! — chamou Aurélio, após se submeter a uma boa limpeza. Mas o secretário parecia ter se desvanecido.

Depois de levar a salvo o patrão até a grande *domus*, empurrando com as próprias mãos o carrinho onde ele se ocultara, evidentemente o alexandrino havia se sentido no direito de tirar o dia inteiro de folga.

Em vez dele apareceu Páris. Seu rosto era uma máscara de ansiedade.

— Cláudio César mandou te chamar, patrão — anunciou, com uma voz que parecia subir das profundezas do Érebo. — Amanhã deves te apresentar no Palatino: foram feitas acusações contra ti...

— Máurico? — perguntou o senador, carrancudo.

— Ou alguém no lugar dele — respondeu triste o pio intendente, que amava muito seu *dominus*, apesar da péssima opinião que mantinha sobre ele.

Aurélio estava prestes a dispensá-lo. O administrador já se encontrava junto à porta, de cabeça baixa e ombros curvados como sempre, quando o patrício o chamou de volta.

— Defendeste minha *domus*, meus bens, a família dos meus servos... vou me lembrar disso para sempre, Páris.

De fato, quando, bem escondido no carrinho de feno, conseguira pôr os pés em casa, para seu grande conforto não a encontrara saqueada. Ao contrário: ao chegarem pelo portão dos fundos, ele e Castor tinham tido a surpresa de encontrar um aguerrido pelotão de escravos armados até os dentes, dispostos a defender por alto preço a residência do patrão: o valoroso intendente, usando como elmo uma frigideira esburacada, gládio na mão direita e sica na esquerda, comandava a heroica resistência ao assédio, não como um brando Páris, mas como um novo Heitor sobre as muralhas de Troia.

— Tua *domus* é minha *domus*, patrão, e teus servos são também minha família. Fiz apenas o meu dever — esquivou-se com modéstia o administrador.

— Quero te recompensar, e logo; amanhã poderia ser tarde demais. Diz o que desejas.

— Somente a permissão para desposar Xênia, *domine* — respondeu o homem, vermelho como um pimentão.

— Mas Xênia te quer? — perguntou Aurélio, em dúvida.

— Não sei, na verdade ainda preciso achar coragem para perguntar... — admitiu Páris, um pouco envergonhado.

— Se ela aceitar, eu te dou minha bênção de patrono — concedeu relutante o senador, sem saber como levar Castor a aceitar isso. Depois liberou o fiel administrador com um gesto, fingindo não perceber as lágrimas de orgulhosa alegria que lhe brilhavam nos olhos, e se fechou na biblioteca.

As unhas bem tratadas afloraram os bastõezinhos de marfim e de tartaruga em torno dos quais estavam enrolados os papiros, numa carícia que revelava algo de voluptuoso, quase de perturbador.

Cada volume, alguns raríssimos, acuradamente conservados nos seus invólucros de tecido precioso, tinha lhe custado uma busca encarniçada, uma longa expectativa, compensando-o com o mesmo arrepio estimulante que ele sentia sempre que estava para obter os favores de uma mulher: e, quanto mais difíceis de conquistar eram os livros, ou a mulher, mais excitante era o prazer de esperar.

A mão se deteve sobre um velho tomo. Embora os cuidados dos cinco escravos bibliotecários tivessem mantido limpo o invólucro, uma camada de poeira que penetrara nos interstícios dos fólios testemunhava que aquele livro não era desenrolado havia muito, muito tempo.

A gramática etrusca de Cláudio, escrita quando o imperador era apenas um membro ignorado e ridicularizado da vasta família imperial. Os verbos complicados, que quase já ninguém conhecia, nem mesmo os habitantes romanizados daquela terra onde florescera uma das mais antigas e gloriosas civilizações do *Mare Nostrum*... Que paciência tivera Cláudio para metê-los na cabeça dele! Cláudio, o aleijado, o coxo, o paspalhão que, agora tornado Cláudio, o deus, finalmente governava o mundo na paz e na prosperidade.

Contudo, sempre havia alguém decidido a não permitir que ele o fizesse por muito tempo. Gente como Sérgio Máurico, ou como o general Fácio, traidores que conspiravam na sombra, prontos para o crime... e ele, Aurélio, não dispunha de nenhuma arma para defender seu imperador e amigo!

Estava prestes a encontrar César, para dizer que não havia conseguido, que não fora capaz de encontrar um só farrapo de prova do atentado imaginado por Máurico contra sua vida... Furioso, jogou longe o cálice de vinho quente e temperado com especiarias que lhe haviam servido pouco antés

Com um tilintar metálico, o copo de prata girou pelo mosaico do pavimento e, com um golpe surdo, foi parar contra a base da grande cadeira de ébano. Guinchando de medo, uma trouxinha de pelo, reluzente de rubis, deslizou-lhe entre as pernas e foi se refugiar atrás dos seus calçados.

— Fofinho... — murmurou Aurélio, pegando-o no colo como Nissa nunca mais voltaria a fazer, e começou a acariciá-lo devagar atrás das orelhas, por baixo da gargantilha cravejada de gemas. *É estranho que essa joia de ouro maciço não incomode o bichinho*, pensou. *E deve ser muito pesada...*

"O guardião dos meus segredos...".

As palavras de Nissa ecoaram em seus ouvidos e ele começou a apalpar febrilmente o precioso colar, removendo-o do pescoço do furão. O objeto era mais leve do que se podia supor; o interior devia ser oco!

Aurélio o examinou atentamente: de fato, havia uma espécie de fissura no fecho, bem embaixo do rubi maior, tão estreita que, para percebê-la, era preciso observar o colar muito de perto... talvez houvesse ali um compartimento secreto. Experimentou fazer uma leve pressão com os dedos, depois balançou e girou a joia para todos os lados: nada.

O furão o fitava curioso, com os olhinhos vivazes e brilhantes, vermelhos como os rubis que o patrício indevidamente lhe subtraíra. De repente começou a se esfregar nele, cobrindo-o de pelos luzidios. Ao varrê-los da túnica branca, Aurélio pegou um entre os dedos e o revirou lentamente: era finíssimo, mas incrivelmente robusto...

Então saltou de pé, enquanto Fofinho pulava no chão, assustado. Pegou o colar e inseriu o pelo na fissura, fazendo-o deslizar delicadamente. A joia se abriu, revelando o repositório secreto.

O patrício tirou dali duas folhas de um papiro finíssimo, bem dobradas entre as placas de ouro.

Na hora sétima, nos fundos, dizia a primeira, escrita por uma mão feminina que devia ser a de Sérgia, e Aurélio sentiu a raiva lhe subir das vísceras, imaginando Nissa a ler aquilo, confiante, antes de sair para a morte.

A outra era uma lista de nomes de generais, entre os quais se destacava o de Pápio Fácio, comandante da legião do Oriente.

CAPÍTULO XX

Sexto dia antes dos idos de julho

No dia seguinte, no corredor do Palatino, Públio Aurélio, sentado num banco de madeira historiada, esperava sem muito otimismo. Dentro das pregas da toga escondia os dois bilhetes e um talo oco de gramínea com duas agulhas dentro: não era muito, para denunciar uma conjuração. *E depois dizem que eu brilho pelo meu talento investigativo...* ironizou consigo mesmo, amargamente.

O pretoriano que vigiava a porta, mesmo fingindo olhar só para diante de si, não o perdia de vista um instante. O senador aguardava havia uma hora, com paciência, amarfanhando nervosamente o laticlavo púrpura da túnica, enquanto, para acalmar a ansiedade, observava o vaivém indiferente dos domésticos e dos guardas. Tinha visto passar até Palante, o poderosíssimo secretário do imperador, que, em poucos anos de carreira fulminante, passara de escravo a ministro.

O liberto havia parado à sua frente, observando-o ostensivamente, à espera da homenagem aduladora que, agora, até os nobres lhe tributavam humildemente, na esperança de cair nas suas graças. O senador Estácio o fitara de volta, com a testa franzida, como se em vão se esforçasse por recordar o nome dele. Palante, lábios apertados pela exasperação, tinha se afastado sem obter a devida reverência: um inimigo a mais, pensara Aurélio; àquela altura, porém, mais valia salvar o amor-próprio.

De repente, por cima da tagarelice ociosa dos servos emergiu um som agudo, poderoso e irremediavelmente desafinado, que parecia provir de um ponto impreciso atrás dos joelhos dos dois escribas parados em frente a uma escrivaninha. Estes olharam ao redor, perplexos, procurando a fonte daquele ruído incômodo.

O cantor apareceu de repente, despontando sobre o pavimento por entre as pernas dos dois funcionários: era um menino gorducho, armado de uma enorme cítara, da qual extraía uma terrível cacofonia de acordes penetrantes.

O pimpolho estava obviamente em busca de um público e, ao perceber o senador totalmente inativo no banco, apressou-se a emitir a última nota estridente, antes de perguntar o iluminado parecer dele.

— O que achas? — inquiriu, esperando ansioso o veredicto.

Aurélio mordeu a língua. Para um patrício de nobre estirpe, prestes a ser acusado diante do imperador, que sentido teria desiludir um pobre menino tão orgulhoso de sua voz, comunicando-lhe a tristíssima verdade?

— Estupendo, digno de Orfeu! — mentiu então, distraidamente, esperando que ele não recomeçasse.

— Quando crescer, vou ser artista! — declarou o garoto, extasiado. — Eu sou um poeta, um músico, não sou como todos estes burocratas! Imagina o tédio que é ser ministro, ou mesmo imperador! Gente miserável, mesquinha, que só pensa em dinheiro e não entende nada, nem de arte nem de melodia.

— Lúcio Domício, vem aqui, já! — chamou-o uma criada. — Quantas vezes eu já te disse que não deves importunar os convidados do teu tio-avô com esse tormento das tuas canções?

Aurélio estava para intervir em favor do menino quando a porta se abriu e um escravo lhe fez sinal para que se preparasse para comparecer à presença de Cláudio.

O imperador estava sentado à sua mesa de trabalho, lotada de documentos. De pé à sua frente, os Sérgios, irmão e irmã, fitavam ameaçadores o patrício.

— Aurélio... — começou Cláudio, embaraçado. — Tenho aqui uma denúncia muito grave contra ti. Máurico te acusa de teres assassinado Nissa na tua própria liteira. Diz que também atiçaste a multidão contra ele, instigando-a atacar sua casa, e afirma que estás procurando envolvê-lo falsamente num negócio de apostas manipuladas, organizado pelo lanista Aufídio. Certamente poderás demonstrar a falta de fundamento dessas acusações; o que tens a dizer em teu favor? — perguntou com uma voz cansada, que parecia subentender: "E eu que esperava tanto de ti...".

A essa altura, pensou Aurélio, melhor seria arriscar tudo. Com voz firme, começou a expor suas hipóteses, uma por uma, assim como os poucos fatos inquestionáveis, da zarabatana que matara Celidônio à poção adulterada que o gladiador tinha bebido e aos jogos falseados, passando por Túrio, Heliodoro, o Imundo, até chegar à conspiração. Quando pôs nas mãos do príncipe os dois crepitantes e inadequados pedacinhos de papiro que trazia como única prova, teve a impressão de ouvir o som de sua própria vida se despedaçando e, com isso, o rumor de um Império que lentamente desmoronava...

— Como eu te dizia, divino César, este homem está louco! — trovejou Máurico. — É impelido por uma aversão injustificada contra minha pessoa, que se tornou objeto de uma verdadeira perseguição! Peço formalmente que dês um fim a isso, César!

— Mas esse Imundo... — começou a retrucar Cláudio, consternado.

— Um desconhecido, de quem não sei nada... e onde estaria, afinal, admitindo-se que exista? — perguntou Máurico, exibindo um sorrisinho de escárnio.

— No Tibre — replicou Aurélio. — Como Vibão e todos os outros.

— Ouviste, divino? Ele raptou minha amante, matou-a na sua própria liteira, e agora...

— Não era tua amante, mas de tua irmã — declarou o senador, calmo, fitando Sérgia.

A mulher, empertigada, de cabeça erguida, sorriu zombeteira. Sabendo muito bem o quanto o velho Cláudio era sensível ao fascínio feminino, tinha se preparado caprichosamente para o importante colóquio: as maquiadoras haviam usado várias camadas de alvaiade para alisar sua pele estragada pelos anos e pela devassidão, até torná-la semelhante à de uma jovenzinha; contudo, o abuso do vinho e das drogas afrodisíacas, das quais, segundo se dizia, Sérgia fazia amplo consumo, transparecia do inchaço das pálpebras um pouco pisadas, sombreadas de negro. Aurélio se surpreendeu pensando que assim ficaria Flamínia, se a terrível doença não a tivesse desfigurado a ponto de não mais lhe permitir mostrar o rosto.

— Nissa confiava em ti, a seu modo te queria bem. E tu, Sérgia, foste entregá-la inerme nas mãos do Imundo! — disse com ódio, esperando intimamente que a jovem tivesse sido morta sem se dar conta da última e extrema traição.

— Mas o que achas que significa este papiro? — berrava Sérgio enquanto isso, como se uma basílica inteira tivesse de ouvir sua vibrante arenga. — Percebes, divino César, que este insano está enlameando a reputação de um heroico general do teu Império, só porque encontrou o nome dele na trela do bicho de estimação de uma atrizinha de segunda categoria? Imagina se alguém tivesse pedido a detenção de Júlio César por motim, com base no que estivesse escrito na coleira de um cão de guarda!

Cláudio não erguia os olhos das folhas de papiro. Cansadas, as pálpebras abaixadas transmitiam ao patrício uma mensagem amargurada. Aurélio teve a impressão de ouvir a voz balbuciante do seu velho mestre, através dos lábios fechados: "Em que confusão me meteste, Aurélio? Este delinquente matou, trapaceou, conspirou. Mas eu sou o imperador, e agora és tu que serei obrigado a prender. Não devias me fazer uma coisa dessas, maldito cabeçudo!"

— Solicito que seja levado a julgamento o senador Públio Aurélio Estácio por homicídio, calúnia e falso testemunho! Não podes me negar isso, divino César. O que diria o povo, já furioso porque mandaste teus pretorianos defenderem a casa deste louco? — escandiu Sérgio, colocando diante do príncipe seu ato acusatório.

O imperador permaneceu imóvel durante poucos instantes, que a todos pareceram longuíssimos: dividido entre o afeto pelo seu velho aluno e a impiedosa razão de Estado que o obrigava a favorecer seu assassino falhado, não conseguia se decidir a tomar a inevitável atitude. Com todo o seu coração, preferiria chamar os pretorianos, mandar deter Máurico e aquela puta da sua irmã e trancafiá-los no Mamertino, isentando Aurélio de culpa. Mas seu poder, imenso e frágil ao mesmo tempo, apoiava-se no consenso das grandes massas que, ao pé do Palatino, fervilhavam nas ruas e vielas da Urbe como formigas ocupadas, prontas a sentenciar, julgar, desencadear uma revolta.

A mão rugosa, sulcada por veias azuladas, ergueu-se imperceptivelmente, aproximando o anular, no qual brilhava o sinete imperial, da tinta escarlate que sancionaria o ato de acusação... O dedo se deteve no ar.

Como posso?, perguntou-se Cláudio. *De que me serve ser um deus na terra, se sou obrigado a sacrificar um velho amigo para comprazer o adversário que está tramando às minhas costas? Na verdade, o onipotente César é mais escravo do que o último dos seus escribas!*

Nesse momento, o rumor de uma balbúrdia proveniente do corredor interrompeu as amargas reflexões do imperador. César levantou a cabeça, espantado: quem ousava desencadear uma briga bem diante da sua porta?

— Numes do Olimpo, como foi que este facínora conseguiu chegar até aqui? Detende-o, é certamente um sicário pago para atacar a sagrada pessoa do imperador! — esbravejava o pretoriano de serviço, chamando os companheiros para ajudá-lo.

— Sicário coisa nenhuma, por Plutão, Netuno e todos os filhos de Reia! O senador Públio Aurélio Estácio está aguardando estes documentos, devo entregá-los a qualquer custo! O imperador precisa vê-los: eles contêm as provas de uma conspiração!

— Levai embora este agitador, imediatamente! — comandou o oficial, e os pretorianos agarraram o importuno, levantando-o do chão à força.

Mas enquanto isso Aurélio, desprezando qualquer etiqueta, já dera as costas ao senhor do mundo e se precipitara para fora.

— *Domine*, finalmente me escutaste — suspirou Castor, livrando-se agilmente dos dois robustos soldados que o arrastavam. — Cláudio, surdo como é, eu compreendo, mas tu...

— O que deseja este homem? — perguntava naquele momento o príncipe, que, coxeando com dificuldade, havia chegado à soleira.

— Entregar-te as provas da conspiração urdida contra ti por Sérgio Máurico e Pápio Fácio, como me foi ordenado pelo meu patrão Públio Aurélio Estácio! — respondeu Castor, triunfante, enquanto entregava nas mãos de Cláudio uma grossa pilha de cartas.

O velho abriu-as ainda de pé, junto à porta, apoiando-se ao umbral com a perna doente.

— Olha, olha... um acordo entre Máurico e Fácio, cinco anos atrás. Sérgio recomendando prudência ao general...

Aurélio, incrédulo, sentiu a excitação crescer dentro de si, enquanto sua boca se abria num riso de alegria. Nesse meio-tempo, Cláudio continuava a examinar as cartas:

— Os documentos sobre a traição de Fácio: uma trama suja com os partas, com a cumplicidade de Sérgio! Agora me lembro: uma patrulha foi atraída a uma cilada e ninguém saiu vivo. E olha aqui: há até uma carta de Sérgio a Cássio Quérea, durante o reinado de Calígula. Nela se fala da necessidade de suprimir todos os membros da família imperial, inclusive eu. Há o suficiente para convencer não somente Roma, mas todo o Império! Meus fiéis britanos, prendei este homem! — ordenou, gritando de júbilo, e dois gigantes de cabelos ruivos se lançaram de mãos nuas sobre o advogado, jogando longe suas compridas lanças com um gesto repentino. Aurélio viu uma delas chegar perto de sua cabeça, mas não teve tempo de se desviar: a pancada, por sorte, foi menos dura do que seria de esperar e só o feriu de raspão.

Um instante depois, lançava-se à perseguição de Sérgia, que fugia desesperada através dos aposentos do Palácio. Aproveitando-se da confusão, ela desaparecera ao longo do corredor e já quase alcançava a escadaria de honra que conduzia à saída.

De longe, Aurélio a discerniu chegando à escada, e compreendeu que não a alcançaria a tempo de detê-la. Agora quase a salvo, Sérgia gritou de alegria, descendo precipitadamente o primeiro degrau.

Um instante depois, o brado de triunfo se transformava num berro de terror. Aurélio chegou ao parapeito a tempo de vê-la despencar, de cabeça para baixo, e arrebentar-se no pavimento do átrio, com o pescoço quebrado como a pobre Nissa.

O senador fitou o corpo sem vida, agradecendo ao Fado por aquela queda providencial, que havia poupado a mulher da vergonha do patíbulo.

— É sempre um prazer ajudar um conhecedor de música! — saudou-o Lúcio Domício, balançando ostensivamente um pé enorme para sua idade e que, de tanto se exercitar em fugir às preceptoras, devia ter adquirido uma extraordinária destreza em dar rasteiras.

Com uma piscadela, o menino cumprimentou o patrício e, cantarolando, desceu saltitante a escada.

— Magnífico, Aurélio, magnífico! — abraçava-o Cláudio, agradecido. — Por um instante, achei que estavas prestes a capitular, embora, no fundo, soubesse que não falharias! — comemorou. — E teu amigo também foi formidável. Creio que não o conheço...

— Castor de Alexandria, para te servir, divino César! — apresentou-se o secretário, inclinando-se na sua mais obsequiosa reverência.

— Vem beber conosco, Castor, precisamos festejar. E nos próximos *ludi* eu te quero perto de mim, no camarote imperial — disse o imperador, e Aurélio tremeu, pensando no que o desavergonhado alexandrino poderia propor à desenvolta Messalina.

Os três ergueram as taças bem no alto para brindar, não sem ter derramado no chão algumas gotas de vinho, em agradecimento aos deuses propícios.

— A Marte e a Vênus, patronos de Roma! — disse Cláudio, oscilando levemente: sem dúvida, aquela não era a primeira taça de vinho do seu intenso dia.

— A Hermes, deus dos... — E Castor, dando provas de um tato inesperado, corrigiu seu brinde habitual, bem na hora em que iria pronunciar a palavra "ladrões".

— ...comerciantes! — terminou afinal, satisfeito pela fórmula inventada.

— Eu brindo a Claudio, o nosso deus! — disse Aurélio, erguendo o cálice.

Quando estavam para tomar o segundo gole, mais um som agudo e desafinadíssimo rompeu o silêncio e lhes feriu os tímpanos.

— Por caridade, mandai Lúcio se calar! — ordenou irritado o imperador, explicando: — Desde quando autorizei minha sobrinha Agripina, que ainda se encontra no exílio, a mandar seu filho para cá, meus ouvidos não conhecem paz!

O senador assentiu: conhecia Agripina, a irascível rival da Imperatriz. Avarenta, arrogante, sedenta de poder, a indigna filha do grande Germânico chegara a cometer incesto com o irmão Calígula para não perder a ascendência que mantinha sobre ele, enquanto o marido, Domício Enobarbo, assistia à torpe união sem protestar, ligado como era por sua vez à irmã Lépida por um afeto bem pouco fraterno. Pobre menino, aquele Lúcio, sujeito ao exemplo de semelhantes genitores... Felizmente, parecia sensível à arte, ainda que desprovido de qualquer talento.

— Deixa-o cantar, Cláudio, ele merece: prestou-nos um bom serviço! — riu Aurélio, contando sobre a oportuna rasteira.

— É um extravagante, como todos os Júlios-Cláudios — brincou o príncipe, já um pouco bêbado. — O mais normal sou eu, imagina!

E, num abraço de camaradagem a três, servo, patrício e imperador esvaziaram juntos os seus cálices.

Depois de duas horas de bebedeira e várias partidas de dados nas quais, para grande consternação de Aurélio, Castor não se privava de usar sua versátil habilidade de espertalhão contra o imperador em pessoa, o grego se retirou com o precioso convite para os *ludi*, deixando sozinhos os dois velhos amigos.

— O que posso te dizer, meu caro? Pedi que descobrisses o assassino de um gladiador, e tu interrompeste uma conspiração... eu sempre soube que eras competente, mas não acreditava que chegasses a tanto! — disse o velho, rindo.

— Tive sorte — esquivou-se modestamente Aurélio, esvaziando a última taça.

— Agora que te reencontrei, não te deixarei ir tão tranquilamente assim. Não esperes poder voltar aos teus livros, às tuas estátuas e às tuas fascinantes matronas... — e, aqui, Cláudio piscou o olho com cumplicidade: não era mistério para ninguém que o príncipe tinha um fraco pelas belas mulheres — ...deixando teu mestre de etrusco às voltas com todos os cartapácios do Império!

— Não me faças isso, Tibério Cláudio César — replicou o senador, tornando-se repentinamente sério. — Seria uma desfeita muito grande a um amigo que te ajudou.

— Realmente não queres? Tenho tão pouca gente em quem confiar...

— Tua mulher, teus ministros...

— Ah, Narciso e Palante são habilíssimos, certo, mas colocam seus interesses acima dos meus. E Messalina é jovem, muito jovem para mim — suspirou Cláudio com voz arrastada, entornando a enésima taça. O imperador tinha bebido muito, e já não reagia muito bem ao vinho. — Sei que ela tem amantes, o que achas? Não sou bobo, embora antigamente, antes de envergar esta púrpura, fosse chamado de "Cláudio, o idiota". Mas ela é quase quarenta anos mais nova do que eu, e devo fingir que não percebi nada, compreendes? Porque trair o imperador é um crime contra o Estado e, se a acusasse, eu deveria também condená-la. Mas ainda a amo, apesar de tudo; afinal, ela é a mãe dos meus filhos, Otávia e Britânico... São belíssimos, sabes? Parecem tanto com Valéria... ninguém diria que são filhos de um símio como eu!

Aurélio assentiu com um aceno de cabeça, em silêncio. Certo, Cláudio estava a par dos desenvoltos costumes de Valéria Messalina... mas até quando poderia se fingir de cego e surdo?

— Onde estávamos? Ah, sim, o cargo na corte — insistiu o príncipe.

— Não, Cláudio, esta é minha última palavra — endureceu o senador.

— Então, que seja como preferes, Aurélio. Mas, pelo menos, faz-me também tu a honra de te sentares ao meu lado amanhã, durante os *ludi* de gladiadores!

— Mas nada de ovações; meus tímpanos são muito fracos — recomendou o senador, escutando as falsas garantias do príncipe.

Aclamado na arena... bem, sobre muitas senhoras isso faria um efeito notável, consolou-se, e decidiu comparecer aos jogos.

CAPÍTULO XXI

Quinto dia antes dos Idos de julho

Na manhã seguinte, Castor se apresentou na soleira com um ar ainda mais exultante do que o costumeiro.

— Como conseguiste, filho de um Nume e uma cabra? Como conseguiste, por Hermes imortal? — saltou Aurélio, dando-lhe um tapinha no ombro. — És grande, meu amigo, és único!

— Não precisei fazer nada, *domine* — esquivou-se o alexandrino, com falsa modéstia. — Simplesmente, bastou-me solicitar um favor.

— De quem? — perguntou Aurélio, sem compreender.

— De quem podia saber da conjuração e, ao mesmo tempo, dispor-se a revelá-la. De alguém que viveu muito tempo no Oriente, em estreito contato com o general Fácio, e, quem sabe, talvez tivesse até participado diretamente da conspiração... De uma pessoa que foi poderosa, mas não tem mais nada a perder, e que, apesar de tudo, não quer te ver arrastado na lama. Toma, aqui está: é para ti — disse o grego, estendendo ao patrício um bilhete sem assinatura nem lacre, escrito numa elegante caligrafia feminina, com uma só palavra: *Vale*!, fica bem.

— Flamínia! — exclamou Aurélio, estupefato. — Logo ela, que nunca me suportou! Fomos obrigados a nos casar por razões de interesse, e nossa breve vida em comum se transformou num tormento para ambos.

— Talvez tenha percebido um pouco tarde que havia te julgado mal — comentou o alexandrino com uma pontinha de óbvia ironia.

— E tu, Castor, como soubeste de Flamínia? Quando te conheci em Alexandria, eu e essa mulher estávamos divorciados havia anos, e ela já vivia na Síria — espantou-se Aurélio.

— Um escravo esperto deve prestar muita atenção à escolha do seu patrão, *domine*: em Alexandria, antes de me deixar comprar, tomei minhas informações.

— Mas se eu te tirei já meio morto de um patíbulo! — exclamou Aurélio, que obtivera a posse de Castor depois de subtraí-lo à ira dos sacerdotes de Amon, decididos a supliciá-lo por uma colossal embrulhada que o grego havia urdido contra eles.

— Certo, *domine*. Na emergência do momento, não pude me preocupar muito com sutilezas, mas depois tive condições de fazer meus cálculos.

— E eu fui aprovado no exame — constatou o patrício, desconcertado. Com que então, sua vida jamais tivera segredos para Castor, desde o início. — Ainda bem! Quando penso que corri o risco de ser rejeitado... — ironizou.

— Eu sei avaliar os homens, patrão; compreendi logo com quem estava lidando — tranquilizou-o orgulhosamente o grego.

Inestimável Castor, pensou Aurélio num impulso de afeto, e de repente se lembrou de Xênia: que absurdo havia sido prometê-la como esposa a Páris, traindo a confiança do seu fiel secretário!

Nesse instante ouviu-se a voz de Servílio, que, tendo penetrado ruidosamente no vestíbulo, vinha cumprimentando toda a *familia* dos servos. Domésticos, escravos, criadas, ajudantes, libertos, até o sonolento porteiro Fabello eram objeto de cálidas congratulações por parte do bom cavaleiro.

— Bravo, bravo! — continuava ele a repetir. — Alegrai-vos, Roma inteira fala de vós!

— Cavaleiro... — saudou-o Castor, retirando-se rapidamente.

— Minha fama chegou às estrelas, Aurélio; sou amigo do salvador do Império: hoje de manhã, meu átrio regurgitava de *clientes*, e Pompônia está preparando um banquete grandioso em tua homenagem, para a noite depois dos *ludi* — comunicou o excelente Tito, feliz, mas de repente se ensombreceu. — Nissa não estará, pobrezinha... — murmurou, abatido.

Mais uma vez, Aurélio decidiu calar sobre suas relações com a *mimula*. Àquela altura, de que serviria revelar a Servílio como haviam sido realmente as coisas? Não queria que o amigo se sentisse diminuído em sua dignidade viril, se viesse a saber quão pouco fiel a amante lhe havia sido: assim, Nissa permaneceria para sempre nos seus sonhos secretos...

Mas Tito mantinha os olhos baixos, embaraçado, resmungando algo incompreensível.

— Sabes, Públio, eu amo terrivelmente minha Pompônia. Nestes últimos dias, então, ela está tão estranha, tão diferente... Ririas de mim se eu te confessasse que minha mulher ainda me fascina, depois de tantos anos de casamento?

— Não, pelo contrário! É uma coisa belíssima! — declarou Aurélio, jubiloso. Agora, sim; o bom e velho Servílio tinha redescoberto sua gorda matrona. — E me congratulo contigo, vós dois formais um casal estupendo. Fica tranquilo, eu jamais falarei à tua mulher sobre aquela escapadela com Nissa.

— Na verdade, minha história com ela... — O balbucio do cavaleiro ficou mais confuso. — Pois bem, o fato é que isso nunca existiu — sussurrou ele por fim, contrito.

— Como? E a faixa inguinal que me trouxeste? Era dela, eu me lembro muito bem! — protestou o patrício.

— Perdoa-me, Aurélio, eu te preguei uma mentira. Parecias certo de que eu não podia conquistá-la, não estava à altura, e então... quando o teu secretário propôs me vender aquela peça, não resisti à tentação de te enganar.

— Castor! Aquele maldito impostor me ludibriou em dez *nummi*! — exclamou Aurélio, raivoso. Esteve para mandar chamá-lo, mas logo mudou de ideia. No fundo, dez *nummi* por salvar da catástrofe o próprio patrão, para não falar de todo o Império romano, não eram uma cifra excessiva.

— E dois áureos ele ganhou de mim, pela faixa — acrescentou Servílio, consternado. — Mas não o reproves, fui eu que agi como um estúpido, correndo atrás de uma mocinha, quando tinha ao meu lado uma mulher excepcional como Pompônia! Por sorte, ela nem percebeu meu deslize... Agora está tudo acabado, mas lamento muito por Nissa — repetiu, acariciando Fofinho, que, desde o desaparecimento de sua dona, estabelecera residência permanente sobre os joelhos de Aurélio.

— Eu também... ela não passava de uma menina que cresceu muito depressa — declarou o senador, triste, despedindo-se do amigo.

Pouco depois, ao se encaminhar para seu cubículo a fim de repousar, Aurélio teve a surpresa de encontrar no corredor o gladiador Gálico. Este parecia haver perdido totalmente sua compassada frieza: de fato, foi num tom quase desesperado que começou a desafogar uma raivosa animosidade contra o aristocrático senhor.

— Magistrado trapalhão, intrometido! — gritava o reciário, furioso. — Mais um dia, e eu estaria arranjado! Se tivesses esperado só um dia para salvar o Império, eu conseguiria salvar minha pele!

— O que faz este indivíduo na minha casa, Castor? — irritou-se o senador. — Minha *domus* está parecendo uma sucursal do Foro; toda a Roma aparece aqui, e sem meu conhecimento! Realmente, terei de substituir Fabello e arrumar um ostiário decente!

— Estás falando sério, *domine*? — escandalizou-se o secretário. — Quem compraria como porteiro um velho escravo dorminhoco? Deixa-o repousar, é melhor, e vai dormir tu também. Já resolveste tudo, e podes usufruir os frutos do teu trabalho.

— Mas ainda não terminei: falta fazer uma coisa — divergiu Aurélio.

— Que coisa, por todos os Numes do Olimpo? — gemeu Castor, temendo um novo encargo.

— Prender o assassino de Celidônio — respondeu o patrício, deixando petrificado o secretário.

CAPÍTULO XXII

Terceiro dia antes dos idos de julho

O anfiteatro de Statilius Taurus estava inacreditavelmente lotado. Em fila desde a noite precedente, os mais afortunados haviam conseguido um lugar nos degraus de madeira, enquanto muitos outros se amontoavam em precário equilíbrio sobre os próprios muros da grande arena, arriscando-se a cada instante a um empurrão fatal. Seis pessoas já haviam caído das arquibancadas, abatendo-se no solo, mas uma grande multidão ainda se acotovelava para entrar. Até mesmo na tribuna senatorial, os bancos de mármore não tinham um só lugar disponível, porque ninguém quisera renunciar ao grande acontecimento.

Nos subterrâneos da arena, os atletas estavam tensos e superexcitados. *Aquele* era o grande dia: o primeiro espetáculo gladiatório após a morte de Celidônio, a oportunidade, para cada combatente, de obter o trono vazio e de assumir no coração do público o lugar do campeão tombado.

Os mirmilões volteavam as espadas e verificavam a resistência dos seus escudos gálicos contra os muros de pedra; os trácios prendiam as caneleiras, sem perder de vista o pequeno punhal recurvo destinado a estraçalhar as vísceras do adversário; os samnitas conferiam o elmo e experimentavam com o dedo o fio de suas compridas adagas. No meio de todos, Hércules, o sármata, certo do triunfo iminente, batia no peito, ameaçador, lançando horrendos gritos de guerra para enfraquecer o ânimo dos adversários; Arduína ria, distribuindo vigorosos tapas nas costas dos companheiros, sem discriminar aqueles que morreriam em suas mãos dali a pouco; Quadrado, muito abatido, sentava-se num canto, escutando o rugido das feras, resignado ao seu destino.

Longe de todos, Gálico circulava inquieto, percorrendo a passos largos o pavimento lajeado: por Ares, um dia, só mais um dia, e seu período de serviço expiraria! Os Numes da Grécia e de Roma o tinham abandonado ao seu destino; para eles, sentados em seus tronos ebúrneos no alto do Olimpo, o celta não passava de um bárbaro...

Pela primeira vez depois de muitos anos, o jovem relembrou a cabana onde crescera, o pai de bigodes ruivos e pernas cobertas por longas bragas, do qual sempre se envergonhara, o mundo, as pessoas, os deuses que ele havia renegado para se tornar romano: túnicas bordadas, em substituição aos rústicos trajes de lã, casas de pedra em vez de tugúrios enlameados, os cabelos curtos, o banho cotidiano, o som doce do latim... e, a certa altura, percebera que só recordava poucas palavras da sua língua materna, e se surpreendera quando sua boca habituada ao vinho não suportou mais o sabor amargo da *cervesia*. Sim, tinha conseguido tornar-se romano da cabeça aos pés, e estava prestes a obter sua recompensa: o privilégio de morrer pelo divertimento dos seus civilizadíssimos conacionais... Bastaria um dia, só um dia, repetiu a si mesmo, e buscou na memória o nome de um deus a invocar, não grego, não latino; um deus dos druidas. Não o encontrou.

Então, girando no dedo o anel azul, seu único talismã, empunhou o gládio e se dirigiu para a arena, aceitando o Fado diante do qual todos, livres ou escravos, celtas ou romanos, deviam inclinar a cabeça.

Das arquibancadas, nesse meio-tempo, elevava-se um único e trovejante brado de entusiasmo. O imperador tinha chegado.

Cláudio saudou a multidão glorificante com amplos gestos de júbilo. À esquerda, Castor, elegantíssimo num quíton grego novo em folha, alisava com satisfação a barbicha bem tratada, não sem lançar longas olhadas assassinas à bela Valéria Messalina, que, como era sabido, na presença de um homem interessante não sutilizava muito em matéria de diferenças sociais.

A certa altura o grego franziu a testa: bem ali, embaixo do baldaquino de honra à direita do casal imperial, deveria estar em pompa magna o seu senhor e patrão, pronto para ser aclamado.

Mas o assento estava vazio.

Aurélio entrou sem dificuldades no corredor subterrâneo: os guardas não ousaram barrar a passagem do grande festejado, do salvador do Império que a multidão se preparava para aplaudir.

— Quando será a tua vez? — perguntou o senador, dando um tapinha no ombro de Quadrado.

— No final. Eles esperam que o público já esteja saciado de sangue, para mandar à arena os mais fracos. Assim, me dão mais umas duas horas de vida — respondeu o gladiador, com lágrimas nos olhos.

— Podes conseguir, Quadrado! Combate, vende cara a tua pele, não és inferior aos outros. Apostei 500 sestércios na tua vitória!

— Vê-se que tens dinheiro para desperdiçar, nobre Estácio — disse o infeliz, abrindo os braços. Com um suspiro, Aurélio se afastou, deixando-o só.

Grande parte dos atletas já se encontrava na arena, para a batalha geral, o massacre em massa: os campeões se exibiriam depois, individualmente, no corpo a corpo e nos confrontos com as feras.

Arduína acompanhava o combate por uma claraboia, brandindo a comprida lança com a qual pretendia enfrentar, sozinha, um bando de lobos. Nos cabelos, que mais pareciam estopa, espetava-se uma rosa seca, atravessada sob o elmo.

Só percebeu Aurélio quando ele já estava atrás dela.

— *Ave*, senador, estamos batalhando, hein? — riu a britana, excitada.

O patrício lhe tirou das mãos a hasta e sentiu seu peso, concordando.

— São muito leves, estas lanças britanas. Notei a primeira vez quando segurei a tua, na caserna, e a segunda no Palácio, quando a do pretoriano de guarda me caiu na cabeça. À diferença dos tridentes dos reciários, devem ser ocas.

— E daí? — perguntou a mulher, surpresa.

— Oca, e com um diâmetro suficientemente largo para funcionar como uma zarabatana. E tu sempre viveste e combateste nos bosques da tua ilha, onde abunda o heléboro... Li num novo tratado de geografia que também o usais para caçar com flechas envenenadas; portanto, tu certamente o conhecias. Aposto que, para torná-lo mais eficaz, deixaste essa substância macerar nas feridas dos cadáveres recolhidos ao *spoliarium*. Por que mataste Celidônio, Arduína?

A mulher o fitou com os olhinhos pequeninos e cruéis, e Aurélio vislumbrou neles um brilho de astúcia ferina.

— Assuntos meus, senador! — retrucou a britana, com um riso vulgar.

— Creio que sei: tu o amavas.

— Um enamoramento passageiro, só isso. Eu nunca disse a ele.

— Eu, porém, acho que Celidônio sabia muito bem, e até havia comentado com Túrio — murmurou Aurélio. — Será que o mataste por ciúme?

O rosto da britana mudou de expressão, e a careta histérica se transformou numa máscara de raiva e dor.

— Não, suas aventuras não me importavam nem um pouco. A razão foi outra, e vou te dizer qual, senador, porque talvez sejas o único em condições de compreendê-la: de todos os homens que conheci, és o único que me tratou como uma mulher, e não como uma zombaria da natureza... Sim, Celidônio percebeu que eu tinha um fraco por ele, e me fez crer que nós dois podíamos ficar juntos... Fui até sua cela, tinha me lavado e penteado para ele, achando que faríamos amor.

Arduína inclinou a larga face grotesca, sobre a qual pendia a rosa, e cuspiu no chão, com repulsa.

— Como se divertiu, aquele porco! Ficou ali, com as mãos na barriga, balançando-se de rir, gritando: "Caíste, idiota, és tão estúpida a ponto de acreditares que eu queria ir para a cama contigo!" Então, eu soube que devia matá-lo.

Aurélio assentiu. Uma tal rejeição era o pior insulto que alguém podia infligir a uma mulher, e Arduína sempre fora mulher, sob aquele aspecto grotescamente masculino: desgraciosa, feia e brutal, mas sempre mulher e, como todas as outras, capaz de amor, orgulho... vingança.

— Também mataste Túrio, que sabia da humilhação que sofreste. Mas por que o olho de pupila dupla encontrado sobre seu cadáver?

— Ah, isso! Não fui eu que o deixei na cela; aliás, encontrei um igual no meu alojamento. Era Hércules, aquele animal, quem nos colocava esses amuletos sorrateiramente, pretendendo nos lançar mau-olhado! Eu não tinha problemas com Túrio: ele era um bom homem, no fundo, mas também o único a saber o que acontecera entre mim e Celidônio: eu não podia deixá-lo viver, mais cedo ou mais tarde ele descobriria que a culpada pela morte do campeão era eu... No início, esperei que, confundido pelas relações de Celidônio com os Sérgios, Túrio não se desse conta de como haviam sido realmente as coisas. Mas ele deve ter recordado que me havia visto usando a zarabatana: começou a me olhar de modo estranho, e eu ouvi quando pediu uma conversa contigo, então tive de eliminá-lo. Ninguém jamais deveria saber como Celidônio se permitira me tratar, a mim, uma princesa britana!

Aurélio baixou a cabeça. Assim, por uma série de inacreditáveis circunstâncias, a vingança de uma mulher ofendida em sua íntima feminilidade salvara a vida do próprio César!

Arduína a se pentear, a se preparar para o colóquio de amor, talvez o primeiro da sua vida... o senador sentiu um impulso de simpatia, de compreensão por aquela donzela aprisionada num corpo rude de virago, e se inclinou para a frente com um gesto espontâneo, na intenção de lhe oferecer conforto.

O busto disposto ao abraço encontrou o ferro, bem à esquerda do esterno, sobre o coração.

— Devo matar também a ti, nobre Estácio, e lamento, porque és o único homem no mundo que algum dia me deu flores — concluiu Arduína, pressionando o pique contra o tórax de

Aurélio. — Mas não devias ter vindo me procurar: a conspiração dos Sérgios havia arrumado tudo, lançando toda a culpa sobre Túrio...

Com um salto, Aurélio se jogou no chão, enquanto o ferro afundava no ar. Praguejando, Arduína o alcançou com um soco nas costas, enquanto lhe assestava um poderoso pontapé, reforçado pelas grevas de metal. Caído de costas, com a cabeça dolorida voltada para trás, Aurélio viu o pique descer, implacável: seria morto pela mão de uma mulher, ele que as amara tanto...

A ponta acuminada, impelida com inaudita violência, estava a um palmo do coração aflito quando encontrou uma resistência inesperada: no último instante, quando o pique já ia afundar na carne, um gládio se interpôs entre a terrível lança e o peito de Aurélio.

As duas armas se chocaram com um ruído estridente. O patrício, apertando os dentes pela dor, rolou pelo pavimento e agarrou as pernas da gladiadora, que numa só estocada já desarmara o inepto adversário.

Arduína caiu no chão e Aurélio saltou em cima dela, enquanto Quadrado fugia sem sequer recolher sua espada.

Apesar de sua razoável força, ao senador não foi fácil imobilizar a britana. Lutaram demoradamente, atracados em silêncio; e quando, no fim, Aurélio a dominou, ela tentou se soltar com fúria, até que, já sem forças, permaneceu imóvel.

— Atentei contra a vida de um magistrado romano, vou ser crucificada — ganiu Arduína, como um animal ferido. — Eu, que queria cair com as armas em punho, como os meus antepassados...

Aos poucos o patrício foi aliviando o aperto, não sem se assegurar previamente de que pique e espada estavam fora do alcance da terrível gladiadora.

— Arduína, onde estás? — gritou do corredor uma voz. — É a tua vez, estão soltando os lobos, são cinco e não comem há dois dias!

Aurélio se levantou, soltando sua prisioneira.

— Princesa Deirdre, queres morrer como britana? — perguntou, brusco. — Então, vai, estão te chamando!

A mulher se ergueu às pressas, incrédula.

— Irei, se fores me ver, senador. Hoje, combaterei só para ti... — respondeu, com um meio sorriso. Em seguida, voltou-se para o guardião das feras e berrou: — Ei, eu quero dez daqueles lobos! Por acaso acreditais estar lidando com uma desmilinguida?

Recolheu o pique e o empunhou com força; então tirou o elmo para ajeitar melhor a rosa nos cabelos e se voltou para o senador desarmado, fingindo uma estocada.

Enquanto Aurélio, amedrontado, saltava para trás, a britana retraiu a arma e o saudou com uma risada:

— *Ave, Aureli, moritura te salutat!*

Depois dirigiu-se às pressas para a alvura ofuscante da arena.

— Com dez lobos, ela jamais se safaria! — exclamou o novo lanista. — O que lhe deu na cabeça?

— Que coragem, porém: esquartejou mais da metade, antes de ser estraçalhada! — comentaram os *doctores*, admirados.

— Mas por quê, afinal, não se contentou com enfrentar cinco feras, como havíamos estabelecido? Ela era uma das atrações mais requisitadas da arena! Celidônio, Túrio, Heliodoro e também Arduína: teremos de fechar o negócio — lamentou-se o lanista.

— Mas Hércules, o sármata, continua — tentou objetar humildemente o escravo que polia as espadas.

O lanista se voltou para encará-lo: aquela voz baixa e respeitosa tinha algo de conhecido... ele a recordava forte e terrível, capaz de fazer tremerem até as pedras.

O escravo levantou a cabeça e os *doctores* o reconheceram, surpresos: Aufídio, embora um pouco machucado pelas tenazes do carrasco, ainda se mostrava substancialmente inteiro, e devia agradecer aos deuses por ter salvo a vida submetendo-se à servidão.

— Hércules morreu, ele também, aquele deficiente! — revelou-lhe o novo lanista. — Tinha acabado de derrubar um samnita e não resistiu a lhe virar as costas para receber o aplauso do público. Assim, o adversário teve tempo de se reerguer e ultrapassá-lo com a adaga. Agora só me restam os refugos, os inúteis como Quadrado... A propósito, onde está? Aquele lá é capaz de escapar, ao passo que morrem todos os meus atletas ainda em condições!

— Estou aqui — apresentou-se o gladiador, armado até os dentes. — Desta vez, não passarei vergonha.

— Pois bem, vai logo, e morre de uma vez! — berrou o lanista, exasperado. — E pede aos deuses que isso aconteça, porque, se sobreviveres, vais te ver comigo, velhaco indolente!

Quadrado baixou a cabeça e fez menção de caminhar para a arena.

— Um momento, este homem me pertence — disse Aurélio, emergindo da sombra.

— Mas ele faz parte da equipe imperial... — objetou o lanista.

— O imperador me cedeu Quadrado, em troca dos meus serviços.

— Não é possível, ele foi condenado por um tribunal.

— César em pessoa assinou a graça, poucos instantes atrás — declarou o patrício, balançando embaixo do nariz do outro um papiro enrolado.

— Fizeste uma boa aquisição, nobre Estácio: este incapaz não chegará vivo a esta noite — ironizou o lanista, afastando-se.

— Não lhe dês ouvidos, *domine*; eu saberei te fazer ganhar aqueles 500 sestércios — prometeu Quadrado. — Verás: também me tornarei um campeão.

— Que pena — suspirou Aurélio, decepcionado. — Eu preciso de um bom feitor para uma propriedade nos montes Albanos, pertinho da Urbe, e achei que podia contar contigo.

— Um sítio... no campo? — perguntou Quadrado, com expressão incrédula.

— Bem, é um pouco mais do que um sítio. Há quem o defina como um latifúndio, mas, se não queres dirigi-lo... pensei que tua experiência com a terra pudesse me ser útil, mas agora que decidiste bancar o ás da arena...

— Patrão! — exclamou Quadrado, com lágrimas nos olhos, e se lançou aos pés do patrício, beijando-lhe as mãos.

— Levanta-te, Quadrado. Sou eu, Públio Aurélio Estácio, senador de Roma, que devo me ajoelhar diante de quem me salvou a vida... Agora, chega destas cerimônias todas. Acompanha-me até minha casa; creio que tenho umas duas costelas quebradas!

— Golpeava com força, aquela virago, hein? Mas eu a detive! — afirmou Quadrado, endireitando-se com orgulho para escoltar seu novo patrão para fora do anfiteatro: se alguém quisesse atacar o *dominus*, teria de se ver com ele...

Quando, apoiado no bom Quadrado, Aurélio finalmente pôs os pés no vestíbulo da sua grande *domus*, Servílio e Pompônia já se encontravam ali à sua espera, exultantes.

— Ah, Aurélio, que comoção! Quando a multidão aclamou o salvador de César, não pude conter as lágrimas. E viste como

Messalina te comia com os olhos? — disse feliz a matrona, abraçando-o e fazendo ondular o altíssimo penteado flamejante. Eliminado o perigo da rival, ela voltara rapidamente a se arrumar de modo excêntrico e vistoso; e, como primeira providência, apressara-se a tingir os cabelos de vermelho com a espuma batava.

— Cláudio te cobrirá de benefícios — preconizou Servílio, que, indiferente às honrarias formais, dava mais valor à moeda sonante.

— Já pedi minha recompensa, e me foi concedida — declarou o patrício apontando o ex-gladiador Quadrado, que sorriu amavelmente, fingindo não notar o olhar decepcionado do cavaleiro.

— Agora, chega de cumprimentos. Chamai o médico Hiparco. Fui atacado e creio ter algum osso quebrado — ordenou Aurélio, comprimindo o peito dolorido. — Mas por que Castor e Páris não apareceram para me receber?

— Aqui estamos, *domine*! — responderam os dois, em uníssono.

Com o andar cansado, Castor e Páris se adiantaram, carrancudos, do fundo do átrio; ambos estavam envoltos na berrante seda verde da Taprobana, originariamente destinada à cortesã Cíntia.

— O médico já está aqui — afirmou o secretário.

O excelente Castor, alegrou-se Aurélio, sempre atento à saúde e ao bem-estar de seu *dominus*...

— Vai te examinar agora mesmo... — acrescentou o intendente.

E também o bravo Páris, honesto e fiel administrador, solícito a qualquer necessidade do seu senhor, pensou o patrício com satisfação.

— ... assim que terminar com o outro paciente! — concluíram em coro os dois libertos.

Nesse momento, a porta do cubículo de Xênia se escancarou e Hiparco saiu, seguido pela criada.

— Ele vai se recuperar, doutor? — perguntou a jovem, em tom preocupado.

— Tem muitos ferimentos, mas nenhum é suficientemente grave para levá-lo ao túmulo — animou-a o médico. — Certo, ele teve muita sorte: de nove golpes de gládio, nenhum feriu um órgão vital! Com teus cuidados assíduos, logo estará de pé; o amor de uma mulher pode fazer milagres.

Aurélio, embasbacado, viu Xênia estalar um grande beijo na face do médico e correr feliz para o enfermo.

— Foste muito generoso em hospedar aquele gladiador e em submetê-lo à minha consulta arcando com os custos, só porque é o noivo da tua escrava... — comentou o médico voltando-se para o senador, enquanto lhe apalpava as costelas fraturadas. — Verás que te reembolsará as despesas: obteve uma rescisão fabulosa, após o combate. O novo lanista lhe ofereceu uma fortuna para renovar o contrato de serviço, mas ele recusou. Quer se dedicar ao teatro, junto com a moça. Vais vendê-la a ele, não é? Ainda não consegue acreditar que escapou: diz que foi salvo da morte na arena pelo anel que ela lhe dera como prova de amor...

— Aposto que é uma joia de lápis-lazúli, com um leão rampante sobre a pedra! — gemeu Aurélio, começando a entender alguma coisa. Eis por que Gálico circulava com tanta frequência pela sua casa!

— Sim, um objeto de delicada feitura. Essa Xênia tem bom gosto! — afirmou o médico, despedindo-se.

— A nós, não parece mesmo! — comentaram juntos Páris e Castor, olhando-o de soslaio.

CAPÍTULO XXIII

Idos de julho

Os grandes festejos tinham acabado na noite anterior, com o fabuloso banquete de gala oferecido por Pompônia, que para a ocasião se apresentou nos trajes de Ísis Regeneradora, ao lado de um Servílio vestido de faraó.

Na *domus* de Aurélio, contudo, a atmosfera ainda se ressentia da imprevisível defecção de Xênia. Castor, nervoso, andava a esmo pelos corredores, lúgubre como uma novilha diante da ara do sacrifício.

— Ora, vamos, não consigo crer que te importavas tanto com ela — tentava consolá-lo Aurélio.

— Ah, *domine*, que mãos tinha... doces nas carícias e levíssimas em subtrair a bolsa! Na verdade, foi embora com as minhas economias, desaparecidas junto com as lembranças mais queridas, além de todas as fíbulas que eu te havia roubado em tantos anos de honrados serviços!

— Vais te recuperar com o presente que o imperador te deu — animou-o o patrício, no fundo felicíssimo porque a ladrazinha havia escolhido Gálico, em vez do seu ardiloso secretário ou, pior ainda, do seu honesto administrador. — E também daqui a poucos dias partiremos para Baia, onde vais dispor de consolo. Nas termas há um monte de senhoras ansiosas por serem cortejadas.

— Não posso esperar Baia, estou muito deprimido. Eu precisaria de um alívio imediato: seria uma bela atitude da tua parte se me proporcionasses alguma distração...

— O que me dizes de uma visita ao bordel, Castor? Escolherás a jovem que quiseres.

O grego o encarou, escandalizado.

— Fazes de mim um homem desprezível, patrão, se pensas que uma *lupa* fedorenta pode substituir a inimitável Xênia no meu coração!

— Então, uma mulher mais refinada, uma hetera, talvez...

Castor readquiriu vida:

— Eu estava pensando em Cíntia, *domine*; poderíamos ir juntos!

— Mas é a cortesã mais cara de toda a Roma! Entre seus clientes, só há ministros e senadores... — tentou protestar Aurélio debilmente, mesmo já sabendo que cederia ao pedido.

— Ótimo, vou vestir a túnica e partiremos! — saltou o alexandrino, ágil.

Este comediante sem dúvida não tem o coração partido como quer me fazer crer, meditava Aurélio. *Mas Páris, sim, este recebeu um rude golpe: coitadinho, tinha alimentado tantas ilusões...* De fato, fazia três dias que o intendente se entocava no seu quarto, como um animal ferido...

E naquele momento o animal ferido apareceu à porta, trajando a veste verde idêntica à de Castor, única lembrança da amada infiel. O rosto glabro e emaciado mostrava-se muito maltratado pela desgraça, mas, no fundo dos olhos doloridos, lia-se uma nova e desconhecida determinação.

— Escutei onde ides vós dois. Voltareis tarde, imagino.

— Não te preocupes, Páris; vai dormir cedo, não precisas nos esperar — liquidou-o apressadamente Aurélio, que, conhecendo bem o pensamento do morigerado intendente sobre as cortesãs, desejava evitar a enésima reprimenda.

— Não se trata disso, patrão... — hesitou o liberto.

— Então, diz: precisas de alguma coisa, uma tisana sonífera, um tônico? — ofereceu o patrício, pressuroso, não ousando propor o conforto de um bom cálice de vinho ao frugal administrador, rigorosamente abstêmio.

— Na verdade, eu estava pensando... — O intendente ficou vermelho de tanta vergonha, e depois murmurou algo incompreensível.

— Como? — perguntou Aurélio, que não havia captado nada.

Páris recolheu todo o fôlego de que dispunha para emitir um só e breve sussurro:

— Pois é, eu me perguntei se por acaso não poderia ir convosco — soltou afinal, baixando a cabeça para esconder o embaraço.

Aurélio, boquiaberto, não conseguiu dizer nada.

De repente ouviu-se um baque surdo junto à porta. Castor, que chegara à soleira a tempo de ouvir o assombroso pedido de Páris, havia despencado no chão, desmaiado.

Pouco depois, a longa procissão de escravos nomencladores, *salutigeruli* e flabelíferos se preparava para iniciar a caminhada.

Aurélio abriu os *specularia* de vidro opaco da liteira nova em folha e se instalou entre Páris e Castor, esplendorosos na seda verde.

— Passagem para a liteira do senador Estácio! — gritaram os anunciadores, agitando os *funalia*.

No fim das contas, quis o destino que aquele tecido acabasse indo parar na casa de Cíntia, pensou o patrício, agora alegre, enquanto o cortejo precedido pelas tochas começava a se desdobrar pelas ruas lotadas e barulhentas da Capital do mundo.

NOTA FINAL DA AUTORA

Devo admitir que imaginei um romance policial sobre o mundo dos gladiadores desde o início, quando concebi a ideia de uma série do gênero ambientada no Império Romano. Porque série devia ser *necessariamente*, esta dos *mysteries* latinos de Públio Aurélio Estácio, dada a impossibilidade de reduzir a Roma do século I depois de Cristo a um único romance sem naufragar nos escolhos da ribombante retórica lictória ou naqueles, não menos letais, da festiva abordagem hollywoodiana. Esta é a desculpa oficial: também eu, como o senador Estácio, tenho um bom estoque de álibis morais para justificar meus impulsos secretos.

Na realidade, o motivo autêntico, aliás muito válido, deve ser buscado no amor desatinado pela narrativa seriada, cujo confortante padrão repetitivo me permite enfrentar temáticas novas com um modesto trabalho, ancorada, como é a trama de cada episódio, sobre personagens fixos e agradavelmente previsíveis: encontrar nas páginas de um romance figuras já conhecidas é como rever amigos de longa data e informar-se sobre suas peripécias recentes.

Fundamentalmente fiéis a si mesmos, os heróis seriados se movem num mundo em lenta transformação, no qual a ruptura dos hábitos se torna fonte de regozijo para o apreciador, que, podendo espiar os pensamentos mais recônditos dos protagonistas, tem condições de prever os futuros desdobramentos da situação. Portanto, pode acontecer que Bertie Wooster deixe crescer o bigode, que o misantropo Nero Wolfe se aventure fora do velho prédio de arenito, que o imperturbável senhor Spock tenha uma paixão fulminante, que a esportivíssima Piperita Patty compre um vestido de babados, que James Bond se case, que o casto liberto Páris entre no meio da noite no cubículo de uma criada, que a matrona Pompônia se torne adepta do culto de Ísis ou que Públio Aurélio se demita do Senado. Todo mundo sabe, porém, que essas eventuais transgressões serão remediadas antes da última página.

Apesar disso, a série não é fixa. Os heróis desabrocham, crescem, amadurecem, envelhecem, aposentam-se, às vezes morrem. O pequeno Harry Potter começa a paquerar as meninas, Steve Carella põe no mundo dois gêmeos, o capitão Kirk se torna almirante e, de jovem sabichão que era, Ellery Queen se transforma em sisudo cavalheiro.

Eu poderia prosseguir mais um trecho com este elogio, mas me contenho, porque se trata obviamente de outro álibi. Na verdade a série, amável vício de muitos, é uma necessidade absoluta para quem, como eu, tem atrás de si uma infância agradavelmente esquizoide, empenhada em criar universos alternativos à cotidianidade, em interagir com figuras irreais, em colocar em cena, nos recantos de um particularíssimo teatro mental, as múltiplas vicissitudes de aventureiros fascinantes e socialmente inaceitáveis, decalcados sobre o modelo daquele Chico Áts, inimigo dos meninos da rua Paulo, que foi o companheiro secreto dos meus primeiros anos. (Não me recriminem: existem crianças-Pinóquio e crianças-Peter Pan. As primeiras, quando adultas, fazem o mundo caminhar — não raro, ao preço de piorá-lo. Eu pertenço inexoravelmente à segunda categoria).

Mas o que tudo isso tem a ver com os gladiadores? Tem a ver, tem a ver, já chego lá. Nasci sob uma boa estrela e a sorte sempre me foi propícia. Por inapreciável fortuna, durante a adolescência não tive guias e muito menos censores na escolha dos livros: clássicos e policiais, ensaios e quadrinhos, filosofia e ficção científica, manuais botânicos e folhetins, Hugo e Miller, Catulo e Graves, Shakespeare e a Marquesa dos Anjos, Sartre e Asimov, sem fichas a compilar, questionários a responder, resumos a redigir.

Portanto, era inevitável que na minha bem-aventurada mixórdia eu entrasse em contato com o *Espártaco*, de Howard Fast, um cândido trotskista ianque para quem o escravo rebelde era o libertador bem-sucedido em despedaçar as correntes da opressão servil. Impressionou-me o modo como o protagonista era descrito através dos olhos dos corruptos dominadores romanos, decididos a destruí-lo não tanto por causa da subversão social, mas da inveja de sua retidão, compêndio de todas as priscas virtudes que eles permutaram por luxos e comodidades. Vi depois o filme de Stanley Kubrick, e Kirk Douglas com o gládio me pareceu ainda muito viquingue, com a diferença de que aqui ele era bom, boníssimo, quase santo. Confesso que todos aqueles gladiadores tão mansos e delicados me deixaram um tanto perplexa, mas, em compensação, curti um esplêndido Charles Laughton no papel de Graco (no gênero *kolossal* americano, os senadores da oposição democrática têm invariavelmente esse nome evocativo: o mais recente, que aparece em *Gladiador*, é interpretado pelo excelente Derek Jacobi).

Assim, na série de Públio Aurélio os gladiadores eram necessários e fiquei felicíssima por incluí-los, tanto mais quanto a predileção dos antigos pelos espetáculos cruentos não me espantava nem um pouco, acostumada que estou a acompanhar "ao vivo", na telinha, bombardeios coreográficos, atentados sangrentos, acidentes catastróficos e até execuções capitais.

Eis, portanto, meus galhardos combatentes, o marcial Celidônio, o tímido Heliodoro, o fiel Túrio, o esperto Gálico, o rústico Hércules, a gigantesca Arduína, o tremebundo Quadrado, prontos a escandir diante de Roma inteira a frase fatídica: *Ave, Caesar, morituri te salutant!*, a qual, pelo que nos é concedido saber, na verdade só foi pronunciada numa única ocasião.

Escolhidos os gladiadores, o caminho estava aberto. A arena, de fato, presta-se otimamente a servir de cenário do delito, enquanto lugar por excelência destinado à agressividade ritual, espaço privilegiado onde matar é permitido, se acontecer segundo as normas prescritas. Normas sem dúvida mais férreas do que as da guerra, na qual — então como hoje — mentiras, torturas e massacres são perdoados com facilidade, sempre, naturalmente, que se consiga vencer, o que nem sempre ocorre.

No jogo, ao contrário, não basta obter a vitória; é preciso derrotar o adversário respeitando o regulamento, senão ninguém se diverte. Assim, quando o campeoníssimo Celidônio desaba esticado no pó da arena sem que o adversário tenha levantado um dedo, é grande o problema: morrer durante um duelo é efeito colateral do ofício, mas deixar-se matar de maneira alternativa suscita escândalo. Com o jogo não se brinca: daí a trama policial, a investigação, o inquérito.

Mas, a propósito de arenas, anfiteatros e coliseus, permitam-me agora uma pequena digressão. Em 1994, ano em que saiu pela primeira vez, *Morituri te salutant* teve sucesso, embora os gladiadores ainda não estivessem na moda. Mais tarde foram levados ao cume pelo filme de Ridley Scott, versátil diretor a quem não posso deixar de manifestar minha gratidão, tanto por ter feito aumentarem sensivelmente as vendas do meu romance como por me haver induzido, mais de uma década depois, a assistir a um filme projetado na tela grande (ao passo que, normalmente, a *fiction* cinematográfica implica para mim um equipamento de reprodução, uma poltrona confortável, um copo de uísque, o cigarro aceso, algum salgadinho, os pés descalços em cima do banquinho estofado e dois gatos quentinhos no colo).

Portanto, não esperem de mim doutas espinafrações: seria mesquinho levantar objeções a um trono pré-datado, a improváveis balestras ou à localização romana da morte de Cômodo, óbvias licenças poéticas. Qualquer erro incluído em *Gladiador* está muito longe dos níveis de irresistível comicidade da pirâmide egípcia sobre a qual Cleópatra triunfa no filme homônimo com Elizabeth Taylor, assim como do aspecto inequivocamente californiano do judeu Ben-Hur — a gente chega a se perguntar onde ele deixou a prancha de surfe — ou do elmo emplumado que o destemido Vinicius usa o tempo todo em *Quo Vadis?*, para não falar dos caracóis e ostras eliminados do *Spartacus* integral pela zelosa censura.* Entendam, todos são filmes que revejo sempre com prazer; mas, depois do inigualável *Júlio César*, de Mankiewicz, a película de Ridley Scott é sem

* A autora se refere ao corte de um monólogo em que o nobre Crasso (Laurence Olivier), discorrendo sobre culinária, tenta supostamente seduzir o escravo Antonino (Tony Curtis), que o auxilia no banho. (*N. da T.*)

dúvida a minha preferida, sobretudo porque narra a história imperecível do exilado Ulisses que retorna para exterminar os pretendentes, ou, se preferirem, do conde de Montecristo que ressurge do castelo de If para cumprir sua vingança: uma trama bem-sucedida, que ainda agrada milênios depois.

No filme de Scott, porém, é preciso reconhecer outras qualidades: os enquadramentos formam um hábil compêndio antológico de todo o cinema *kolossal*, a batalha inicial é épica, os duelos são de tirar o fôlego, e a costumeira conversão final está ausente. E, para culminar, tem Russell Crowe. Sim, eu sei que ele é gordinho, mas conheço muitas mulheres dispostas a se sacrificar, comigo à frente.

Depois deste comentário pessoal, voltemos então ao policial seriado. No que me concerne, a emoção de encontrar uma nova coleção desse gênero e que seja do meu gosto só se compara ao júbilo vivido na infância quando descobri, numa banca de revistinhas usadas, dois anos completos e desconhecidos do *Monello* e do *Intrepido*.

Com os romances de Håkan Nesser me aconteceu algo semelhante: eu estava ainda na metade do primeiro volume quando, tomada por um impulso irresistível, corri à livraria para comprar todos os outros. Terminei-os em menos de dois dias, alimentando a família, enquanto isso, com os magros sanduíches da Cooperativa dos Consumidores.

Qual é o fator que provoca semelhante dependência? Para compreendê-lo, convém ter presente que, no policial seriado, a investigação não é tudo: poucos se lembram das tramas de Rex Stout, mas muitos seriam capazes de descrever minuciosamente cada aposento do prédio de arenito, a grande cozinha, o escritório com a poltroninha vermelha, a estufa no terraço e o elevador que desce às quatro em ponto para levar ao trabalho o relutante Nero Wolfe. Eu mesma reconheceria sem falha qualquer agente do 87º Distrito se o encontrasse na rua; e, convidada à sala do inspetor Wallander, na gélida Escânia, imediatamente procuraria com os olhos o pôr do sol com o galo-da-floresta obsessivamente pintado pelo seu pai; poderia listar um a um os ingredientes da infusão calmante do irmão Cadfael ou as marcas de cigarro fumadas por Martin Bora nos diversos fronts da Segunda Guerra Mundial, e talvez até fosse capaz de repetir o canto de restabelecimento que o tio xamã ensina a Jim Chee, o agente navajo dos livros de Hillermann. De fato, com frequência os personagens seriados escapam ao autor, passando a ter vida própria e a fazer parte do imaginário coletivo: Sir Arthur Conan Doyle não teve êxito em matar Sherlock Holmes sob a cachoeira, nem Loriano Macchiavelli em eliminar Sarti Antonio com a bala que parecia tê-lo atingido.

Quanto a mim, ainda recordo a grande surpresa com que descobri na internet, faz alguns anos, um RPG cujo protagonista se chamava Públio Aurélio Estácio. Era romano. Tinha um liberto chamado Castor. Morava no Viminal. Lia Epicuro e bebia *cervesia*. Tratava-se justamente do meu senador, mas estava vivendo uma aventura que eu ignorava por inteiro! Lamentei muito mandar remover o jogo, mas até hoje recordo a avidez com que me empenhei em ler o único caso de Públio Aurélio cujo desfecho eu não conhecia de antemão.

Fofocas à parte, vamos aos outros personagens de *Morituri te salutant*, os que não são gladiadores. De saída, isento-me de qualquer responsabilidade quanto ao advogado mafioso, no qual os maldosos quiseram reconhecer um célebre personagem da crônica judiciária italiana: por sorte, o ambíguo Sérgio Máurico morreu há vinte séculos e não pode me processar. Analogamente, a quem está convencido de que a *mimula* Nissa retrata uma conhecida diva pornô, ex-deputada da República, respondo preferir claramente a figura saída da minha pena, ou melhor, do meu computador, visto que já não escrevo à mão desde quando, com 15 anos incompletos, resgatei de uma casa de penhores, por alguns trocados, uma gloriosa Lettera 22.

Por fim, uma palavrinha sobre o bichinho de estimação de Nissa (em cada episódio da série aparece um animal diferente, para testemunhar minha simpatia pelas espécies que convivem conosco a duras penas). Na primeira edição de *Morituri te salutant*, indiquei-o como mangusto, supondo — e me enganava — que o pequeno mustelídeo asiático era bem notório através do Rikki-Tikki-Tavi, de Kipling. Poucos, no entanto, conheciam o furão, domesticado já no antigo Egito e tão comum quanto o gato nas moradas romanas, mas raro nos séculos mais próximos de nós, a ponto de ser confundido com um arminho na famosa tela atribuída a Leonardo.

Hoje que os furões voltaram predominantemente à ribalta — para eles existem associações, círculos, clubes, encontros, revistas, comidinhas especiais, brinquedos, caixinhas de transporte, caminhas, gadgets e até roupinhas, gravatas e chapéus —, posso enfim chamá-los pelo nome, até porque hospedo com frequência um casal deles em minha residência, com a inevitável bagagem de tigelas, redes, tubos de plástico, bolinhas macias e bolotas fedorentas de ração.

O ágil Kalì e o gordo Winky, para falar a verdade, pouco se assemelham ao dócil animalzinho de Nissa, obsedados como são pela urgência de provar tudo, dos fícus aos peixes do aquário, da palha das cadeiras aos suportes magnéticos, dos dicionários (exceto o de latim, domínio absoluto do papagaio) aos dedos da subscritora. Depois de corridas desenfreadas, brincadeiras intermináveis, perseguições a gatos estressados — o

Cecio sucumbe, mas o bichano Robespierre está aprendendo a se defender —, chega afinal o momento mágico em que os furões, exaustos, se aprestam para o justo sono: então é possível contemplá-los, alongados e macios, em toda a sua elegantíssima graça, e por um instante parar de perguntar-se por qual motivo a gente precisa encher a casa de gatos e furões, quando nas grandes cidades já não existem camundongos, mas sim um exército de baratas de dimensões muito exíguas para que felinos e mustelídeos condescendam em ocupar-se delas.

Um instante mais tarde, Winky e Kalì se enovelam com amplos bocejos no sofá, balançando suas coleiras — que, ai de mim, são de simples plástico, e não de pedras preciosas, embora a exorbitância do preço deixe algumas dúvidas a respeito —, e os dois gatos se reapropriam cautelosamente das poltronas. Todos os lugares mais confortáveis da casa estão agora ocupados, pelo que só me resta aceitar a cadeira do computador e, depois de vencer com um esforço heroico a tentação de abrir *Cesar III, Age of Empires* ou algum outro dos meus videogames preferidos, preparar-me para o duro trabalho. Outro morto assassinado, outra matrona fascinante, um novo imbróglio, mais uma investigação para Públio Aurélio Estácio. A série continua e, aqui entre nós, existem ofícios piores.

D.C.M.

APÊNDICE AO ROMANCE

À SOMBRA DO IMPÉRIO

USOS, COSTUMES E CURIOSIDADES DA ROMA DE PÚBLIO AURÉLIO

Sumário:

A URBE NO TEMPO DE PÚBLIO AURÉLIO

Quando pensamos na Roma dos Césares, nossa fantasia (alimentada pela arte neoclássica, pelos quadros dos museus e pelo cinema *kolossal* hollywoodiano) de imediato a associa à candura do mármore, como se a Urbe tivesse sido uma imensa extensão branca de pórticos e obeliscos.

Na realidade o mármore estava presente, sim, mas só como um dos muitos materiais de construção, e nem mesmo entre os mais difundidos. Roma, na verdade, era substancialmente uma cidade de tijolos, às vezes nus e, mais frequentemente, rebocados com aquelas tintas vivazes que os arquitetos contemporâneos, ao contrário, usam com tanta parcimônia. E coloridos eram também quase todas as estátuas, as colunas, os frisos e os portões das residências privadas, como testemunham irrefutavelmente os resíduos de pigmento encontrados em numerosos edifícios.

Uma cidade garrida, portanto, mas também assimétrica, improvisada e caótica, à semelhança de todas as aglomerações urbanas crescidas depressa demais e sem nenhum plano regulador; bem diferente, por conseguinte, das colônias fundadas pelos romanos, concebidas com base numa rígida geometria ao redor da intersecção perpendicular das duas vias principais, o cardo e o decúmano máximo.

A Urbe, em suma, era uma grande metrópole, moderníssima em alguns aspectos — como, por exemplo, a rede de esgotos —, mas, sob outros, bastante semelhante às hodiernas capitais dos países em desenvolvimento: na época de sua expansão máxima, ali vivia 1,5 milhão de habitantes, dos quais dois terços do sexo masculino, por causa da abundância de escravos e do abandono das recém-nascidas.

Um milhão e meio de pessoas, empilhadas em altíssimas *insulae* periclitantes, enormes condomínios que podiam contar até cinco, seis e mesmo sete andares, divididos por delgadas treliças de madeira em minúsculos apartamentos de aluguel privados de fogão, de chaminé e de instalações sanitárias. Com frequência, essas torres em precário equilíbrio se apoiavam em fundações inadequadas, sem contar que os proprietários, à revelia dos editos imperiais, erguiam os edifícios além do limite permitido, aumentando o perigo de desabamento.

As *insulae* se comunicavam reciprocamente por meio de uma rede de balcões e passadiços de madeira, os quais pairavam sobre os passantes com sua carga de cestos, roupa estendida, vasos cheios de ervas para cozinhar. Para piorar, os becos entre os edifícios eram estreitíssimos. Consequentemente, é óbvio que a Roma antiga pegava fogo facilmente: não por acaso, o corpo dos *vigiles nocturni* tinha antes de tudo o encargo de prevenir os incêndios, e só em segunda instância o de reprimir a criminalidade. Em traços gerais, tal era a situação no tempo de Cláudio; por outro lado, após o desastroso incêndio da época neroniana, os bairros queimados pelas chamas foram reconstruídos segundo critérios mais racionais, deixando uma ampla margem de espaço entre um edifício e outro, a fim de que por ali pudesse passar pelo menos a carroça dos bombeiros.

Os romanos, porém, não se preocupavam muito com a estabilidade de suas precárias moradas, porque viviam a maior parte do dia ao ar livre, nas ruas, nas praças e nos edifícios públicos; muitos não voltavam para casa nem mesmo para a refeição do meio-dia, que era consumida nos *thermopolia* e nas *popinae* — os fast-food da época —, ou ainda nas calçadas, ao longo das quais era possível adquirir, dos vendedores ambulantes, salsichas, tortas de grão-de-bico e tremoços cozidos.

Fosse como fosse, a vida nas grandes *insulae* era extremamente difícil, sobretudo para os que ocupavam as águas-furtadas. Quanto mais alto habitava o inquilino, maior era seu desconforto. Esses sótãos constituíam o refúgio dos deserdados e dos subproletários, obrigados a dormir sob telhas desconexas pelas quais entrava chuva, e a carregar nos braços a água potável, subindo um a um os degraus da escada, a qual às vezes consistia apenas numa oscilante estrutura externa de madeira.

Em contraposição, os privilegiados que moravam numa grande *domus* unifamiliar usufruíam de água corrente, de instalações sanitárias privadas e até de aquecimento, mas só no térreo e a custos proibitivos. Dessas residências patronais, amplas e ricas, existiam em Roma cerca de 1.700. Nem todas, contudo, eram de um só andar ou reservadas a uma única família; muitas serviam de base para apartamentos nos pisos superiores e eram barateadas pelos aposentos voltados para a rua, os quais eram alugados como lojas ou oficinas de artesanato.

Em contraste com uma construção privada algo carente, ao menos para as camadas mais desfavorecidas da população, existia uma grande profusão de prédios públicos, vastos, confortáveis e sólidos a ponto de resistirem aos séculos, ou melhor, aos milênios, visto que alguns deles ainda estão de pé, adaptados para os mais diversos usos.

Providenciavam tais edificações não somente os órgãos do Estado — pagavam-se impostos, e caros —, mas também uma miríade de generosos mecenas. De resto, nenhum dos políticos, antes, e entre os Césares, mais tarde, renunciaria jamais a ligar o próprio nome a um monumento de alguma utilidade, doando-o ao povo: assim surgiram as grandes basílicas onde se discutiam os negócios e se administrava a justiça; os teatros, como o de Pompeu, com capacidade para 40 mil espectadores e cujos alicerces ainda são visíveis nas construções que ocuparam seu lugar, ou como o de Marcelo, quase íntegro até hoje; as arenas para os jogos de gladiadores, os pórticos, os jardins; e, por fim, os grandes mercados, entre os quais o *Macellum* de Lívia e, em época ligeiramente posterior, o esplêndido exemplo de centro comercial da antiguidade constituído pelo Mercado de Trajano, uma estrutura ainda capaz de suportar a comparação com os mais modernos edifícios do setor.

Naturalmente, numa civilização que conjugava sem complexos os prazeres do corpo e os do espírito, não podiam faltar nem os banhos nem as bibliotecas.

Entre as muitas termas da Urbe, as mais célebres foram as de Agripa, nas quais se podia entrar gratuitamente. Seja como for, registre-se que o acesso pago a um banho comum custava na verdade muito pouco: só um quarto de asse, ou seja, 1/24 da cifra necessária para a despesa cotidiana de uma família modesta, escravos incluídos.

Um após o outro, os Césares (Nero, Domiciano, Caracala...) competiram para construir imensos estabelecimentos balneários, cujas dimensões ciclópicas não deixam de suscitar estupor até mesmo em nossos dias: basta pensar que Michelangelo extraiu a Igreja de Santa Maria dos Anjos inteira a partir de *um único* salão das Termas de Diocleciano!

Também as exigências culturais não eram desprezadas. Em Roma, no período imperial tardio, contavam-se nada menos que 28 bibliotecas públicas, muitas das quais já existentes desde os primeiríssimos anos do Império. A primeira foi instituída, no início da nossa era, por Asínio Polião, que a colocou na passagem entre o Quirinal e o Capitólio, a qual era um esporão de rocha mais tarde derrubado por Trajano, no momento da construção do famoso mercado; já a biblioteca maior, dedicada a Apolo, foi uma doação pessoal ao povo romano por parte do imperador Augusto, a cuja generosidade, não alheia a intenções de propaganda, também se devem os pórticos de Otávia, o templo de Marte Ultor e o gigantesco relógio do Campo de Marte, que até usava como gnômon um obelisco egípcio.

Muitas maravilhas, portanto. Mas como procurá-las no caos da enorme Urbe? De fato, em Roma nem sempre existia um endereço a ser anotado, exatamente como acontece até hoje em algumas grandes cidades orientais. As ruas principais e as mais frequentadas tinham nome, naturalmente: a Via Sacra, o Clivus Capitolinus, o Vicus Tuscus, o Vicus Patricius, o Argiletum e a Via Lata, sem contar as grandes artérias (Appia, Latina, Tiburtina, Cassia, Salaria, Aurelia, Prenestina) que se distribuíam a partir das muralhas. O problema, porém, começava com as ruelas e os becos anônimos: nesses casos, era preciso tomar como referência o monumento mais próximo, indicando a "terceira *insula* depois do Arco de Jano", ou a "casa na esquina à esquerda da porta Caelimontana", ou ainda a "bodega atrás do templo À Velha Esperança", e assim por diante.

Não somente era difícil encontrar um local preciso, mas também alcançá-lo constituía um árduo empreendimento, numa cidade imensa onde, durante o dia, era proibido o trânsito de todos os veículos de tração animal, com exceção do carro das Virgens Vestais. O decreto de César, que nas horas diurnas transformava Roma inteira numa ilha de pedestres, permaneceu em vigor durante séculos. Assim, o abastecimento — para 1,5 milhão de habitantes! — acontecia durante a noite, que consequentemente, além de muito escura, era também terrivelmente ruidosa.

Como se não bastasse, os preços na Urbe eram altíssimos: o aluguel de um sótão úmido custava tanto quanto o de uma bela casinha no campo, com um bom terreno anexo.

Caótica, superpovoada, incômoda e, ainda por cima, muito onerosa: a antiga Roma podia ser qualquer coisa, menos uma cidade à medida humana. No entanto, pessoas de todos os países sonhavam em morar lá...

OS GLADIADORES

Os jogos de gladiadores, ou *munera*, já comuns entre os etruscos, bem cedo foram adotados também em Roma, tanto que se tem notícia de um primeiro combate em 264 a.C., por ocasião das exéquias de Júnio Bruto: nesses *ludi* fúnebres, a tradição de oferecer sacrifícios humanos para aplacar o espírito do defunto se misturava àquela, igualmente difundida entre os povos do Mediterrâneo, de promover competições em sua memória.

Com as guerras de conquista, também a homenagem prestada ao valor dos vencidos (que exaltava ainda mais o dos vencedores...) contribuiu para o sucesso dessa forma de espetáculo, no qual se encenava a reconstituição das batalhas recém-travadas, para benefício de quem havia permanecido em casa.

Porém, o que marcou a enorme popularidade dos *munera* foi a política: bem cedo, os jogos gratuitos na arena se tornaram uma excelente plataforma de lançamento para quem pretendia fazer carreira no *cursus honorum*, e a magnificência dos *ludi* aumentou desmesuradamente, assim como o número dos duelos e das vítimas.

No século I a.C., os *munera* já constituíam um grande espetáculo de massa, e foi justamente então, com a revolta de Espártaco, que se revelaram seus perigos implícitos.

O famoso rebelde de origem trácia provinha de Cápua, a cidade dotada das melhores escolas de adestramento da península, onde a gladiatura já exibia uma história plurissecular. Ele e seus companheiros, aos quais se acrescentaram multidões de escravos fugitivos, eram excelentemente treinados, talvez até melhor do que os legionários, e tiveram facilidade para vencer os primeiros confrontos, até porque os romanos, subestimando a habilidade daqueles inimigos imprevistos, haviam mandado apenas duas legiões para combatê-los.

Depois da inesperada e humilhante derrota, sofrida por obra de vis escravos, a Urbe correu a reparar o descuido e enfileirou contra o gladiador trácio o maior desdobramento de forças que ela algum dia havia posto em campo: as legiões de Pompeu, Crasso e Lúculo, juntas. Mesmo já estando em fuga para a Gália, onde poderia encontrar facilmente a salvação, Espártaco, iludido pelas primeiras vitórias, retrocedeu, visando diretamente a Urbe: erro fatal, que decretou seu aniquilamento...

Os corpos dos 6 mil sobreviventes da batalha, todos crucificados apesar de seu enorme valor comercial, ficaram expostos durante dias e dias na estrada de Cápua a Roma, para perene advertência a outros eventuais rebeldes. Domada no sangue a revolta de Espártaco, os romanos, a fim de evitar ulteriores surpresas desagradáveis, tornaram-se bem mais prudentes: por exemplo, criaram o hábito de impedir que os gladiadores tivessem acesso às armas, a não ser no momento dos exercícios ou dos confrontos na arena.

Quando nasceu o Império, os *munera* já se haviam tornado um assunto de Estado, e até, como se diria hoje, um *business* milionário. Júlio César, que pensava grande, já levara à arena milhares de duelantes e de feras, na intenção de atrair o favor da plebe em sua escalada para o poder; mais tarde, seus sucessores não fizeram mais do que tentar superá-lo em número e magnificência.

Foi célebre a *naumachia* — ou batalha naval — promovida por Augusto no Trastevere, e mais ainda a organizada por Cláudio no ano 52 d.C. Esta última, ambientada no lago Fucino, que o imperador estava para drenar, pôs em cena a guerra entre os rodienses e os sicilianos: ali se enfrentaram *19 mil* gladiadores, todos criminosos condenados à morte. Essa foi a única ocasião documentada em que se pronunciou a celebérrima saudação: *Ave, imperator, morituri te salutant!* Ao responder auspiciosamente: *Aut non!* ("ou não", tomara que não aconteça), Cláudio quase cometeu um erro descomunal, porque os condenados acreditaram ter sido agraciados e, num primeiro momento, recusaram-se a combater. Esclarecido o equívoco, porém, todos se mostraram excepcionalmente valorosos, tanto que ofereceram um espetáculo de primeira ordem, "não poupando a si mesmos, nem os adversários", como recorda Tácito nos seus célebres *Anais*.

Naturalmente, nem todos os gladiadores tombavam na arena; do contrário, a profissão não seria tão ambicionada. Muitos, se tivessem lutado com honra, recebiam a graça (*missio*) mesmo que tivessem perdido o confronto, como podemos deduzir da precisa estatística de vitórias, derrotas e graças anotada por um espectador do anfiteatro de Pompeia, tabela que chegou até nós.

Cabia a quem havia promovido e oferecido os *munera* o direito de conceder a vida ao derrotado, mas, ao fazê-lo, ele sempre seguia as indicações do público, que podia gritar *mitte!* ("deixa-o ir!") ou *iugula!* ("degola-o!"). Então o organizador dos jogos comunicava sua decisão mostrando a mão aberta com o polegar erguido, para poupar o gladiador; ou então com a mão fechada e o polegar para baixo, a fim de ordenar o golpe fatal.

Se dois contendores revelassem igual valor, e o combate acabasse empatado, muitas vezes ambos eram agraciados. Mas não havia piedade para quem se mostrasse covarde. A coragem, antes mesmo da habilidade, era o que os quirites desejavam admirar, e assim o gladiador devia se apresentar disposto a morrer sem um lamento, possivelmente com um sorriso nos lábios. Quem suplicasse ou, pior ainda, fugisse, seria imediatamente perseguido e trucidado.

Existiam vários tipos de gladiadores, mas a categoria mais solicitada era a dos reciários, que, equipados com rede e tridente, lutavam contra adversários armados das mais diversas maneiras. O duelo típico ocorria entre o reciário e o "trácio", armado de gládio e protegido por escudo e elmo. Também eram muito requisitadas as "caçadas" aos animais ferozes. Estas, em geral, aconteciam de manhã, na arena especialmente predisposta, a fim de recriar os ambientes naturais dos quais provinham as feras. O número e a variedade dos animais mortos eram impressionantes: para introduzi-los diretamente em cena, eram utilizados monta-cargas especiais, capazes de elevar as jaulas do subterrâneo até o plano da arena. Um pequeno modelo que reproduz esses antigos elevadores pode ser visto hoje no Museu da Civilização Romana da EUR,* em Roma.

* Bairro construído na época do fascismo e que abrigaria a chamada Exposição Universal de Roma (daí a sigla), a qual acabou sendo cancelada por causa da Segunda Guerra Mundial. (*N. da T.*)

Mas quem eram os gladiadores, e por qual motivo aceitavam exercer um ofício tão perigoso?

Podia-se entrar na gladiatura por muitas, diversas razões. O caso mais comum era o do prisioneiro de guerra que, em vez de ser logo degolado, obtinha a oportunidade de lutar em público para salvar a vida. A mesma coisa acontecia frequentemente com os condenados: a escolha entre o patíbulo inescapável e o êxito incerto de um confronto leal transformava o "jogo" numa forma de possível graça, concedida a quem merecia a honra das armas.

Mas havia três formas distintas de condenação aos *ludi*: duas delas, inexoráveis (*ad bestias* e *ad gladium*), lançavam o culpado na arena sem nenhuma preparação e faziam dele simples carne de matadouro; a terceira, mais suave (*ad ludum*), previa um período de adestramento num *ludus*, isto é, uma escola gladiatória.

O caso mais deplorável, contudo, era o do escravo caído em desgraça, a quem a gladiatura era imposta como punição por uma falta grave: há notícia de um jovem favorito de Vitélio que, além de ter cometido alguns furtos, se mostrou demasiado esquivo em conceder suas graças ao poderoso amante, e por isso foi expedido para a arena. O patrão o salvou no último minuto, certo de que, após semelhante lição, o servo se mostraria mais condescendente.

Havia, por fim, os *auctorati*, isto é, os voluntários, e sem dúvida não eram poucos: a gladiatura oferecia fama e rápidos ganhos — à semelhança de certos rendosos esportes de hoje —, de modo que muitíssimos jovens de belas esperanças competiam para entrar na profissão.

A celebridade, a glória, o aplauso da multidão empolgada eram tão gratificantes que até mesmo personagens ricos e poderosos os ambicionavam, a exemplo de dois senadores da época de César, que não resistiram ao impulso de dar reforço aos gladiadores; ou o imperador Cômodo, que com frequência escandalizava os bem-pensantes descendo à arena para combater. Não faltavam, porém, os acérrimos inimigos desses entretenimentos sanguinários, entre os quais muitos estoicos, sendo o primeiro de todos Sêneca, que comentava nas *Cartas a Lucílio*: "Quem já matou deve lutar com outros que o matarão, e o vencedor, por sua vez, está fadado a ser morto...".

Contudo, a oposição dos estoicos pouco adiantou e os *munera* continuaram, ao lado das corridas de carros, o esporte mais popular do mundo romano. Para permitir seu desenvolvimento, muitíssimas cidades do Império, pequenas ou grandes, foram dotadas de um anfiteatro: descobriram-se quase duzentos deles, na Europa, no norte da África e no Oriente Médio.

Várias dessas sólidas construções resistiram à passagem dos séculos, tendo sido "reestruturadas" para ambientar outros espetáculos, menos sanguinários: isso ocorreu com o Coliseu, a Arena de Verona, a de Pola na Croácia, a de Arles na França, a de El Djem na Tunísia, a de Treviri na Alemanha, além dos anfiteatros de Pozzuoli, Cápua, Pompeia, Arezzo e muitos outros. Até em Paris, atrás do horto botânico, ainda são visíveis as arquibancadas de uma pequena arena, inseridas no interior de um jardim público.

O TEATRO DA PANTOMIMA

A despeito da indignação dos moralistas, durante o Império a pantomima se tornou a mais difundida forma de espetáculo teatral, superando em consenso e popularidade a comédia clássica baseada no modelo de Plauto e Terêncio e até as famosas *fabulae atellanae*, farsas que punham em cena alguns personagens fixos, tais como Macco (o *stupidus*), Bucco (o fanfarrão que sempre se dava mal no fim) e Pappo (o velho avarento e libidinoso).

Na pantomima, o roteiro — geralmente baseado em enredos de adultério e em paródias eróticas de episódios da mitologia — era nitidamente menos importante do que a habilidade histriônica do ator, que podia improvisar a seu bel-prazer: a representação, na verdade, servia-se dos gestos e sobretudo da linguagem, tão desbocada e trivial que suscitava a ira escandalizada dos censores.

De fato, é aos ferozes adversários desse tipo de espetáculo — sobretudo os escritores cristãos — que devemos nossos conhecimentos na matéria: para poderem denegrir melhor a pantomima, eles foram obrigados a descrever minuciosamente todas as baixezas e obscenidades encenadas; assim, graças ao seu esforço moralizador, hoje temos condições de reconstituir tal forma de entretenimento com suficiente exatidão. A audácia e a licenciosidade das cenas, a lascívia e a vulgaridade dos textos, o costume de representar em trajes sucintos, ou até em trajes de Adão — uma certa Arbuscula foi demitida porque rejeitava os papéis muito escabrosos —, horrorizavam os bem-pensantes, que se afanavam em fustigar repetidamente a pantomima com ataques violentos e totalmente ignorados.

Quando às *mimulae*, as prima-donas desse gênero teatral, estas eram chamadas "pessoas abjetas" pelos mesmos que iam aplaudi-las; portanto, eram encaixadas na mesma categoria das prostitutas, ainda que muitos romanos, fascinados pelo "carisma" de tais atrizes, se dispusessem a cometer autênticas loucuras para atrair-lhes a simpatia, como demonstra o fato de Augusto ter proibido expressamente aos senadores a faculdade de contrair matrimônio com alguma dessas mulheres. Isso, no entanto, não impediu as *mimulae* de continuarem a frequentar a alta-roda, mais ou menos oficialmente, e a receber conspícuos presentes das mãos de cidadãos ilustres: costume, aliás, comum também aos seus colegas masculinos, que muitas vezes eram beneficiados por ricas matronas em busca de emoções inéditas...

O CULTO A ÍSIS

Ísis e Osíris eram divindades antiquíssimas, já veneradas no Egito dois milênios antes da fundação de Roma. No mito egípcio, quando o pérfido irmão Set mata Osíris e espalha os pedaços do corpo por todos os cantos do mundo, a deusa Ísis os procura um a um, transporta-os cuidadosamente para dentro de um sarcófago, durante uma longa viagem marítima, e finalmente os recompõe, conseguindo devolver à vida a potência geratriz do esposo defunto a fim de parir o filho Hórus, destinado a vingar a morte do pai.

Os Ptolomeus, quando se tornam soberanos do Egito, reforçam o culto a Ísis e ao seu correspondente masculino, Serápis — com quem era identificado o antigo Osíris —, misturando-o com os ritos mistéricos de origem grega. É essa nova religião, síntese de duas mentalidades tão diversas, que ultrapassa os limites do vale do Nilo para difundir-se em todo o Mediterrâneo e em seguida, com as conquistas romanas, até o extremo norte da Europa.

Na Itália, Ísis desembarca em Puteoli (a hodierna Pozzuoli) no século II a.C., junto com os marinheiros da frota alexandrina, e logo obtém um amplo séquito de discípulos em toda a Campânia. Curiosamente, as maiores resistências à difusão do culto vêm justamente de Roma, onde a antiga classe dirigente trava uma dura luta para expulsar Ísis do recinto das muralhas e do coração dos fiéis.

As práticas exóticas, as emoções violentas, o estímulo aos sentidos, o mistério que circunda seu culto alarmam os conservadores da Urbe, para os quais Ísis constitui o símbolo de um Oriente laxista, corrupto e corruptor: por cinco vezes, o Senado republicano manda derrubar suas estátuas e demolir seus altares. O mesmo se dá com Augusto, que nutre um rancor pessoal contra a deusa, protetora dos seus grandes inimigos Antônio e Cleópatra; e com Tibério, decidido a perseguir os sacerdotes do culto após um escândalo que envolveu matronas de nobres origens.

Ainda assim, desprezando a repressão, o número de fiéis aumenta e, morto Tibério, chega finalmente o dia do resgate: Calígula, o novo imperador, manda construir em homenagem a Ísis um grande templo na esplanada dos Saepta Iulia, no Campo de Marte, e seus sucessores (em particular, Domiciano) enriquecem o santuário com novos e preciosos elementos egipcianizantes, tornando-o um dos monumentos mais sugestivos de toda a Roma. Desde então, e até o fim do século IV d.C., as procissões isíacas percorrem as vias da cidade, com os pastóforos que levam os relicários sacros, as *stolistae* que vestem as estátuas, as cabeleireiras que lhes enfeitam os cabelos com preciosos pentes de marfim, os dadóforos que as acompanham com as tochas acesas.

Enquanto padroeira dos navegantes, Ísis é homenageada anualmente por uma solene cerimônia no dia de reabertura das rotas mediterrâneas. No decorrer desse rito, celebra-se o *navigium Isidis*, a viagem marítima da deusa com o corpo do esposo defunto. Uma viva descrição dessa cerimônia pode ser lida em *O asno de ouro,* de Apuleio.

Associada com Astarteia, Hator, Deméter e Cibele, Ísis é a divindade feminina mais venerada do Império, mas a essa altura seu culto já tem muito pouco a ver com aquele que lhe tributavam os antigos egípcios: situada no centro de uma complexa religião mistérica, ela é considerada doadora de salvação e de ressurreição, mãe e irmã de mortais e imortais, até reunir em si as características de todas as outras deusas. As solenidades públicas em sua honra são faustosas, mas o neófito só tem acesso aos ritos sacros depois de uma adequada catequese, passando por complexas cerimônias de iniciação que assinalam seu renascimento espiritual.

À diferença dos antigos numes pagãos, que se contentam com alguns sacrifícios periódicos, Ísis tem de ser acudida todos os dias, acordada ao amanhecer, vestida e perfumada. Ao pôr do sol, o simulacro é novamente encerrado no templo e, no dia seguinte, o rito cotidiano recomeça com a mesma cadência. Em suma, trata-se de uma deusa que exige empenho, que requer dedicação; em troca, porém, ela escancara para os devotos as portas do mundo do Além, do qual Osíris-Serápis é o rei: assim como o esposo de Ísis morreu e renasceu, o fiel morrerá e renascerá para uma nova dimensão da existência. "Tanto quanto é verdade que Osíris vive, também ele viverá", recita um texto religioso egípcio.

O *Iseum*, o templo de Ísis, com o indispensável *purgatorium* destinado às abluções sacras — de fato, a água lustral como elemento de purificação constituía um traço fundamental do culto —, estava presente em todas as cidades do Império. Em Pompeia, as ruínas do santuário ficam na sétima *insula* da *Regio* VIII, enquanto os utensílios encontrados *in loco* estão expostos numa seção do Museu Arqueológico Nacional de Nápoles.

VINHO E CERVEJA NA ROMA ANTIGA

Na Roma antiga, o vinho era a bebida por excelência, cujos efeitos inebriantes eram temidos a tal ponto que, no primeiro período republicano, seu consumo era proibido aos jovens, aos escravos e sobretudo às mulheres: a tradição estabelecia até o *ius osculi*, isto é, o direito do *paterfamilias* de beijar na boca todas as mulheres da casa, para assegurar-se de que elas não tinham bebido. Ainda assim, a última condenação infligida a uma matrona chegada a um copo remonta ao ano 194 a.C.; no tempo do Império, o vinho era tranquilamente consumido por ambos os sexos.

Bebia-se sobretudo após o jantar, nas quantidades prescritas por um convidado, eleito pelos outros *magister bibendi* ("árbitro das libações"). O jogo mais comum nos banquetes consistia em coagir o comensal a sorver tantos cálices quantas fossem as letras do seu nome. Segundo os médicos, porém, o homem frugal não deveria beber mais de três taças — uma para o brinde, uma para o amor e a terceira para o sono —, abstendo-se das sucessivas, que tinham fama de levar à violência, à briga e à loucura.

Hoje, tanta circunspecção só pode nos espantar, porque o vinho antigo, fortemente aguado, raramente ultrapassava os cinco graus. Na verdade o produto, rústico, denso e áspero, era praticamente intragável... Sim, porque aquilo que os romanos chamavam vinho, mesmo consistindo em suco de uva fermentado, não tinha nem o odor nem o sabor do nosso: os procedimentos usados para favorecer sua difícil conservação desnaturavam completamente todas as suas características. As técnicas de produção, ainda um tanto primitivas, sequer conseguiam impedir que ele azedasse nos tonéis, os quais eram por esse motivo revestidos com resina ou até com pez. Mesmo assim, era sempre necessário misturá-lo ao vinho cozido e adoçá-lo com mel.

Candidum ou *atrum*, branco ou tinto, de qualquer modo o vinho era muito "pesado" e devia ser diluído com água, no percentual de pelo menos três partes para duas, quando não até de três para uma. Para corrigi-lo, os refinados usavam água do mar, como no famoso vinho grego de Cós, e, para dar sabor, acrescentavam-lhe extrato de rosa, violeta e nardo, ou um maço de ervas aromáticas. No inverno, ele era consumido quente e temperado com especiarias, como o nosso *vin brûlé*, enquanto, no verão, frequentemente era preparado com água gelada (ou, melhor ainda, com neve) e misturado a outros ingredientes que o tornavam semelhante à atual sangria espanhola.

A data de produção era importante: os vinhos melhores, que contavam até vinte anos de envelhecimento, especificavam já na terracota da jarra o ano de colheita das uvas e o tipo de cepa; os excepcionais, por envelhecimento ou por qualidade, eram dotados de uma etiqueta explicativa pendurada ao pescoço da ânfora. O melhor ano foi o do cônsul Opímio, que deve ter sido realmente fora do comum, pois os vinhos mais apreciados eram chamados *opimii*, por antonomásia.

Existiam também os aperitivos, a consumir em pequenos goles antes do jantar, ou durante os antepastos. Os romanos, diga-se de passagem, foram inclusive os inventores do nosso vermute, que tira seu nome do alemão *wermut* (absinto), termo pelo qual foi traduzido o latim *absinthium*.

Albano, Caleno, Setino, Ulbano de Cuma, Erbulo, Tiburtino, Fundano, Trifolino, Labicano, Cecubo são apenas alguns dos vinhos romanos, entre os quais se destacava o excelente Falerno, celebrado por todos os autores clássicos. Por último convém citar, em contraposição, o vinho de Marselha, um dos piores, até mesmo considerado tóxico: os patrícios avarentos, mas ainda assim empenhados em contentar muitos *clientes*, costumavam servi-lo aos protegidos com a *sportula* cotidiana, por medida de economia...

Fosse como fosse, bom ou ruim, o vinho era visto como uma bebida de pessoas civilizadas. O mesmo não se dava com a *cervesia*, que, difundidíssima no Egito, na Gália e na Ibéria, era desprezada pelos romanos como um alcoólico de bárbaros. Produzida em larga escala a partir da fermentação do trigo e da cevada, mas ainda desprovida de lúpulo, a *cervesia* se caracterizava por um sabor bem menos amargo do que o da cerveja atual. Em Roma, onde ela era administrada somente como reconstituinte aos enfermos, bebê-la era considerado um comportamento meio transgressivo...

GLOSSÁRIO DOS TERMOS GREGOS, LATINOS OU INCOMUNS, DOS PERSONAGENS HISTÓRICOS E DOS LUGARES GEOGRÁFICOS CITADOS NO ROMANCE

GLOSSÁRIO DOS TERMOS GREGOS, LATINOS OU INCOMUNS

Ab urbe condita: desde a fundação de Roma (literalmente, "desde a cidade fundada"). A data tradicional do nascimento da Urbe é 21 de abril de 753 a.C.

Ad bestias: condenação a combater com as feras, sem prévio adestramento.

Ad ludum: condenação a lutar na arena, após um adestramento adequado.

Archimagirus: chefe de cozinha, o equivalente latino do moderno chef.

Armamentarium: armaria.

Asinella: moça de costumes fáceis. Em Roma, o animal lascivo por excelência era o asno (e não o porco, que, ao contrário, gozava de ótima reputação).

Ave (plural, *avete*): saudação de encontro.

Balneatores: banhistas.

Calamistrum: ferro quente para ondular os cabelos.

Calcei: botinas altas, atadas com correias de couro. As dos senadores eram pretas, com quatro tiras e uma lúnula de prata como decoração.

Calidarium: banheira quente das termas.

Caupona: taberna.

Cervesia: cerveja.

Clientes: "clientes", no sentido de protegidos de um alto personagem. Os *clientes* costumavam homenagear seu patrono em troca da *sportula* (ver).

Clivus: rua em aclive, como o Clivus Capitolinus, que conduzia ao Capitólio.

Cosmetica: esteticista.

Crepidae: pantufas.

Criptopórtico: corredor subterrâneo.

Cursus honorum: o "percurso das honras" que os cidadãos romanos deviam fazer antes de poderem se candidatar aos cargos políticos mais altos. Assim, para se tornar cônsul, era preciso ter sido primeiro edil e pretor. Durante o período imperial, contudo, foram admitidas muitas exceções a essa regra, que fora estabelecida por Sila a fim de ter sob controle os aspirantes a cônsul e de impedir-lhes uma carreira demasiado rápida.

Dactyliotheca: estojo para anéis.

Defrutum: vinho cozido.

Denarius (plural, *denarii*): moeda romana equivalente a 4 sestércios.

Dixerunt (literalmente, "disseram"): assim os juízes assinalavam o fim das arengas.

Doctores: treinadores.

Dolium: grande jarra.

Dominus (vocativo, *domine*): senhor, patrão.

Domus: grande casa unifamiliar situada no térreo, da qual permanecem numerosos exemplos em Herculano e em Pompeia. Existiam menos de 2 mil em toda a Roma, onde, dado o custo proibitivo do terreno edificável, eram muito comuns as *insulae*.

Duúnviro: cada um dos dois magistrados que constituíam, justamente, um duunvirato.

Eros, Potos, Hímero: divindades protetoras do amor carnal em todas as suas expressões.

Essedários: gladiadores que combatiam num carro em movimento.

Hetera: cortesã de alto nível.

Familia: aqui, a família romana, que compreendia também os escravos e os libertos.

Fauces: fauce, a passagem estreita para entrar numa *domus*.

Flabelíferos: escravos encarregados de refrescar o ambiente com amplas ventarolas.

Frigidarium: banheira fria das termas.

Frumentarie: grandes navios que transportavam o trigo necessário para nutrir a Urbe, seguindo primeiro a rota do porto de Alexandria ao de Pozzuoli e depois ao de Óstia, quando a construção deste foi concluída.

Fullones: lavadores e tintureiros.

Fullonica: lavanderia, tinturaria.

Funalia: tochas de resina que eram fixadas à parede para fornecer iluminação noturna.

Gustatio: antepasto, tira-gosto.

Insula: prédio condominial de vários pisos, até cinco ou seis, geralmente dividido em apartamentos de aluguel. As ruínas de muitas *insulae* ainda são visíveis nas escavações de Óstia.

Iseum: templo de Ísis. Os achados do *Iseum* de Pompeia estão conservados no Museu Nacional de Nápoles.

Iugula: "degola!".

Lacerna: manto com capuz.

Laena: manto.

Lanista: proprietário ou responsável pelos gladiadores e empresário dos jogos.

Laticlavo: a larga faixa vermelha que ornava toga e túnica dos senadores. Os cavaleiros usavam igualmente uma faixa vermelha, porém mais estreita.

Libera cena: a última refeição dos gladiadores antes do combate.

Libitinarii: coveiros, encarregados das pompas fúnebres.

Ludi: jogos de gladiadores.

Ludus Magnus: escola e caserna de gladiadores. As ruínas do mais famoso *ludus* de Roma, mandado construir por Cláudio ou, mais provavelmente, por Domiciano, são visíveis até hoje na Via Labicana.

Lúnula: meia-lua de marfim que decorava os *calcei* dos senadores, denotando o nível deles.

Lupa: prostituta.

Malluvio: bacia.

Mappa: larga toalha pessoal que os convidados levavam de casa e às vezes enchiam com as sobras da refeição, para poder consumi-las no dia seguinte.

Mimula: atriz de segunda categoria.

Mirmilões: gladiadores com o elmo decorado por um peixe.

Mitte!: textualmente, "deixa ir!" (subentendido: o gladiador derrotado). Em outras palavras, "deixa-o sair vivo!". É o correspondente verbal da mão aberta, ou do polegar erguido.

Morituri: os que estão para morrer.

Mulso: vinho com mel.

Munera: jogos gladiatórios.

Munera sine missione: jogos até a última gota de sangue.

Naumaquia: combate sobre a água, simulação de uma batalha naval.

Necromanteion: em grego, "oráculo dos mortos". Tinha sede na foz do Aqueronte, em Tesprotia, no Épiro, ao sul da hodierna Hegoumenitsa.

Nomenclatores: escravos encarregados de anunciar ao patrão o nome dos clientes.

Nummi: moedas de ouro.

Nundinae: dias de mercado, assim como, por extensão de significado, período de nove dias que intercorriam entre um dia de mercado e outro.

Pais conscritos: senadores.

Pala: sobreveste feminina.

Panem et circenses: pão e jogos do circo.

Parca: as três Parcas teciam o fio da vida. A última, a Parca por excelência, cortava-o.

Parma: pequeno escudo redondo.

Pocillatori: escravos encarregados de servir o vinho.

Popina: taberna.

Posca: bebida refrescante composta de água misturada com vinagre.

Probatio: no âmbito forense e judiciário, a exposição das provas de acusação ou de defesa.

Reciários: gladiadores armados de rede e tridente.

Salutatio: homenagem matutina dos clientes.

Salutigeruli: escravos encarregados de levar saudações ou mensagens.

Sanarium: ambulatório ou hospital dentro da caserna dos gladiadores.

Sapa: mosto cozido.

Sapo: sabão.

Secutores: literalmente, "perseguidores". Gladiadores que se batiam contra os reciários.

Servo ab admissione: o servo *ab admissione* era o encarregado de controlar quem entrava.

Sibila Cumana: em Cumas, a sacerdotisa através da qual falava o oráculo de Apolo.

Sica: espada curta, donde o termo "sicário".

Solea (plural, *soleae*): sandália, calçado.

Specularia: vidros opacos da liteira.

Spoliarium: necrotério.

Sportula: doação *in natura* ou em dinheiro que os clientes esperavam do patrão, em troca da *salutatio*.

Synthesis: veste grega, em geral usada durante os banquetes.

Tablino: aposento da casa romana antiga, usado como escritório, sala de estar ou mesmo de refeições.

Tepidarium: a banheira morna das termas.

Thermopolium: equivalente romano de um botequim, dotado de balcões nos quais eram inseridas grandes jarras de terracota para as sopas quentes. Esses locais eram difundidíssimos tanto na Urbe quanto nos centros de província: podem-se ver numerosos exemplos deles em Pompeia, Herculano e Óstia.

Vale (plural, *valete*): fica bem. Saudação de despedida.

Vestiaria: escrava encarregada do guarda-roupa.

Virtus: soma das virtudes e dos comportamentos condizentes com o *vir*, o varão romano. A palavra "virilidade" tem a mesma raiz.

Vivarium: curral para as feras destinadas ao anfiteatro.

Vomitoria: acessos ao anfiteatro.

GLOSSÁRIO DOS PERSONAGENS HISTÓRICOS

Agripina: dita "Menor", ou "a Jovem", para distingui-la da genitora (Agripina "Maior", ou "a Velha"), era filha do general Germânico e mãe de Lúcio Domício, que depois passou a se chamar Nero.

Ático: estudioso e erudito que viveu no último século antes de Cristo. Passou uma temporada em Atenas, onde entrou em contato com a filosofia epicurista. Foi amigo de Cícero e autor de vários tratados sobre a história de Roma.

Céstio: pretor e tribuno da plebe, morto no ano 12 a.C. Seu espetacular túmulo em mármore, em forma de pirâmide, ainda é visível em Roma, junto à Porta de São Paulo.

Cláudio: imperador romano. Neto da imperatriz Lívia por parte de pai, foi o quarto príncipe de Roma, depois de Otávio Augusto, Tibério e Calígula. Tendo sucedido a este último em 41 d.C., Cláudio restaurou (formalmente) a autoridade do Senado, concedeu cidadania romana a numerosas colônias, favoreceu a ascensão sociopolítica da "classe equestre", reforçou o domínio do Império sobre a Mauritânia, a Judeia e a Trácia. Unido a Messalina em terceiras núpcias, em seguida desposou a sobrinha Agripina, a Jovem, a qual o fez adotar o filho que tivera com Domício Enobarbo: o futuro Nero.

Messalina: esposa muito amada de Cláudio e mãe dos seus filhos Otávia e Britânico, foi condenada à morte pelo imperador quando, após repetidos adultérios, tramou contra ele para entregar o trono ao seu amante Sílio.

Palante: ex-escravo de Cláudio, tornado ministro das finanças depois de uma carreira rapidíssima.

GLOSSÁRIO DOS LUGARES GEOGRÁFICOS

Augustodunum: a hodierna Autun, na região francesa da Borgonha.

Baia: chamada *pusilla Roma*, "pequena Roma", era um imenso centro termal e a mais elegante estação de férias da antiguidade. Ali mantinham suas residências de verão os ilustres personagens da Urbe, inclusive o imperador. No decorrer dos séculos, o bradissismo fez afundar no mar um grande número de construções romanas; mas no parque arqueológico local ainda são visitáveis as ruínas dos salões termais e de algumas casas senhoriais.

Bauli: a hodierna Bacoli, nas proximidades do golfo de Pozzuoli.

Bononia: a hodierna Bolonha.

Clivus Publicus: em Roma, via que subia o Aventino.

Delfos: cidade da Grécia, sede do famoso oráculo de Apolo, o qual vaticinava através da Pítia, ou Sibila Délfica.

Flumentana: em Roma, uma das portas do recinto das muralhas servianas, que se abria provavelmente entre o Foro Bovino e o Foro Olitorio, à altura da ponte Emilio.

Forum Gallorum: a hodierna Castelfranco Emilia, nas proximidades de Módena.

Herbita: a hodierna Nicósia, cidadezinha siciliana na província de Enna (não deve ser confundida com a homônima capital da República de Chipre).

Mare Nostrum: definição romana do mar Mediterrâneo.

Mutina: a hodierna Módena.

Neapolis: a hodierna Nápoles.

Pithecusa (literalmente, "ilha dos macacos"): a hodierna Ísquia, também chamada Aenaria pelos romanos.

Preneste: a hodierna Palestrina, situada ao pé dos montes Penestrini, não longe de Roma.

Puteoli: a hodierna Pozzuoli.

Taprobana: o moderno Sri Lanka (ilha de Ceilão).

Vicus Patricius: em Roma, rua que, partindo do Argiletum, às portas da Suburra, subia a colina Viminal.

Vicus Tuscus: na Urbe, rua que, iniciando-se no Foro romano em correspondência com o templo de Castor e Pólux, levava ao Foro Bovino.

DANILA COMASTRI MONTANARI

Perfil biográfico da autora

Danila Comastri Montanari, a criadora da saga de Públio Aurélio Estácio, nasceu em Bolonha, em 1948. Deixou precocemente a escola para entrar na universidade e viver ali sua estação mais quente.

Diplomou-se em pedagogia e ciências políticas e depois, durante vinte anos, ensinou e viajou pelos quatro cantos do mundo. Em 1990, escreveu seu primeiro romance, *Mors tua* (vencedor do prestigioso prêmio Tedeschi), e desde então se dedica em tempo integral à narrativa, privilegiando um gênero, o do policial histórico, que lhe permite conciliar seus principais interesses: o estudo do passado (em particular, as civilizações antigas) e o amor pelos *mysteries*.

Fumante inveterada, apreciadora de drinques, avessa a dietas, frequenta estações termais (sobretudo as de cenário "arqueológico" do litoral campaniense) e participa de campanhas de escavações. Lê policiais, ensaios de história, clássicos latinos, gregos e chineses. É usuária fanática da internet, onde mantém alguns sites. Vive num casarão no centro de Bolonha com o marido, a filha, duas gatas, um papagaio, duzentas plantas, 10 mil livros e cinco computadores. Seus romances foram traduzidos com grande sucesso em vários países: Alemanha, França, Espanha, Polônia, Grécia e Romênia.

Este livro foi composto na tipologia Arrus BT,
em corpo 11/16, impresso em papel off-white 90g/m²,
no Sistema Cameron da Divisão Gráfica
da Distribuidora Record.